INAVOUABLE HÉRITAGE

DU MÊME AUTEUR
CHEZ LE MÊME ÉDITEUR

Séléné, Presses de la Cité, 1988 ; Pocket, 2003
African Lady, Presses de la Cité, 1989 ; Pocket, 2012
Australian Lady, Presses de la Cité, 1991 ; Pocket, 2012
Les Vierges du paradis, Presses de la Cité, 1993 ; Pocket, 2002
La Prophétesse, Presses de la Cité, 1997 ; Pocket, 2005
Les Fleurs de l'Orient, Presses de la Cité, 1998 ; Pocket, 2002
Et l'aube vient après la nuit, Presses de la Cité, 1998
La Terre sacrée, Presses de la Cité, 2001 ; Pocket, 2011
La Pierre sacrée, Presses de la Cité, 2003 ; Pocket, 2011
L'Etoile de Babylone, Presses de la Cité, 2005 ; Pocket, 2007
La Dernière Chamane, Presses de la Cité, 2007 ; Pocket, 2009
La Femme aux mille secrets, Presses de la Cité, 2009 ; Pocket, 2011
Les Battements du cœur, Presses de la Cité, 2010 ; Pocket, 2012
La Femme du bout du monde, Presses de la Cité, 2011 ; Pocket, 2013
La Fille du loup, Presses de la Cité, 2012
La Guérisseuse et le Roi, Presses de la Cité, 2013

Barbara Wood

INAVOUABLE HÉRITAGE

Roman

Traduit de l'anglais (Etats-Unis)
par Alexandra Forterre

PRESSES DE LA CITÉ

Titre original : Yesterday's child

ISBN 978-2-258-11264-3

Presses de la Cité | un département **place des éditeurs**

place des éditeurs

Je dédicace ce livre à Naomi Pemberton, ma grand-mère.
Avec tout mon amour et mon admiration.

Pourquoi avais-je peur alors que je n'avais ressenti aucune menace lors des deux scènes familiales auxquelles j'avais assisté ? Malgré tout, mon instinct me commandait de ne pas aller plus loin. C'était comme si l'air ambiant me voulait du mal. Comme si j'entrais dans un royaume fort éloigné de John, de Harriet et de leurs joyeuses flambées. On aurait dit que toutes les tragédies diaboliques qui avaient eu lieu dans cette maison se concentraient à cet endroit et que j'allais y entrer bêtement.

La sensation n'était pas nouvelle. Je l'avais déjà ressentie quand j'avais trouvé Victor au pied de mon lit. Elle émanait alors de l'obscurité, comme si des horreurs sans nom s'y étaient tapies. L'impression était la même alors que je cheminais à tâtons vers le petit salon.

Quelque chose m'attendait.

L'enfant du crime

1

Quelque chose ne tournait pas rond dans la maison de George Street. Je l'avais senti dès mon arrivée.

Depuis le seuil, j'avais aperçu, au fond de l'étroite entrée, une femme grande et gracieuse qui venait vers moi. Dans la pénombre, elle avançait avec grâce, très droite, les bras tendus. Sa robe d'intérieur démodée tombait jusqu'à terre. Ses épais cheveux noirs étaient assemblés avec soin au sommet de son crâne.

Ma tante, qui m'avait rejointe à la porte après avoir remonté l'allée du jardin, avait fait les présentations :

« Andrea, voici ta grand-mère. »

Surprise. Face à moi se tenait une petite femme voûtée, en simple robe d'intérieur et pull de laine, une casquette de chasse posée sur ses cheveux gris.

« Bonjour », avais-je dit.

La vieille dame m'avait pris la main et s'était approchée pour m'embrasser. Tout à coup, la fatigue m'avait envahie. C'est que le trajet depuis Los Angeles avait duré onze heures, auxquelles s'ajoutait l'heure de vol entre Londres et Manchester. A l'évidence, je commençais à perdre la notion du temps.

Nous nous étions étreintes puis observées dans la lumière diffuse du vestibule. Il m'est impossible de me souvenir précisément de ma grand-mère lors de ce premier contact, car mes yeux fatigués avaient du mal à accommoder et son visage fluctuait en permanence, tantôt laid, tantôt rayonnant. Ses traits sans âge semblaient aller et venir comme des vagues. Je savais pourtant qu'elle avait quatre-vingt-trois ans, mais son regard était tellement vif et jeune qu'il me captivait. On pouvait encore voir les signes de sa beauté passée, qui évoquait celle d'une rose séchée entre les pages d'un livre.

Allongée dans une chambre glaciale, ce même soir, je revivais la scène. Tandis qu'on me poussait vers le salon, je devenais la proie d'une curieuse sensation. C'était la maison. Elle dégageait une atmosphère troublante, une énergie palpable, qui s'était immédiatement refermée sur moi. Elle m'enlaçait et m'entraînait avec elle. Lorsque j'avais traversé l'entrée, seulement éclairée par une ampoule nue dont la lumière n'atteignait même pas le sol, j'avais deviné des ombres serrées dans les coins, tapies, comme en attente.

Mon arrivée avait provoqué un glissement dans l'atmosphère à la minute même où j'avais franchi le seuil tout en m'ébrouant pour secouer l'humidité déposée par la brume. L'air était étrange, les frissons qui me parcouraient par ondes n'étaient pas dus à la température, mais à quelque chose d'autre, quelque chose de plus vieux que le temps.

Je savais que c'était idiot, mais le sentiment que la maison se refermait sur moi était tellement puissant que je fermai les yeux de toutes mes forces pour ne pas voir l'obscurité. Qu'est-ce que je fichais là, dans ce lit froid ? Ma panique allait crescendo. Pour me calmer, je listai les circonstances inhabituelles qui m'avaient amenée en Angleterre. J'y trouverais peut-être une explication à mon étrange humeur ?

J'étais à l'étranger, dans une ville inconnue, l'esprit embrouillé. Il y avait eu le trajet en avion, le contexte un peu particulier de ma venue – cette convocation inattendue et soudaine – et les bouleversements récents de ma vie personnelle.

J'avais beau faire, rien ne chassait l'impression que la maison m'avait attendue. Etait-ce mon imagination ? Cette fébrilité ne datait-elle pas de Los Angeles ?

Trois jours auparavant, ma mère avait reçu deux lettres : une de ma grand-mère, l'autre de ma tante. Chacune disait mon grand-père malade. Il avait été admis à l'hôpital central de Warrington et n'en avait plus pour très longtemps.

La nouvelle avait désespéré ma mère, qui ne pouvait entreprendre le voyage pour des raisons de santé. Sur le moment, elle avait frôlé la crise de nerfs.

Il faut dire que nous avions émigré aux Etats-Unis vingt-cinq ans plus tôt, à la recherche d'une vie meilleure. A l'époque, j'avais à peine deux ans et mon frère, sept. Lorsque nos parents étaient devenus citoyens américains, nous l'étions devenus automatiquement. Los Angeles était notre chez-nous, nous parlions américain et avions des goûts typiquement californiens. Jusqu'à l'arrivée de ces deux lettres, je n'avais jamais vraiment pensé à l'Angleterre, ni au fait que j'étais anglaise de naissance et par le sang. Aucun d'entre nous n'avait jamais regardé en arrière.

Ces dernières années, mes parents évoquaient bien de temps à autre un « retour au pays » pour revoir la famille, mais ça ne s'était pas fait et, apparemment, c'était trop tard.

Ces lettres tombaient on ne peut plus mal. Ma mère sortant tout juste d'une opération du pied, elle devait utiliser des béquilles pendant encore six semaines et se déplaçait à grand-peine. Le temps qu'elle finisse sa convalescence, son père serait mort.

Quand elle m'a demandé d'y aller pour soutenir la famille et représenter la branche américaine, ça m'a surprise. Mais après tout, si ces lettres arrivaient au mauvais moment pour elle, elles étaient une aubaine pour moi. Je cherchais en effet un moyen d'échapper à ma vie pendant quelque temps.

J'avais rompu avec Doug. A ma demande, il avait pris ses affaires et avait déménagé. J'envisageais justement des vacances au pied levé quand ma mère a évoqué l'Angleterre.

« L'un d'entre nous devrait y aller, répétait-elle sans cesse. Ton frère ne peut pas, il est en Australie. Ton père a son travail, et ce n'est pas un Townsend. Bien sûr, c'est moi qui devrais partir, mais c'est impossible. Andrea, va voir ton grand-père tant que tu le peux encore. Après tout, ça fait vingt-cinq ans. Tu es née là-bas. Toute ta famille se trouve en Angleterre. »

Dès cet instant, les choses se sont enchaînées si vite que je n'en garde qu'un vague souvenir : la conversation avec mon patron agent de change, pour lui expliquer l'urgence de la situation ; la recherche frénétique de mon passeport dans la boîte à souvenirs de Mexico ; la réservation d'une place sur un vol British Airways, via le pôle Nord, et le besoin pressant de fuir la tristesse et l'amertume d'une relation amoureuse terminée.

En survolant l'Arctique, je songeais à ce que je laissais derrière moi, à ce qui m'attendait, à la culpabilité qui avait amené ma mère au bord de l'hystérie : remords de n'être pas retournée plus tôt en Angleterre et d'avoir privé son père d'une occasion de la revoir une dernière fois. Je pensais aussi à Doug et à nos adieux douloureux.

C'est la véritable raison de mon humeur troublée et inquiète, m'étais-je dit dans le terminal de Ringway, à Manchester, tout en attendant ma famille et en me demandant si j'avais fait le bon choix.

Il avait été convenu que tante Elsie et son mari passeraient me chercher à l'aéroport. Nous n'avons eu aucun mal à nous retrouver. Tante Elsie ressemblait suffisamment à ma mère pour que je la repère tout de suite, et inversement. Cette femme joviale, d'un abord agréable et fleurant bon la lavande, partageait avec moi un trait commun.

Notre branche Townsend avait hérité de lointains ancêtres une caractéristique bien particulière. Un petit sillon vertical entre les deux sourcils, juste à la naissance du nez : la ride Townsend, qui confère un regard colérique et provocateur. Je l'avais depuis mon enfance, et la femme qui fendait la foule avait la même.

« Andrea ! s'écria-t-elle tout en m'étreignant de manière inattendue, avant de reculer, les larmes aux yeux. Tu es le portrait craché de Ruth ! Regarde, Ed, tu ne trouves pas que c'est Ruth de retour au bercail ? »

Légèrement à l'écart, un homme plutôt petit et quelque peu timide sourit, marmonna quelque chose et s'approcha enfin pour me serrer la main avec maladresse.

« Bienvenue à la maison. »

Je me laissai conduire hors de l'agitation de l'aéroport, dans une nuit si froide qu'elle me tétanisa. En novembre, à Los Angeles, il fait 29 °C, mais à Manchester ça descend jusqu'à 1 °C !

Oncle Edouard, qui est français, courut chercher la voiture, nous laissant, ma tante, ma valise et moi, devant le terminal. D'un commun accord, nous lui avons fait signe de se dépêcher encore plus.

J'étais dans mes petits souliers, et c'est peu de le dire ! Avoir une famille, des liens de sang avec d'autres personnes que mes parents ou mon frère : je ne savais pas ce que c'était. Je n'avais jamais éprouvé de tendresse ou d'affection envers d'autres personnes du même arbre généalogique que moi. On ne m'avait jamais appris à donner de l'amour à un étranger ou à en recevoir à cause d'un ancêtre commun. Dans ma vie, seuls les amis comptaient. On les choisit pour des raisons nobles et intimes, et on s'attache à eux non pas parce qu'il le faut, mais parce qu'on le veut bien.

Mais ici, tout à coup, devant cet aéroport, des inconnus au parler étrange devaient forcément bénéficier de mon affection du simple fait de ma naissance. Je ne connaissais rien d'eux, je ne connaissais pas plus le reste de la famille que j'allais bientôt rencontrer. Mais il allait de soi que je les accepterais chaleureusement, sans poser de questions.

Concept qui était nouveau pour moi et ne coulait pas de source.

« Comment s'est passé le vol, ma chérie ? demanda le sosie de ma mère, avec un fort accent du Lancashire, difficile à comprendre.

— Très bien, répondis-je, coincée à l'arrière de la Renault d'oncle Edouard, les genoux presque ramenés à la poitrine.

— Tu dois être épuisée. »

J'approuvai de la tête et détournai le regard. Cette ressemblance avec ma mère – et avec moi – me dérangeait terriblement. Une inconnue qui avait nos traits... Je me concentrai sur la circulation, fascinée par le fait que les véhicules roulaient du mauvais côté de la route.

« Andrea, c'est bien que tu sois venue à la place de ta maman. Papy va être si content. Ça sera comme d'avoir Ruth avec nous, pas vrai, Edouard ? »

Je me mordis la lèvre. Et si c'était moi qui étais là, pour changer ?

J'essayai de m'appuyer contre le dossier de la banquette pour me détendre. Je m'étais préparée à ce que cette visite ne soit pas facile. Mais sans mesurer à quel point. Ma mère et moi n'avions même pas fixé de date de retour, la durée de mon séjour ici demeurait dans le flou, pas vraiment abordée. Je pensais rester une semaine, peut-être deux. Assez pour renouer les liens distendus et oublier Doug. Si c'était possible.

« Bienvenue à la maison », avait dit mon oncle à l'aéroport. Je fermai les yeux. La maison, c'était Los Angeles.

« Andrea, regarde. »

Je fixai ma tante sans comprendre. Elle avait prononcé « regarde » comme « prends garde » et désignait quelque chose dehors.

« Tu sais ce que c'est ? »

D'un mouvement circulaire de la main, j'essuyai la buée de ma vitre et jetai un coup d'œil. Un monstrueux bâtiment sombre, non identifiable, se dressait à proximité, éclaboussé ici et là de faibles points lumineux.

« C'est l'hôpital central, dit-elle d'une voix douce. Là où tu es née. »

Je me tordis le cou pour regarder à nouveau. Nous roulions trop vite. Il avait déjà disparu, remplacé par des maisons accolées les unes aux autres. C'était étrange de s'entendre dire par cette femme, à l'accent incompréhensible, dans cette boîte à chaussures montée sur roues, véritable frigo qui filait du mauvais côté de la route, à mille trois cents kilomètres de chez moi, que j'avais vu le jour dans cet édifice noir et menaçant.

Je souris faiblement. Tante Elsie me retourna mon sourire. Elle en faisait trop. Moi, pas assez.

Cette petite ville anglaise avait quelque chose de légèrement déconcertant. Les rues semblaient froides et désertes. La lueur des quelques lampadaires victoriens se reflétait sur les pavés brillants. Traverser Warrington revenait à remonter le temps.

« Excuse-moi, tante Elsie, mais le vol depuis L.A. a duré onze heures, et j'ai attendu deux heures à Heathrow...

— Pour sûr ! C'est le décalage horaire. Tu dois être morte de fatigue, et moi qui te fais la visite guidée... Ne t'inquiète pas pour ce soir, va. Personne ne s'attend à te voir, même pas papy. On aura bien le temps demain. Pour l'instant, tu as besoin d'un thé bien chaud et d'une bonne nuit de sommeil. Ah ! On est arrivés ! »

Oncle Edouard arrêta brusquement la Renault, nous propulsant tous vers l'avant. Pour regarder dehors, j'essuyai à nouveau la buée. La rue ressemblait à toutes les autres : une enfilade sans fin de maisons en brique rouge, précédées de leur jardinet.

« Où sommes-nous ?

— Chez ta mamy », grogna tante Elsie en s'extirpant de la voiture.

Je l'imitai et ressentis à nouveau la morsure brutale du froid nocturne.

« On s'est tous dit que c'était mieux si tu restais avec ta grand-mère, vu qu'elle est toute seule maintenant. Un peu de compagnie ne lui fera pas de mal. Note que, William ou moi, on aurait été ravis de t'avoir – et ç'aurait été mieux pour toi aussi, puisqu'on a le chauffage central –, mais maman a insisté. Dès que Ruth a annoncé ton arrivée, elle a préparé la chambre de devant. Voilà où tu vas vivre, ma chérie. »

Je restai bouche bée devant la haute façade aux briques sales et le jardin minable à l'avant, surplombé par le bow-window sombre de l'étage. Encadrée par des maisons identiques, celle-ci paraissait sinistre et sans vie.

Sous l'effet du décalage horaire, de la lassitude, du trouble et d'un sentiment grandissant de solitude, mon premier mouvement fut de me tourner vers ma tante pour lui demander de m'emmener loin d'ici, là où il y avait du chauffage central. Mais oncle Edouard, ma valise à la main, remontait déjà d'un pas lourd l'allée aux dalles cassées. Il introduisit une clé dans la serrure de la porte.

Dans mon dos, une douce pression : la main de tante Elsie.

« Allez, ma chérie. Une tasse de thé bien chaud et au lit. Tu te sentiras beaucoup mieux demain matin. »

Je la précédai, les membres encore ankylosés par mon long voyage, épuisée par la tension et l'appréhension, affamée aussi, et migraineuse.

Voilà dans quel état j'avais franchi le seuil de la maison de ma grand-mère sur George Street.

J'ai déjà dit que mamy avait certainement dû être très belle dans sa jeunesse, mais je n'ai pas mentionné sa ressemblance frappante avec ma mère. Regarder ce visage de quatre-vingt-trois ans, c'était un peu comme contempler l'avenir et voir ma mère telle qu'elle serait dans vingt-six ans.

Elle avait le nez aquilin des Dobson – qualifié d'aristocratique par d'aucuns – et des yeux incroyables, à l'iris gris bordé de noir. Ses fins sourcils étaient délicatement arqués. Ses pommettes hautes soulignaient des joues creuses et un menton gentiment pointu. Malgré le relâchement de sa peau et ses milliers de rides, la structure de son visage avait un je-ne-sais-quoi qui, selon l'éclairage, la rendait toujours jolie.

Le personnage me fascina dans l'instant. Mère de ma mère. Elle qui, d'une façon éloignée mais indéfinissable, me ressemblait. Je ne la quittais pas du regard. Elle avait mis des gouttes d'eau de bleuet dans ses yeux gris, pour les nettoyer.

— Andrea...

Elle prit appui sur sa canne et me serra contre elle avec une force surprenante.

— Dieu merci, tu es venue. Merci, Seigneur... dit-elle contre ma joue dans un filet de voix.

Voilà à quoi je ressemblerais dans cinquante-six ans. L'espace d'un instant, je crus avoir fait un pas dans le futur et l'idée m'arracha un tremblement.

L'ironie, c'est qu'au même instant je venais de faire un pas vers le passé, par le seul fait d'entrer dans la maison de George Street.

Celle-ci était incroyablement petite. A l'époque de sa construction, l'isolation ne tenait pas compte des hivers anglais... Le seul chauffage étant dispensé par des cheminées, les pièces devaient être de taille réduite et les espaces inhabités, comme l'entrée ou l'escalier, d'une étroitesse phénoménale et bas de plafond.

Cela me surprit. Je m'étais toujours imaginé les vieilles maisons victoriennes grandes et élégantes. Elles l'étaient peut-être, chez les riches. Pour la classe moyenne, née sous la révolution industrielle, c'étaient les petites demeures bien fonctionnelles qui avaient remporté l'adhésion. Celle des Townsend représentait donc la règle, exemple parfait de centaines de milliers d'autres habitations à travers le royaume.

— Que penses-tu de ma maisonnette ? demanda mamy, dans le salon où nous avions pris place une fois tante Elsie et oncle Edouard partis.

Elle tartinait du pain dans une assiette posée sur ses genoux.

Je regardai autour de moi. Des meubles encombrants et sans âge, des murs défraîchis à la peinture écaillée, des photos fanées sur un buffet vermoulu. Un salon victorien, petit et chargé, où le temps semblait s'être arrêté depuis bien longtemps.

— Elle a dû en voir, des choses.

— Pour sûr ! Ton oncle William n'arrête pas de vouloir me faire déménager dans une HLM. Mais je ne veux pas vivre aux crochets du gouvernement. Pas comme tout le monde aujourd'hui dans ce pays. J'ai ma petite maison et je tiens à la garder. Il parle toujours d'installer le chauffage central. Mais moi, je dis que nous nous sommes débrouillés avec des cheminées pendant soixante-deux ans, alors on peut bien continuer, non ?

— La maison est aussi vieille que ça ?

Malgré la chaleur dégagée par le poêle à gaz installé dans l'âtre, je sentais toujours le froid de l'extérieur me pénétrer le dos.

— Bien plus, ma chérie ! Soixante-deux ans, c'est seulement le temps que j'ai passé ici ! Ton grand-père m'a amenée là après notre mariage.

— De quand date la maison alors ?

— Elle a été construite en 1880. Ça fait donc presque cent ans.

— On l'a déjà modernisée ?

— Pour sûr. Nous avons l'électricité, tu peux le constater toi-même.

Elle plongea son couteau dans un pot calé dans son giron et l'en retira nappé d'un jaune scintillant, qu'elle étala en une épaisse couche poisseuse sur son pain. Puis elle mordit à pleines dents dans la tartine et savoura sa bouchée, tout en s'essuyant les mains sur son pull.

— Et puis il y a des toilettes, à l'étage. A un moment donné, nous étions les seuls dans la rue à continuer d'aller dehors. Alors nous avons fait le nécessaire. La plomberie date un peu, donc il faut se montrer gentil avec elle... Nous avons aussi une baignoire.

Dans l'humidité froide et pénétrante de la pièce, visage et tibias exposés à la chaleur du poêle, je me représentai la salle de bains archaïque de ma grand-mère. Ce qui allait le plus me manquer pendant mon séjour ici serait le confort de mon appartement de Los Angeles. Il n'y avait aucun doute là-dessus !

J'étais ainsi perdue dans mes pensées, une tasse de thé à la main, en train de visualiser mon logement temporaire, quand les phénomènes étranges ont commencé.

Traversant soudain la pièce, un courant d'air m'arracha un long frisson. Mamy semblait ne rien sentir, penchée sur un vieux poste de radio portatif, posé sur la table à côté d'elle.

— C'est l'heure de mon émission musicale préférée, dit-elle.

Du moins c'est ce que je crus entendre, car elle me tournait le dos et sa voix me parvenait comme altérée.

La plainte des cornemuses s'éleva dans le salon. Je fus alors saisie de tremblements si violents que j'en renversai presque mon thé. Mon assiette eut moins de chance, elle finit par terre.

Mamy se retourna, surprise. Je ne pouvais pas refréner mes frissons.

— Mais tu es gelée ! C'est ce froid bien anglais, pour sûr. Et toi qui n'as pris que des habits légers de Californie...

Elle se leva avec difficulté. J'essayai de parler, mais mes dents claquaient trop fort.

Sans comprendre, je la regardai me prendre la tasse des mains, la poser sur la table, puis traîner les pieds jusqu'au canapé, d'où elle retira une couverture qu'elle enroula autour de moi.

— C'est pour ma petite sieste de l'après-midi. Elle est en vraie laine des Shetland : ça garde bien au chaud, dit-elle d'un ton rassurant.

— M-mon D-Dieu, qu-qu'est-c-ce qu-qui m'arrive ?

Les tremblements reprenaient de plus belle.

Ce n'était pas le froid ambiant. Je le savais. La couverture ne servirait à rien. Ça venait de moi, un souffle glaçant qui jaillissait du plus profond de mon corps et se répandait dans ma chair, alors même que mon visage et ma peau se réchauffaient.

Juste à ce moment-là, j'entendis au loin de vagues notes de piano. Etouffées par les cornemuses tonitruantes, elles n'en étaient pas moins d'une beauté envoûtante et familière.

Je regardai la radio, puis ma grand-mère. Celle-ci avait recommencé à tartiner son pain de marmelade au citron. On aurait dit un rituel.

Le piano continuait à jouer, à peine audible. Je tournai la tête de droite et de gauche pour en localiser la source, mais la mélodie semblait venir de toutes les directions à la fois.

Après quelques instants, je l'identifiai enfin : la *Lettre à Elise*, de Beethoven. L'interprétation en était maladroite. Le pianiste reprenait encore et encore certains passages, comme s'il s'agissait d'une leçon, et il y avait des pauses, des hésitations aux endroits difficiles. Cela ressemblait presque au jeu d'un enfant.

— Mamy…

Ma grand-mère continuait à faire ses tartines tout en fredonnant avec la radio.

Je remarquai alors autre chose : la pendule de la cheminée s'était arrêtée.

— Mamy... dis-je, plus fort, ta pendule ne marche pas.

Elle leva les yeux.

— Quoi ?

— La pendule, elle s'est arrêtée. Ecoute.

Le tic-tac avait repris.

Je me mis à claquer encore plus fort des dents, au point d'en perdre à nouveau la parole.

Puis aussi soudainement que cela avait commencé, les tremblements cessèrent. Mon corps était devenu étrangement immobile.

— Tout va bien, fit mamy, elle ne s'est pas arrêtée. Tu ne l'as pas entendue à cause des cornemuses.

— Et du piano, ajoutai-je en resserrant la couverture autour de moi.

— Du piano ?

Je la contemplai, toujours subjuguée par les vestiges de sa beauté, qui avait dû être peu commune.

— Oui, le piano. Ecoute encore.

Nous tendîmes l'oreille. Mamy éteignit la radio. La seule chose qui nous parvenait était la course régulière des aiguilles de la pendule.

— Il n'y a pas de piano.

— Mais je l'ai entendu.

— Ça venait d'où ?

— Eh bien...

Impuissante, je haussai les épaules tout en jetant un coup d'œil circulaire.

— C'est peut-être la télé de Mme Clark. Son poste est juste de l'autre côté du mur, et dans ces vieilles maisons en enfilade... Certains soirs, j'entends tout.

— Non, ce n'était pas la télé. On aurait dit que quelqu'un jouait dans la pièce d'à côté. Mme Clark a un piano ?

— Mon Dieu, je n'en sais rien. Mais elle est aussi vieille que moi et elle aussi a de l'arthrite.

— Et l'autre maison adjacente ?

— Elle est vide. Depuis des mois. Personne ne veut acheter ce type de bien aujourd'hui, pas quand on peut avoir un appartement avec chauffage central dans une HLM, et ça pour rien. Le système social anglais est tout simplement lamentable, c'est moi qui te le dis ! Laisser tous ces Pakistanais...

— Je croyais vraiment avoir entendu quelque chose...

— Ma chérie, c'est la fatigue, énonça mamy, qui se pencha pour me tapoter le genou de manière rassurante. Une bonne nuit de sommeil et ça ira mieux demain. En tout cas, je suis contente que tu sois là, Andrea. Ça va faire plaisir à papy.

— Qu'est-ce qu'il a ?

— La vieillesse. Il a quatre-vingt-trois ans et a eu une vie bien remplie, parfois même dure. Note qu'il y a eu de bonnes années aussi. Nous avons vécu beaucoup de choses ensemble, papy et moi.

Elle tourna son visage vers moi, les lèvres tremblantes, les yeux remplis de larmes.

— La vie avec cet homme a été unique. Ça oui ! J'en rendrai toujours grâce à Dieu. La plupart des femmes n'ont pas eu ma chance. Oh que non ! Et lui, qui a traversé la guerre et ses épreuves... soupira-t-elle en secouant la tête avec tristesse.

— Il a fait la guerre ?

Je connaissais cette partie de l'histoire familiale pour avoir souvent entendu mon père raconter des anecdotes du temps où il était dans la RAF, pendant la bataille d'Angleterre. Mais j'ignorais que papy...

Après m'avoir scrutée pendant une minute, ma grand-mère plissa tout à coup les yeux et des larmes de rire en jaillirent.

— Pour sûr, ma chérie, mais pas cette guerre-là ! Je parlais de la Première. La Grande Guerre ! Il appartenait au génie. Il a même servi en Mésopotamie.

Ça, je n'en avais encore jamais entendu parler.

— Tu ne savais pas, n'est-ce pas ? Je le vois à ton air. Ta maman ne t'a jamais rien raconté sur nous ? Non ? Ça...

Elle regarda ses mains, dont elle se mit à triturer les doigts.

— D'une certaine façon, ça ne m'étonne pas. Jusqu'à notre mariage, à ton grand-père et à moi, l'histoire des Townsend a été plutôt terrible.

— Terrible ?

Elle continuait comme si je n'avais rien dit.

— Ta maman a dû te raconter des souvenirs de quand elle était petite. Avec Elsie et William. Pour sûr, je comprends ça. Mais il est temps d'en apprendre un peu plus sur nous, tu ne crois pas ? Après tout, tu fais partie de la famille toi aussi.

Elle commença par son mariage.

— Ton grand-père et moi, nous avons eu de sacrés moments ensemble, c'est moi qui te le dis. Tu savais... poursuivit-elle en pointant son doigt sur moi, tu savais que le jour même de notre mariage en 1915, on l'a envoyé à l'étranger ? Et que je ne l'ai pas revu pendant deux ans après ça ? Quand il est revenu sain et sauf à la maison, il avait tellement changé que c'était un étranger pour moi. Parti enfant, il était devenu un homme.

Quelle langue parlait-elle ? Sorti de ses lèvres toutes ridées, le mot « amour » sonnait comme « atour » ! Ça la rendait parfois difficile à suivre...

— Pour sûr, ce n'était plus le même homme. Quand nous nous sommes finalement retrouvés pour notre nuit de noces, deux ans après notre mariage – moi toujours vierge, note bien –, ça revenait à aller au lit avec un inconnu !

Je déglutis avec peine et portai mon regard vers les flammes du poêle. A quoi ressemblait cet homme que je n'avais jamais vu et qui était désormais allongé sur un lit d'hôpital, après avoir habité soixante-deux ans dans cette maison ? J'essayai aussi d'imaginer mamy, jeune fille de vingt et un ans, en train de se glisser timidement dans le lit de son nouveau mari.

Cela me renvoya à Doug, à notre dernière nuit et aux mots douloureux que nous avions prononcés. Mais lorsque son visage souriant et séduisant flotta devant mes yeux, je le chassai immédiatement. C'était terminé. Doug et moi, c'était fini. Allons ! Ce genre de souffrance n'a qu'un temps. Son souvenir allait s'évanouir et je serais à nouveau une femme libre.

— Quand on est jeune, on ne pense pas beaucoup au passé, pas vrai ? demanda mamy.

Elle se frotta les mains et les présenta au poêle.

— Je sais que, moi, je n'y ai jamais fait attention. Je croyais que je vivrais toujours. Tiens, voilà autre chose à quoi la jeunesse ne pense jamais : la mort ! Les jeunes n'ont pas encore de passé sur lequel se retourner et la fin est si loin que ça ne les concerne pas. Mais quand on devient vieux, Andrea, et que la mort attend au virage, le passé est tout ce qui reste.

Elle se mordilla la lèvre inférieure pendant un moment puis se leva, toute voûtée, les jambes arquées.

— J'ai quelque chose à te montrer. Quelque chose que tu n'as jamais vu.

Prenant appui sur le dossier de son fauteuil et sur sa canne, elle fouilla dans un tiroir du buffet jusqu'à trouver ce qu'elle cherchait. Une photographie.

Je la pris avec délicatesse, car elle était très ancienne, couleur sépia fané. La femme du portrait avait un visage d'une incroyable beauté.

— Qui est-ce ?

— La mère de ton grand-père, précisa mamy, penchée au niveau de mon oreille.

— Sa mère ? répétai-je, incapable de détourner les yeux du cliché. Papy lui ressemble ? De quand date la photo ?

— Je ne sais pas exactement. Laisse-moi réfléchir... Elle a été prise avant la naissance de Robert, ton papy, et elle devait avoir dans les vingt ans quand elle l'a eu...

Je me sentis aspirée par ces tristes yeux noirs qui me fixaient par-delà le voile sépia du temps. Cet être à la beauté hors du commun, les cheveux ramenés en un sage chignon au sommet de la tête, un camée ornant sa gorge, semblait me sourire doucement et timidement, comme si la jeune fille avait servi de modèle avec réticence. Son regard, à la fois jeune et empli de tristesse, semblait refléter une certaine mélancolie, correspondant sans doute au caractère paisible qu'elle semblait avoir eu. Dans mon esprit, elle commençait à prendre vie, une beauté timide, mélancolique et inquiète.

— Je dirais 1893. Elle est magnifique, n'est-ce pas ? reprit mamy.

J'acquiesçai. La mère de papy. Mon arrière-grand-mère.

— Son nom de jeune fille était Adams. Elle habitait Marina Avenue, mais sa famille venait du pays de Galles. De Prestatyn, je crois.

— Et son mari ? A quoi ressemblait-il ? Tu as une photo ?

Pas de réponse.

— Mamy ?

Je levai les yeux. Ses traits s'étaient durcis.

— Est-ce qu'il y a aussi une photo de mon arrière-grand-père ?

Mamy se pencha et me reprit le portrait. Tandis qu'elle allait le remettre à sa place, elle hochait la tête avec abattement tout en le contemplant. Lorsqu'elle se rassit à côté de moi, jambes tournées vers le poêle, la conversation avait changé du tout au tout.

— Quelle belle année pour la reine ! Elle a fêté son jubilé et...

2

A dix heures et demie ce soir-là, je dodelinais de la tête dans mon fauteuil. Mes yeux se fermaient tout seuls quand je sentis une petite tape affectueuse sur mon épaule : mamy était debout. Avec un pincement coupable, je remarquai que les tasses et les assiettes avaient été débarrassées.

— Je me suis assoupie ? Désolée, mamy, je ne voulais pas te laisser tout…

— Allons donc ! Je ne t'aurais pas laissée faire alors que tu es mon invitée ! Et puis, c'était grossier de ma part de te tenir la jambe si longtemps après un voyage pareil. Tu dois être exténuée ! Il est temps d'aller se coucher.

Elle avait raison. La fatigue m'assommait comme jamais. En fait, c'était comme si chaque atome d'énergie avait été pompé de mon corps. Se retrouver dans un environnement inconnu était épuisant. Et il y avait cette étrange crise de tremblements, plus le piano que je pensais avoir entendu.

Dès que j'eus posé le pied dans l'entrée, la même sensation bizarre me submergea, plus puissante cette fois. Il y avait comme de l'hostilité dans l'air. Du coup, au bas de l'étroit escalier, j'hésitai, sondai l'obscurité et finis par reculer.

— Quelque chose ne va pas ? s'étonna mamy, à côté de moi.

— Je me demandais... où était ma chambre.

— J'ai bien tout préparé pour toi dans la chambre de devant. Ed a monté ta valise et Elsie a glissé une bouillotte entre les draps. La pièce n'a pas de radiateur, je suis désolée. On ne l'a pas utilisée depuis des années, pas depuis que notre William s'est marié et a déménagé. Quelque chose comme vingt ans. Après toi, ma chérie.

Je gravis les marches avec prudence, surprise par leur pente, une main à plat de chaque côté de la cage d'escalier. J'essayais de ne pas fixer le noir de four devant moi et de faire comme si le froid ne me gênait pas.

Mais c'était tout le contraire. Et ça empirait à l'approche du palier. Je commençai à frissonner. De la buée s'échappait de ma bouche. Derrière moi, mamy montait l'escalier avec difficulté. Arrivait-elle à me voir dans ce boyau sans lumière ?

A la dernière marche, je me mis à claquer des dents. Sans cesser de me frictionner les bras pour me réchauffer, je cherchai à tâtons un interrupteur sur le mur humide. Ma main toucha quelque chose.

— Tu as trouvé la lumière ? demanda mamy, tout essoufflée de son ascension.

— Je... non...

Elle tendit le bras et, immédiatement, le plafonnier s'alluma. C'était bien l'interrupteur.

— Voilà. Tourne à droite, me dit-elle, appuyée contre le mur, le souffle toujours court.

Tout de suite en haut des marches se trouvaient la salle de bains et, juste à côté, la chambre de ma grand-mère. Il fallait contourner la rampe et longer l'étroit palier pour accéder à la dernière porte.

— Alors, en cas de besoin pendant la nuit, tu sais où c'est. Si tu utilises les toilettes, ne tire pas la chasse d'eau, s'il te plaît. Fais aussi attention de bien éteindre la lumière, tu seras mignonne.

Me frottant toujours les bras, redoutant le froid, je me dirigeai vers la chambre de devant. La porte grinça pour s'ouvrir sur un grand trou noir. Vite, je fis courir ma main sur le mur intérieur et allumai la lumière.

Sourire de soulagement : la chambre était ravissante, avec un joli lit double, de gros oreillers rebondis et un édredon coloré en duvet. Par terre, il y avait un tapis persan usé jusqu'à la corde mais plein de charme ; contre le mur, une bonne vieille armoire, dont une porte béante révélait des rangées de cintres inemployés ; en face, une cheminée en marbre, condamnée par des planches, et au-dessus un vieux miroir ornementé. A côté du lit, une bible reliée en cuir était posée sur une petite table de chevet couverte d'un napperon de dentelle.

Tout cela paraissait très douillet et je me sentis un peu idiote d'avoir eu si peur dans l'escalier. Quand je me retournai pour dire bonsoir à ma grand-mère, le palier était vide et silencieux. Elle était sans doute déjà allée se coucher.

Je fermai donc la porte de ma chambre derrière moi et replaçai le boudin contre les courants d'air d'un petit coup de pied. Cela fait, il n'y avait pas de temps à perdre : le peu de chaleur que j'avais emmagasiné près du poêle n'était plus et le froid glacial de la pièce commençait à m'engourdir. Déjà, mes doigts s'étaient raidis, si bien que je n'arrivais pas à ouvrir les serrures de ma valise. Mon nez et mon menton étaient gelés.

Je n'avais jamais rien vécu de pareil ! Si la température extérieure était de un degré quelques heures plus tôt, qu'est-ce que ça devait être à cette heure-là ? Cette vénérable maison à l'isolation inexistante n'allait pas tarder à se transformer en congélateur.

Après avoir accroché mon jean et mon tee-shirt dans l'armoire, je passai mon peignoir de bain sur mon pyjama et allai à la fenêtre, dont j'écartai un peu les rideaux.

Derrière le carreau couvert de givre, la nuit était d'un noir intense, sans lune ni étoiles. Un vieux réverbère éclairait faiblement la rue. En face, les maisons, toutes accolées et identiques, alignées comme dans un jeu de Monopoly, étaient sombres et silencieuses. Une seule voiture, tellement anachronique, était garée le long du trottoir, sur la chaussée aux pavés scintillants d'humidité.

Je laissai retomber le rideau. Frigorifiée comme je l'étais, je décidai de dormir avec mon peignoir. Une fois la lumière éteinte, je fis un bond à l'aveugle vers le lit et plongeai sous la montagne de couvertures, dont je me couvris la tête. Recroquevillée, j'enlaçai la bouillotte toujours chaude et la calai contre moi.

A l'exception de mes claquements de dents occasionnels, rien ne se faisait entendre à part le silence. Une chape de silence absolu et pesant, qui me rendait consciente de mes propres battements de cœur. Arriverais-je à dormir dans de telles conditions, les doigts et les pieds glacés, le corps tremblant, allongée sur ce matelas défoncé ? J'ai dû rester ainsi à fixer l'obscurité pendant au moins une heure avant de m'endormir, pensant à Doug et essayant d'ignorer la sensation bizarre que faisait naître en moi cette maison.

Je me réveillai sans notion de l'heure. Ni de ce qui avait interrompu mon sommeil.

Mes paupières s'étaient ouvertes d'un coup et j'agrippais le matelas de tous mes doigts, pourtant douloureux. La peur était déjà là. C'était elle qui m'avait réveillée, mais je ne parvenais pas à l'identifier. J'avais beau scruter la nuit, ce n'était pas l'obscurité qui accélérait les battements de mon cœur sous l'effet de la terreur, c'était quelque chose dans la pièce. Quelque chose de présent, que je ne pouvais voir...

J'essayai de reprendre mes esprits, de me rappeler qui j'étais, où j'étais, ce que je faisais là. Mais mon cerveau était bloqué. C'était l'amnésie totale. Je ne me rappelais rien. Je n'avais aucun souvenir. Mon esprit était aussi vide que la nuit autour de moi.

J'en étais là quand je découvris l'origine de tout ça.

Une pression incroyable me clouait au lit. Une force impalpable, sans substance, me faisait quasiment suffoquer. Je voulais crier, mais impossible. On étouffait ma respiration.

Quelque chose me retenait coincée.

Ma terreur se transforma vite en panique. Je luttai de toutes mes forces contre cette pression surnaturelle afin de pouvoir inspirer, chaque bouffée d'air glacial me poignardant les poumons.

Je devais atteindre la lampe.

Mon esprit fonctionnait à toute allure. Etais-je paralysée ? Comment pareille force pouvait-elle me maintenir ainsi sans que je sente rien ?

Haletante, je me concentrai pour libérer mon bras. Je devais voir.

Je-de-vais-voir.

Soudain, mon coude émergea des couvertures. Atteignant le cadre du lit, je poussai de toutes mes forces et dans un effort colossal pus enfin me redresser en position assise. Je suffoquais toujours, subissant un immense poids gravitationnel semblable à un effondrement de l'atmosphère, qui écraserait tout sur son passage. Je luttai, inspirant par saccades, étirant au maximum mes bras jusqu'à toucher le mur. De la main, je cherchai avec frénésie l'interrupteur, que je trouvai enfin par accident.

Dès que la lumière fut, la pression se relâcha, me laissant pantelante.

J'avais tellement transpiré que mon pyjama était trempé, ce qui redoubla mes tremblements, lesquels se transmirent au sommier. Pendant un moment, je restai blottie contre la tête de lit, me frottant les bras et les jambes pour les réchauffer. Je réfléchissais en même temps.

Qu'est-ce qui m'avait réveillée ? Un rêve, le froid, simplement ce lit inconnu ?

Ou autre chose ?

Cette pression nauséeuse. L'avais-je en fait imaginée ?

L'idée me fit trembler de plus belle, car tout cela m'avait paru bien réel, trop réel.

Alors que je tirais les couvertures vers moi, je me rendis compte de leur poids. Il y en avait plusieurs, ainsi qu'un édredon et un lourd couvre-lit : le tout pesait une tonne !

La voilà mon explication ! Je ris doucement pour me donner du courage. Chez moi, je dormais avec une simple couverture, très légère. Le contraste m'avait fait rêver qu'une chose mystérieuse me plaquait sur mon lit.

J'avais eu un cauchemar. Il avait juste paru plus vrai que les autres. Même à ce moment-là, assise et un peu réconfortée par la tiédeur de la bouillotte, je frissonnais encore des relents de cette peur qui m'avait tirée de mon sommeil.

C'était mon imagination. Rien de réel dans tout cela.

Je m'apprêtais à éteindre quand, pour une raison inconnue, je regardai par-dessus mon épaule.

Le miroir de la cheminée... Quelque chose clochait...

Je gardai la pose une longue minute, sourcils froncés. Pourquoi avais-je tourné la tête ? Qu'est-ce qui me poussait à fixer la glace ? J'étais là, à ne pouvoir en détacher les yeux, comme si une petite voix me soufflait à l'oreille que je ne devais pas détourner le regard.

Pourquoi ? Le miroir était quelconque. Ancien, oui, avec un cadre doré, mais il n'avait rien d'inhabituel ou d'étrange. Il se contentait de refléter l'intérieur de la pièce, mais surtout l'armoire.

Ensorcelée, je l'observais presque comme si je savais ce que je cherchais. Comme si je connaissais inconsciemment son secret. Il était à la portée de ma main...

Ridicule ! Je secouai la tête et replongeai sous mes couvertures. Le décalage horaire avait visiblement plus d'effet que je ne pensais. J'étais vraiment fatiguée...

Plafonnier allumé, je forçai mes lèvres à sourire pour me remonter le moral. Demain, tout irait bien.

Le lendemain matin, l'odeur du bacon et des œufs frits m'accueillit au saut du lit. Après un passage aussi rapide que possible dans la salle de bains glaciale, je descendis en pull-over et jean pour trouver un salon bien chauffé et sympathique. La table avait été mise. Alors que mes divagations nocturnes se dissipaient au rayon de soleil qui traversait la pièce, je continuais néanmoins à ressentir un malaise indescriptible. De mes rêves, je me rappelais des bribes sans queue ni tête et j'avais ouvert les yeux certes revigorée et un peu plus moi-même, mais tout de même déconcertée par le sort que me jetait cette maison.

Je me demandais quand cette sensation passerait.

— C'est la seule pièce de la maison que tu utilises, mamy ? demandai-je en beurrant mon toast.

— Sûr, ma chérie. Celle-ci et ma chambre. Le petit salon n'a pas été ouvert depuis un bail. On n'en a pas besoin. Il est inchauffable, alors il me sert de débarras. La plupart du temps, je vis dans cette pièce-ci.

Je hochai la tête en regardant autour de moi. Il y avait le canapé usé, les deux fauteuils, le buffet encombré, une vitrine avec de vieux livres et de la porcelaine, et enfin cette petite table de cuisine avec ses deux chaises à dossier droit. Il y avait aussi des portraits de la reine accrochés partout. Un vieux calendrier avec des paysages australiens. Une boîte à couture qui avait vécu. Un vase avec des œillets marron. Un cadre ajouré avec une photo de groupe montrant mes cousins, les enfants d'Elsie et de William.

La pièce était agréable et plutôt chaleureuse. Nous mangions à côté de la seule fenêtre qui donnait sur l'arrière-cour, même si on ne pouvait pas vraiment appeler ainsi les neuf mètres qui nous séparaient du mur arrière. On aurait pu la traverser d'un bond. Elle était pavée de briques irrégulières, sans un brin d'herbe, avec une simple bande de terre le long des murs, où poussaient des rosiers – « avaient poussé », serait plus juste, car il n'en restait que les squelettes. Dans le mur du fond se découpait un portail qui donnait accès à la ruelle et à un vaste champ.

— Ces rosiers ont déjà donné des fleurs, mamy ?

— Non. Rien ne pousse dans ce jardin. Jamais. Pas une fois depuis que je vis ici. Ces rosiers-là datent d'il y a longtemps. D'avant mon mariage, même.

— Tu as essayé de les faire repartir ? demandai-je, tasse à la main et regard rivé sur les curieux buissons nus et stériles.

— Au début, oui. Mais rien n'y a fait. La terre, sûrement...

Elle faisait tourner sa cuiller dans son thé d'un geste mécanique.

— Tu sais, c'est drôle, quand j'y repense, on n'a jamais réussi à faire pousser quoi que ce soit dans ce jardin. Ni à garder un chien ou un chat d'ailleurs. Ils se carapataient toujours. Ton papy disait que c'était le sol.

Je soupesai l'information.

— Depuis combien de temps papy et toi habitez ici sans enfants ? dis-je, en repoussant l'étrange sensation que ses mots avaient fait naître en moi.

— Ton oncle William a été le dernier à partir. Ça doit faire vingt ans et quelques maintenant. Après ça, ton grand-père et moi, nous n'avons pas eu besoin des autres pièces. Mais tu sais quoi, la plupart des meubles étaient déjà là quand je suis arrivée il y a soixante-deux ans.

— Vraiment ? Tous ceux-là ?

— Tous ceux-là. Et aussi le lit dans lequel tu dors. Matelas et sommier. Tout date des années 1880.

— Mamy, il y a ici des trésors.

— Pour sûr. Et dire qu'Elsie et William sont toujours après moi pour que je vende et que je prenne un appartement. Comment je pourrais ? Cette maison est pleine de souvenirs pour moi ! Je ne peux pas la laisser ! Je fais partie d'elle, Andrea.

Je regardai à nouveau par la fenêtre, le ciel était d'un bleu étincelant. J'essayai d'imaginer ce que ça faisait de vivre au même endroit pendant soixante-deux ans. Pour ma famille et moi, le plus long qu'on ait connu, ç'avait été dix ans dans une maison sur la plage, à Santa Monica. Et cela nous avait paru une éternité.

— Beaucoup de choses se sont passées dans cette maison, Andrea, ne t'y trompe pas. Elle a eu sa part de drames.

Je me tournai vers ma grand-mère, qui évita mon regard.

— Des drames, et des joies aussi. Comme dans toutes les familles, non ?

Nous avons débarrassé et passé le reste de la matinée à parler des problèmes de l'économie britannique. A une heure, Elsie et Ed sont arrivés gelés, apportant avec eux l'air froid du dehors. Leurs visages ressemblaient à des pommes d'api ; leurs doigts étaient blancs et raides.

— Le mercure chute, annonça tante Elsie en se précipitant vers le poêle. J'espère que tu auras assez chaud, Andrea.

— Ça ira. Combien de temps durent les visites ?

— L'après-midi, une heure. Ce qui est assez pour ton papy. On ne veut pas l'épuiser. Le soir, c'est une heure et demie.

— Vous y allez les deux fois ?

— Non, ma chérie. Le soir, c'est William et sa femme. Comme papy ne doit jamais rester sans visites, on se les répartit. Nous assurons les après-midi parce que ton oncle Ed est à la retraite. William et May y passent après le dîner. Et certains jours, Christine s'y rend après son travail.

Ma cousine avait sept ans de moins que moi. Elle travaillait comme dactylo dans un pool de secrétaires chez un industriel de la région. Mes deux autres cousins, Albert et Ann, étaient les enfants d'Elsie. Ann avait déménagé à Amsterdam et Albert était marié. Il vivait à Morecambe Bay, sur la mer d'Irlande.

La famille nous avait tenus informés au fil des ans, tout comme ma mère leur avait écrit à propos de mon diplôme et du départ de Richard pour l'Australie. Je n'avais vu mes cousins que sur photos et ne connaissais rien d'eux à l'exception des informations de base : Ann travaillait dans un atelier d'artiste sur le Dam, Albert et sa jeune femme avaient une petite fille, et Christine son propre appartement à Warrington.

Je m'en fichais. Je m'étais toujours débrouillée sans famille élargie et ne ressentais pas le besoin de développer des relations avec eux. Après tout, d'ici quelques jours, je serais dans l'avion pour L.A. et ces gens demeureraient de simples connaissances, en ce qui me concernait du moins.

— Ta maman et moi avons passé de sacrés moments quand on était petites, disait Elsie devant le poêle. Je ne sais pas comment William faisait pour nous supporter. On était plus âgées, tu vois, et on le commandait.

Elle lâcha un grand rire.

— Oh ! Comme j'aurais aimé que notre Ruth t'accompagne ! Mais ces opérations du pied sont douloureuses, non ? Dis-moi, tu savais que j'avais aidé ta maman quand tu étais toute petite ? Après ta naissance, elle a eu un problème et a été hospitalisée. Alors je me suis occupée de toi. C'était comme si tu étais mon propre bébé, parce que je n'en avais pas encore à l'époque. Albert est né l'année suivante.

Elsie parla ainsi pendant un moment jusqu'à l'heure du départ. Elle m'avait apporté un bonnet de laine et des moufles que j'enfilai avec gratitude, car il fallait affronter le froid polaire du dehors.

— Il y aura du bon poisson à ton retour, m'annonça mamy, tout en nous accompagnant à la porte d'un pas traînant. Je ne vais pas avec vous parce qu'il fait trop froid pour moi. Peut-être dimanche, si je suis en forme. Fais en sorte que ce soit une visite agréable, hein ?

Alors qu'Elsie et Ed se précipitaient vers la voiture, elle me retint une minute.

— C'est un étranger pour toi, Andrea, mais ne t'arrête pas à ça. C'est un Townsend, tout comme toi. Souviens-toi que ta maman lui doit la vie. C'est ton papy et il a besoin de toi, maintenant. Il a besoin de nous tous, ajouta-t-elle à voix basse.

Je hochai la tête machinalement puis m'élançai vers la voiture.

L'hôpital central de Warrington correspondait à l'inquiétant bâtiment signalé la veille au soir par tante Elsie. J'avais poussé mon premier cri entre ces hauts murs de brique rouge et, vingt-sept ans plus tard, j'y retournais en pèlerinage au nom de l'héritage Townsend que je portais en moi.

Oncle Ed avait trouvé une petite place pour sa Renault. Nous avons traversé la pelouse détrempée en courant, filé entre les arbres privés de feuilles afin d'atteindre rapidement les portes battantes de l'hôpital.

Là, l'odeur, aigre et suffocante, me frappa de plein fouet. Tante Elsie et oncle Ed semblaient ne pas la remarquer, occupés à se défaire de leurs diverses couches protectrices. Je fis de même, en m'évertuant à ignorer cette puanteur fétide évocatrice de maladie, d'urine et de décomposition. Comme je ne la supportais pas, je pris le parti de ne respirer que par la bouche.

Tante Elsie nous remorqua dans le hall jusqu'à la salle commune, où un autre choc m'attendait.

Le service gériatrique pour hommes de l'hôpital de Warrington occupait une grande pièce grise au parquet brut et aux murs chaulés. Deux rangées de vingt lits rythmaient l'espace avec, aux extrémités, un lavabo et un vieux téléviseur. Des fenêtres aux rideaux dépareillés complétaient le décor ainsi qu'une pile de chaises en bois pliables, regroupées dans un coin.

Oncle Ed en prit trois qu'il installa autour du premier lit à côté de l'entrée.

— Viens plus près de ton papy, ma chérie, dit-il avec son accent moitié français, moitié local.

J'approchai lentement, observant le visage du vieil homme qui dormait là. Il avait les traits émaciés, la peau pelée, des touffes de cheveux blancs dressées sur le crâne. On aurait dit une veillée funèbre, tant il était bien mis et ses couvertures parfaitement tirées. Il dormait qui plus est d'un sommeil profond, semblable au repos éternel.

Je me laissai tomber sur ma chaise qui racla le plancher. Le bruit se répercuta dans la salle, tout comme l'avaient fait nos pas et nos voix. Elsie et Ed prirent place de l'autre côté du lit. Ma tante sortit de son grand sac de cuir des gâteries pour papy : un paquet de biscuits, une bouteille de jus d'orange et un rouleau de bonbons à la menthe. En même temps, elle papotait avec le gisant, comme s'il avait les yeux ouverts et l'esprit alerte. Elle jacassait, parlait de choses et d'autres : du match de rugby de Manchester, des chevaux de course sur lesquels papy aimait si souvent parier, du jubilé de la reine à la télé, du bébé de notre Albert, qui poussait si vite.

Souriant, oncle Edouard rangeait les friandises dans le petit casier de papy tout en faisant écho au discours de tante Elsie.

Je les regardais avec étonnement. A l'exception du mouvement à peine perceptible des couvertures au niveau des poumons et abstraction faite de la poche emplie de liquide jaune qui était reliée à mon grand-père par un tube de caoutchouc disparaissant sous le drap, l'homme couché là aurait aussi bien pu être mort. Il était aussi raide qu'un cadavre. Sa peau sèche et sans âge en avait la pâleur caractéristique et il émanait de lui comme une odeur aigre de corps qui ne se régénère plus.

Je cherchai dans le visage quelque chose de familier. A la maison, j'avais des photos de lui dans mes albums : elles montraient un homme robuste et vigoureux, aux épais cheveux noirs et au beau visage viril. C'était néanmoins les photos d'un étranger pour moi, un inconnu sans identité. Et voilà qu'en sa présence il demeurait tout aussi inaccessible.

Pourtant, à peine marqué dans ce visage apaisé de mourant dépourvu de rides, là, entre les sourcils, juste à la base du nez, on retrouvait le sillon Townsend.

Ma gorge se serra. Je joignis les mains sur mes genoux et les serrai très fort.

— Tu te demandes pourquoi on lui parle, lança soudain tante Elsie.

Je relevai brusquement la tête. Je l'avais oubliée.

— Eh bien, le docteur nous a dit que même si une personne est inconsciente, elle peut toujours entendre. Pas vrai, Ed ? Il a dit que l'ouïe était le dernier sens à partir. Donc même si papa semble ne pas répondre, quelque part, bien enfouie dans le cerveau, une partie de lui écoute peut-être et ça peut le réconforter. Alors je lui parle tout le temps. Après tout, on en ferait autant pour un chien, non ?

Elle termina sa phrase avec un regard plein d'attente. Je savais ce qu'elle voulait.

Je me retournai vers le visage sans âge, aux joues creusées et aux lèvres pincées sur des gencives édentées. Du lit montait une odeur rance, un effluve de corps en décomposition. Je me focalisai sur la ride du lion entre les sourcils.

Voilà notre lien.

Me penchant vers lui, je plaçai avec précaution une main sur les couvertures, sentant sous mes doigts son bras osseux.

— Bonjour, papy. C'est moi, Andrea.

Mes mots flottaient dans l'air. Nous nous sommes tous les trois rapprochés davantage du lit.

— Il t'a entendue, ma chérie. Il sait que tu es là, dit doucement tante Elsie.

Je ne quittais pas mon grand-père des yeux. J'essayais d'imaginer le fringant soldat du génie qui avait embarqué en fanfare pour la Mésopotamie en 1915. Je tentais d'aller au-delà de cette apparence décrépite à la recherche de l'homme qui avait autrefois fait sauter ma mère sur ses genoux.

Tous mes efforts étaient vains. Je ne pouvais pas ressentir d'affection pour cet être humain sur sa fin qui, après tout, restait toujours un étranger pour moi. Même si nous étions liés par le sang, même si son seul cadeau avait été la petite ride entre mes sourcils, je n'arrivais pas à trouver ni à faire naître la moindre émotion en moi. Au bout du compte, ce n'était qu'un vieil homme mourant.

Je reportai mon attention sur Elsie et me forçai à sourire.

Il en allait de même avec le reste de ma famille anglaise. Comment pouvais-je leur donner l'affection qu'ils attendaient quand je n'en avais pas à offrir ?

L'heure toucha finalement à sa fin. Elle m'avait paru interminable. Dans l'intervalle, d'autres personnes étaient arrivées pour rendre visite aux résidents de cette salle déprimante. Leurs voix et le bruit de leurs pas se répercutaient contre les murs humides et rompaient la paix du lieu. Infirmières et religieuses se hâtaient. Quelqu'un alluma la télé. Dans le lit d'à côté, le vieux eut une telle quinte de toux que son dentier vola dans la pièce.

Mon grand-père demeurait de marbre. Où qu'il soit, ça devait être infiniment plus sympathique qu'ici.

J'ai tenté de ne pas montrer mon soulagement quand nous sommes partis. J'étais également reconnaissante qu'on n'attende pas de moi la visite du soir avec oncle William et sa femme.

— Il fait trop froid pour toi, ma chérie, dit tante Elsie tandis que nous rejoignions en vitesse la voiture. Je le vois bien. Tu ne connais rien d'autre que la Californie du Sud, ce temps ne peut pas être agréable pour toi. Mais c'était gentil comme tout de venir. Ton papy ne va pas durer très longtemps. Ce sera bientôt fini.

Devant les larmes qui envahissaient ses yeux, je lui touchai le bras.

— Tu te débrouilles très bien, déclara-t-elle d'une voix étranglée, pendant qu'oncle Ed tenait patiemment la portière ouverte. Papa aurait adoré avoir Ruth près de lui dans ses derniers instants. Mais tu es le portrait craché de ta mère. Tu as son sourire. On dirait Ruth avant qu'elle parte en Californie !

Je me glissai bien vite sur l'étroite banquette arrière pendant que tante Elsie se laissait tomber à côté d'oncle Ed.

— Ç'aurait été bien que ta mère revienne avant tout ça. J'imagine qu'elle se sent coupable maintenant.

— On peut dire ça.

— Pour sûr, c'est normal. Je me sentirais pareil. Le temps passe, les années filent et, tout à coup, on prend conscience que personne n'est éternel.

Je jouai avec les revers de mes moufles. Oncle Ed démarra et nous propulsa sur l'allée de gravier qui menait au portail de l'hôpital. Là, cloué au mur de brique rouge, un panneau stipulait : « Ralentir, danger de mort. »

Je n'avais jamais eu aucun contact avec la mort avant, jamais connu quelqu'un qui ait perdu la vie, jamais vu de cadavre. La mort avait toujours été un concept lointain, hors de ma réalité, quelque chose de quasiment philosophique qui n'arrivait pas vraiment.

Quand on habite au milieu des palmiers, au soleil toute l'année, quand on a vingt-sept ans et qu'on passe de petit ami en petit ami, quand on vit pour les soirées du samedi autour de la piscine ou en discothèque, d'une certaine façon, on ne pense jamais à sa propre finitude. On ne pense jamais à la fin des choses, au passé ou à toutes les vies qui nous ont précédés.

Notre voiture filait tout droit du mauvais côté de la chaussée. Tante Elsie pointait du doigt des endroits que j'étais supposée avoir fréquentés bébé, mais je ne trouvais pas dans mon cœur l'étincelle censée me rattacher à cette terre. En ce qui me concernait, j'étais une étrangère parmi des étrangers et mon chez-moi se trouvait à des milliers de kilomètres de là.

Dès que nous avons franchi la porte d'entrée, la mélancolie si particulière que la maison faisait naître en moi a resurgi. Cette fois, je l'attribuai à l'humeur dans laquelle m'avait plongée notre visite à papy.

L'odeur du poisson pané et des pommes de terre frites nous accueillit sur le seuil du salon. Mamy était dans sa petite cuisine, qu'elle appelait « l'arrière-cuisine », en train de préparer le déjeuner. Il était presque deux heures et demie.

Elsie et Ed ont mangé avec nous, se servant généreusement de poisson croustillant, de frites et de purée de petits pois. Nous avons saupoudré nos assiettes de sel et de poivre, ajouté du vinaigre et fait descendre le tout avec du thé.

— Comment allait-il aujourd'hui ?

— Pas mal, maman. Il se reposait.

— Il était calme, précisa oncle Ed, en train de se frotter les mains devant le poêle.

Rassurée, mamy hocha la tête et se laissa aller plus confortablement sur une des chaises à dossier droit.

— L'hôpital s'occupe bien de lui : il est au chaud, bien nourri. Mais dites-moi, la visite d'Andrea ? Il était content de la voir ?

— Je crois, murmura Elsie.

— Tu sais, ma chérie, fit ma grand-mère en se tournant vers moi, il y a quelques semaines, quand papy est tombé malade et que l'ambulance est venue le chercher parce qu'il ne pouvait plus marcher, j'ai voulu me coucher et mourir sur place. C'était comme s'ils m'avaient coupé un bras. Les premiers jours, j'ai beaucoup souffert, beaucoup. Mais quand j'ai vu comment il était bien à l'hôpital, comment les sœurs étaient gentilles, j'ai compris que c'était mieux pour lui. Alors, j'ai prié Dieu de me donner la force et j'ai réussi à accepter ce qui s'était passé.

Son regard gris et déterminé se posa sur moi pendant un moment.

— Il ne s'en sortira pas, Andrea, ajouta-t-elle d'une voix douce.

— Oh, maman ! s'écria Elsie, en sautant sur ses pieds. Pas besoin de suivre cette pente-là ! Il rentrera, tu verras.

— Personne ne vit éternellement, Elsie.

Ma tante saisit son manteau.

— Regardez-moi l'heure ! Il est temps d'y aller, Ed ! s'exclama-t-elle.

Pendant qu'ils se préparaient à affronter le froid hostile du dehors, je suis restée assise près de la fenêtre à contempler l'étonnant ciel bleu de novembre. Qu'est-ce que j'avais à voir avec tout ça ?

J'entendis mamy les raccompagner, remettre le boudin et l'épais rideau en place puis revenir au salon.

— Et voilà... Alors, ma chérie ? J'imagine que ça n'a pas dû être facile de découvrir ton grand-père dans cet état. Mais au moins, il est en paix. Pense à ça.

J'évitais de la regarder par peur de ce qu'elle pourrait surprendre dans mes yeux. Si j'étais d'humeur sombre, ce n'était pas à cause de papy. Je n'éprouvais aucune affection pour lui. A mes yeux, il était comme n'importe lequel de ces vieillards en état de décomposition, allongés sur les lits de la salle commune. J'étais d'humeur sombre parce que j'avais compris cet après-midi-là que nous étions tous mortels.

Cela m'avait fait penser à Doug.

— Je sais ce qu'il te faut ! reprit mamy sur un ton enjoué, alors qu'elle était supposée avoir baissé les bras devant l'injustice de la vie. Des pancakes, bien chauds ! Je n'en ai pas fait depuis une éternité, mais j'ai tous les ingrédients et je peux battre les œufs sans problème aujourd'hui. Qu'en dis-tu ? On se fait des pancakes bien moelleux ?

Clopin-clopant, sa canne lui servant de troisième jambe, Mamy se dirigea vers la cuisine.

— Je peux faire quelque chose ? demandai-je pour sortir un peu de ma torpeur.

— Oui ! Occupe-toi de toi ! Assieds-toi près du feu, mets-toi à l'aise, mais surtout ne viens pas par ici !

Pendant un moment, je tournai sans but dans la petite pièce jusqu'à ce que je m'arrête devant la vitrine d'angle.

Elle abritait plusieurs livres, dont un exemplaire relié de *Elle* par Rider Haggard. Je connaissais l'histoire pour l'avoir lue au lycée. Il s'agissait d'aventuriers de l'époque victorienne qui partaient explorer l'Afrique mystérieuse et rencontraient là-bas une reine immortelle.

J'ouvris la porte vitrée et sortis l'ouvrage. A l'intérieur, un ex-libris collé indiquait : « Cheshire County Council. Prix remis à Naomi Dobson pour son assiduité et ses progrès. Trente et un juillet 1909. »

Dans ma main, le livre s'ouvrit tout seul sur un passage qui m'était familier : « Le mortel se trouve accablé et démuni face à la poussière de sa destinée. »

On ne pouvait pas mieux dire ! C'était exactement ce que m'avait inspiré la décrépitude de papy, sachant que le même sort m'attendait au bout du chemin.

Je remettais le livre en place quand, soudain, une vague de picotements me parcourut la nuque et le crâne. Pétrifiée, je sentis que l'air environnant s'était modifié. La lumière elle-même avait baissé alors que je n'avais pas fait un mouvement.

Je regardai autour de moi. Le salon semblait normal, avec toutefois quelque chose de différent que je ne parvenais pas à identifier. Le silence peut-être ? Lentement, je tournai la tête vers la fenêtre.

Un cri étouffé m'échappa.

Visage plaqué contre la vitre, un garçon d'une quinzaine d'années m'observait. L'espace d'un instant, j'eus l'impression de l'avoir déjà vu quelque part.

— Mamy ! appelai-je, ayant retrouvé ma voix.

Le garçon ne bougeait pas, toute son attention concentrée sur moi, une expression de franche curiosité sur le visage. Il avait les cheveux noirs, les yeux sombres et un sillon entre les sourcils.

— Mamy !

Je dus me forcer à faire mouvement vers la cuisine.

— Ma chérie ?

— Mamy, il y a un...

Je m'arrêtai net quand je vis que l'intrus avait disparu.

— Quoi, ma belle ?

Mamy apparut sur le seuil du salon, des traces de farine sur ses mains et son tablier. Derrière elle, le lard grésillait dans la poêle.

— Un garçon regardait par la fenêtre. A l'instant !

— Quoi ? Oh ! Les vauriens !

Elle prit sa canne, fit demi-tour avec maladresse et se dirigea en claudiquant vers la porte arrière. Contrariée, elle marmonnait dans sa barbe.

La serrure lui résista, mais, quand elle réussit à l'ouvrir, un froid polaire s'abattit sur nous. Mamy avança avec précaution sur les briques irrégulières.

— Les jeunes voyous ! Ça les amuse de tourmenter les personnes âgées ! Ils sonnent et s'enfuient ensuite en courant. C'est pour ça qu'on n'a jamais eu de sonnette ! Alors, il est où ?

Je regardai la petite cour et compris que notre enquête serait inutile.

— Il a dû partir par le portail, fis-je sans conviction.

— Tu dis ? Non, non. Impossible, ma chérie : on ne s'en est pas servi depuis une éternité. Regarde par toi-même, il ne s'ouvre pas.

Frissonnante, j'examinai les gonds et le loquet : la rouille avait en effet fait son œuvre. Je scrutai ensuite la bande de terre humide qui cernait la cour, à la recherche d'empreintes ou de branches de rosiers cassées prouvant qu'il avait sauté par-dessus le mur. Je me dressai aussi sur la pointe des pieds pour jeter un coup d'œil à la cour de Mme Clark, mais n'aperçus qu'une enfilade sans fin de courettes, de murs et de façades lugubres.

— Qu'est-ce qu'il y a derrière ?

— Une allée qui n'est jamais empruntée et, après, Newfeld Heath, le grand terrain qui touche le canal. Andrea, ce voyou est déjà loin maintenant.

— Oui...

Je me frottai les bras d'un air absent. Les rosiers étaient intacts, or personne n'aurait pu franchir le mur sans atterrir dessus.

Je frissonnais maintenant plus à cause de cet étrange incident que du froid.

— Rentrons, ma chérie. Oublions tout ça : ce n'est rien qu'un gamin du coin qui s'amuse à nos dépens.

Je la suivis dans la maison et fermai la porte arrière en vérifiant la serrure par deux fois. Revenue au salon, je continuai à trembler et ni le thé, ni les flammes du poêle, ni même les pancakes beurrés n'y changèrent rien. La sensation bizarre qui avait précédé l'apparition et l'impression d'avoir déjà vu le garçon persistaient.

A six heures, nous avons pris un thé composé de sandwichs et de lait chaud, après quoi nous sommes retournées devant le feu. Blottie dans mon fauteuil, je laissai la chaleur m'envahir. J'étais ivre de sommeil à cause du décalage horaire et ne rêvais que d'une seule chose : mon lit. Mais puisque ma grand-mère appréciait à l'évidence ma compagnie et qu'elle avait besoin de quelqu'un à dorloter, je luttai de toutes mes forces contre l'assoupissement.

Mamy sautait d'un sujet à l'autre, passant sans transition des Pakistanais en Angleterre à l'évocation d'une époque heureuse et révolue. Avec son fort accent du Lancashire, elle racontait l'enfance de sa progéniture dans cette maison, la fois où mon père avait été présenté à la famille... Toutes ces histoires étaient passionnantes, même si j'en connaissais la plupart grâce à ma mère. Après un moment, je finis par remarquer qu'elles ne remontaient jamais au-delà de la naissance de tante Elsie, l'aînée. Mamy semblait délibérément éviter le passé plus lointain, comme s'il y avait une ligne qu'elle craignait de franchir.

— Je garde quelque part une boîte à photos, dit-elle au bout d'un moment. Tu devrais y jeter un coup d'œil.

Pendant qu'elle cherchait, je gardai les yeux fermés et m'enfonçai davantage dans mon fauteuil rembourré. J'érigeais une barrière mentale contre les souvenirs que j'étais venue oublier, espérant que je pourrais bientôt penser à Doug sans souffrir.

— Ah ! Les voilà !

Ayant trouvé la boîte dans le dernier tiroir du buffet, mamy revint s'asseoir et posa sa trouvaille sur ses genoux pour mieux y farfouiller.

— Elles représentent toutes William, Elsie et ta mère quand ils étaient jeunes. En voilà une de nous au bord de la mer. Elle a dû être prise vers 1935. Ta mère avait quinze ans, Elsie un de plus et William n'était qu'un gamin.

La photo était floue. Je me penchai pour sonder le reste de la boîte. Beaucoup de clichés s'entassaient là, dont certains que j'avais vus dans les albums de ma mère. Ils étaient tous en noir et blanc sur papier brillant et dataient de la même époque.

Tous sauf un. Collé au carton et plus grand que les autres, il dépassait du tas et paraissait plus ancien.

Je m'en saisis pendant que mamy continuait à papoter.

J'avais raison. La photo d'un marron pâle effacé par endroits était bien plus ancienne que les autres et fendillée vers le bas. C'était le portrait de trois enfants debout sur le perron d'une maison.

Mon cœur s'arrêta de battre.

— Mamy...

— Laquelle as-tu là ? fit-elle, le regard arrêté sur le portrait.

— Qui est-ce ? demandai-je, au bord du malaise.

— Laisse-moi enfiler mes lunettes.

Ses verres une fois perchés sur son nez, elle étudia les visages et fit une moue de déplaisir.

— Ah, oui ! Eux... dit-elle sans enthousiasme. Ce sont les Townsend, la famille de ton grand-père : Harriet, Victor et John. Mais tu ne veux pas...

Tout en parlant, elle tendit la main pour me reprendre le cliché, mais je ne le lâchai pas. Mes doigts tremblaient.

— Qui... commençai-je avant de m'humecter les lèvres. Qui est qui, mamy ?

— Hmm ?

— Qui est qui ? Montre-moi.

— Alors... que je regarde. La fille avec les anglaises, c'est Harriet. Là, c'est Victor, et ici, John, en costume marin, expliqua-t-elle en tapotant du doigt chaque visage.

Le garçon au centre ! Celui que mamy avait appelé Victor. C'était le garçon qui avait regardé par la fenêtre quelques heures plus tôt !

3

— Impossible ! Tu as rêvé ! dit mamy.

— Non. C'est bien lui que j'ai vu par la fenêtre.

— Un gamin qui lui ressemble...

— Mamy, c'étaient les mêmes vêtements : une chemise et un pantalon à l'ancienne. Les mêmes que sur cette photo. Ça ne m'a pas frappée sur le moment, mais c'est vrai qu'ils avaient l'air d'un autre âge. Je n'aurais pas pu les inventer puisque je ne connaissais pas encore ce portrait ! Ce garçon était aussi réel que toi en ce moment.

— Andrea, ton imagination te joue des tours. Ce n'est pas étonnant : tu viens de rendre visite à ton grand-père et...

— Quel est le rapport ? la coupai-je tout en jouant avec mes doigts pour les empêcher de trembler.

Un terrible pressentiment m'envahissait.

— J'ai bien vu que tu es rentrée de l'hôpital avec une sorte de vague à l'âme. Tu t'inquiétais. Tu pensais encore à ton grand-père. Or papy ressemblait beaucoup à Victor quand il était gamin. Tu as simplement mélangé leurs traits, effacé les rides de ton grand-père pour l'imaginer plus jeune, et tu as cru ensuite le voir à la fenêtre.

J'essayais de rester calme, de ne pas la bousculer car mamy avait l'air bouleversée, mais ça demandait tout de même une mise au point.

— Mamy, pourquoi grand-père ressemblait-il à ce garçon quand il était jeune ?

— Parce que...

Soucieuse, inquiète, mamy se mordillait la lèvre inférieure. Elle hésitait.

— Parce que Victor Townsend est ton arrière-grand-père, finit-elle par dire.

La nouvelle agit sur moi comme un charme. Hypnotisée, je buvais des yeux ce jeune visage déjà plein de beauté. Il avait d'épais cheveux noirs et le sillon entre les sourcils lui donnait un air de défi. A le contempler ainsi, une étrange sensation m'envahit, comme la veille lorsque quelque chose m'avait fait regarder le miroir de la cheminée.

Les trois enfants étaient juchés sur une marche, devant une maison qui m'était inconnue. La fillette, âgée peut-être de cinq ou six ans, avait une allure ordinaire malgré tout le soin et les efforts apportés à sa toilette. Le petit tablier à volants et les rubans dans les cheveux ne faisaient en effet que souligner l'aspect quelconque de son visage au lieu de l'atténuer. Quant au plus jeune des garçons, il avait les traits plus doux que son aîné, mais également l'air gauche à côté de lui. Sur la photo, Victor Townsend était celui qui se démarquait.

— Elle a été prise devant leur ancienne maison de Londres, indiqua mamy sur un ton suggérant qu'elle aurait préféré ne pas aborder le sujet. Ça date donc des années 1880, juste avant qu'ils ne s'installent ici. Le père de Victor travaillait pour une manufacture londonienne, en tant que manager ou quelque chose dans le genre, et ils l'ont envoyé ouvrir une aciérie à Warrington. A l'époque, la maison venait d'être construite, donc les Townsend en ont été les premiers habitants et les seuls depuis !

— Je n'ai jamais entendu parler de Victor, dis-je dans un murmure, toujours captivée par la photo. Ma mère ne l'a jamais mentionné.

— Et elle ne le fera jamais, énonça mamy d'un ton sinistre.

— Pourquoi ça ? Elle ne le connaissait pas ? Si c'était son grand-père, elle devait bien...

— Victor Townsend a disparu.

Le regard de Mamy se porta sur les flammes bleues du poêle, sans les voir.

— Même moi, je ne l'ai pas connu, et c'était le père de mon mari... Il s'est volatilisé un beau jour, avant la naissance de ton grand-père, et personne n'a plus jamais entendu parler de lui.

Le visage du cliché continuait à m'attirer. Sous les traits brouillons de la jeunesse pointaient déjà les signes d'un caractère fort.

— Personne ne sait ce qui lui est arrivé ?

— Oh ! Il y a bien quelques rumeurs. Certaines prétendent qu'il a pris la mer. D'autres, qu'il s'est mis en ménage avec une autre femme dans le Norfolk. On dit aussi...

Son interruption me fit relever la tête.

— Continue, qu'est-ce qu'on dit d'autre ?

Mais elle refusa net.

— Je m'arrête là. Il n'y a qu'une seule et unique chose à savoir sur Victor Townsend : c'était un homme ignoble ! Le diable en personne, voilà ce qu'il était ! Et quand il a disparu, personne ne l'a pleuré.

Je regardai la photo jusqu'à ce qu'un brusque courant d'air froid me ramène à la réalité. Avec réticence, je remis le portrait avec les autres clichés.

— Y a-t-il d'autres photos des Townsend, mamy ?
— Il y a un album qui...
— Je peux le voir ?
Mamy ne répondit pas tout de suite, occupée qu'elle était à enterrer les trois enfants Townsend au plus profond de la boîte. Elle claqua ensuite le couvercle comme pour les empêcher d'en sortir.
— Je ne sais plus où il est. La dernière fois que je l'ai vu, ça remonte à des années. Mais j'imagine qu'il est toujours dans la maison, quelque part.
— C'est l'album des Townsend ?
Elle hocha la tête sans piper mot pendant que mon cerveau fonctionnait à toute allure.
— Mamy, le portrait que tu m'as montré hier soir, celui de la jeune femme. Tu as dit que c'était mon arrière-grand-mère.
— Pour sûr. Jennifer Townsend, la pauvre.
— Pourquoi « la pauvre » ?
— A cause de ce que Victor Townsend lui a fait, voilà pourquoi. Maintenant, on change de sujet.

Malgré ce que je voulais me faire croire, j'arpentais ma chambre par excès de nervosité plus que pour me réchauffer.
C'est que j'étais tiraillée entre raison et instinct.
Rationnellement, tous les événements bizarres des dernières quarante-huit heures, que ce soit la crise d'étouffement de la veille ou le garçon à la fenêtre de l'après-midi, pouvaient s'expliquer par mon état d'épuisement et ma fatigue émotionnelle.
Mais une sensation de plus en plus pressante me troublait : celle que quelque chose ne tournait déci-

dément pas rond dans cette maison. Et ce n'était pas le fruit de mon imagination ! Je savais.

Un peu plus tôt, j'avais voulu appeler ma mère sur un coup de tête : j'avais besoin d'elle, de lui parler, d'être en contact avec ma vraie vie du bout du monde. Et puis, ces gens-là étaient sa famille, son sang, et surtout... c'était sa maison natale. Quelle déception quand mamy me dit qu'elle n'avait pas le téléphone !

Qu'est-ce que je venais faire dans cette galère ?

Sans le téléphone, je me sentais soudain brutalement coupée du monde, envahie par un sentiment inédit de solitude. J'étais coincée, abandonnée, seule avec une vieille femme dans une maison des plus troublantes.

Le souvenir de Doug revenait aussi me hanter. J'avais pris comme prétexte la maladie de mon grand-père pour m'éloigner de lui et trouver un moyen de l'oublier, mais au train où allaient les choses ça avait plutôt l'effet inverse ! Le plus étrange, c'est qu'au lieu de ressasser notre séparation, afin de mieux le chasser de mon cœur, je me rappelais uniquement les bons moments de notre relation. Je ne contrôlais plus mes pensées.

Voilà qui était nouveau ! Moi qui en vingt-sept ans d'existence avais toujours maîtrisé la situation et mon esprit avec...

Il était presque minuit quand on frappa à ma porte. Sous l'effet de la surprise, je fis volte-face.

— Ma chérie, tu n'arrives pas à dormir ? demanda la voix fatiguée de mamy.

— Euh... ça va... merci.

Mon premier mouvement fut d'aller ouvrir, mais je me ravisai. Le parquet craquait. Elle avait simplement entendu mes allées et venues.

— Tout va bien, mamy. Je fais juste un peu d'exercice. Retourne te coucher, j'ai fini.

— Je t'apporte un lait chaud ? répondit sa voix frêle.

Je la visualisai debout sur le palier gelé, dans sa chemise de nuit en flanelle, soutenue par deux jambes arquées et une canne. La culpabilité m'envahit.

— Non, merci, mamy. Je vais me coucher maintenant.

— As-tu assez chaud ? Veux-tu une autre bouillotte ?

— Ça va très bien comme ça, merci beaucoup.

— Bon. Veille à ce que le boudin soit bien contre la porte pour éviter les courants d'air. Bonne nuit, ma chérie.

J'entendis son pas traînant sur quelques mètres, puis le sommier grincer, et la maison retomba dans le silence.

A contrecœur, je poussai le boudin contre la porte, éteignis la lumière et me mis au lit. La seconde d'après, je dormais.

Ça commença de la même façon que la nuit précédente. D'abord, mes yeux s'ouvrirent d'un coup, sans que je sache pourquoi. Puis vint l'amnésie. Et ensuite, la compression.

— Oh non... gémis-je, au bord de la nausée. Pas ça...

Immobile, luttant contre la panique, j'essayais d'analyser mes sensations, de voir si ce n'était pas le poids des couvertures qui provoquait ce cauchemar.

Mais plus le temps passait, plus je constatais que ce n'était pas un rêve. J'étais bel et bien éveillée, plaquée à mon matelas par une force invisible qui pesait sur ma poitrine, rendant toute inspiration douloureuse. Malgré ça, je m'obligeais à respirer le plus doucement possible.

Calme, je devais rester calme.

J'avais remarqué que, si je ne bougeais pas d'un cheveu, l'odieuse pression était supportable.

Mon cœur battait la chamade. Mon corps se couvrait d'une fine pellicule de sueur. Je transpirais de peur, mais je ne tremblais même plus de froid tant ce poids invisible me comprimait. D'où pouvait-il venir ?

Tout à coup, un changement s'opéra dans la pièce. En dépit de l'obscurité, dense et absolue, je savais que je n'étais plus seule.

Cette présence semblait venir de toutes parts. Elle imprégnait l'air, suintait des murs, montait du parquet, m'encerclait, en dégageant un froid surnaturel qui tenait plus de la tombe que de l'hiver.

Il y eut un bruit à ma droite.

Je n'hésitai pas longtemps.

Tournant lentement la tête, je constatai avec horreur que la porte de la chambre était grande ouverte. Je voulus crier, mais aucun son ne s'échappa de mes lèvres. Mes poumons étaient vides, ma gorge serrée. Même mon gémissement resta coincé.

La porte était grande ouverte !

Une lueur fantomatique venue sans doute du palier éclairait désormais la chambre. Soudain, j'aperçus Victor Townsend à mon chevet. Je hurlai de toutes mes forces. Encore et encore.

— Andrea ! Andrea !

Quelqu'un frappait de faibles coups à ma porte. A l'aveuglette, je cherchai et trouvai par miracle l'interrupteur. La lumière me fit me dresser comme un ressort.

— Andrea, tout va bien ? s'inquiétait mamy.

La porte était fermée, le boudin bien en place. Je commençai à claquer des dents.

— Andrea…

Mamy ouvrit la porte, juste de quoi passer la tête.

— Que se…

Elle resta bouche bée, gencives à nu.

— Mais par tous les dieux, que s'est-il passé ? s'exclama-t-elle.

Les cheveux en bataille, hérissés sur son crâne, elle me rejoignit aussi vite que le lui permettaient ses jambes et sa canne. Je ne pouvais rien faire d'autre que claquer des dents, recroquevillée sur moi-même.

— Tu es blanche comme un linge… et tu es trempée !

Elle passa la main sur mon front.

— Tu as de la fièvre ! Regarde-moi cette transpiration ! Tu as dû faire un sacré cauchemar…

— N-n… bégayai-je, incapable de parler.

— Et comme tu trembles ! Ma chérie, on va appliquer les grands moyens ! Oublie cette chambre. Je vais arranger le canapé du salon de manière à ce que tu sois bien…

— Mamy ! parvins-je à dire.

— Quoi, ma douce ?

— Je l'ai vu !

Ma voix ressemblait à un cri étranglé.

— Vu qui ? De quoi parles-tu ?

— Il était réel ! Je ne rêvais pas ! Ma porte était grande ouverte et il se tenait juste là où tu te trouves maintenant !

Le visage de mamy se fronça en un millier de rides pendant qu'elle tirait le plaid du lit afin de le jeter sur mes épaules.

— Viens avec moi au salon. Tu as fait un mauvais rêve, c'est tout. Ce qu'il te faut, c'est un cordial bien tassé et une bonne nuit devant le feu.

J'essayai bien de protester, mais, troublée comme je l'étais, je finis par la suivre comme un mouton. Elle m'installa dans un fauteuil face au poêle.

— Je ne me pardonnerai jamais si tu attrapes du mal, murmura-t-elle tout en augmentant la flamme du gaz. C'est tout moi de t'avoir fait dormir dans cette chambre froide. Quelle idiote d'oublier que seul un fou d'Anglais est capable de fermer l'œil par une température pareille. A partir de maintenant, tu ne bouges plus d'ici. Tu restes bien au chaud, ça te rappellera la Californie.

Elle disparut ensuite dans la cuisine. Pour ma part, je laissai aller ma tête contre le dossier du fauteuil et fixai le plafond sans le voir.

Ma bouche était sèche. Je transpirais toujours à grosses gouttes et je tremblais plus fort que jamais.

Quelle présence avais-je ressentie là-haut, elle dont l'ombre me poursuivait encore ici ? Le spectre de Victor Townsend avait été surprenant et inquiétant, oui, mais cette autre chose... cette horreur invisible et sournoise... Elle avait envahi la pièce entière et m'avait submergée comme un nuage meurtrier.

Elle dégageait quelque chose de diabolique... de malveillant...

Devant moi, la pendule égrenait doucement les minutes. Les flammes brûlaient haut dans le poêle. Baignée de chaleur, je commençais enfin à me détendre.

Comment avais-je su que c'était Victor Townsend ? L'homme penché sur moi n'était pas un adolescent de quinze ans, mais un adulte. Pourtant, je l'avais instantanément identifié. Mamy avait-elle raison ? Mon esprit me jouait-il des tours en recréant des images de mon grand-père jeune ?

En ce cas, comment expliquer la ressemblance parfaite entre le garçon de la fenêtre et celui de la photo, jusque dans les vêtements ?

Dans un coin de ma tête, la réponse commençait à faire son chemin. Elle était là, me titillait. Mais je n'avais pas la force de creuser. J'étais trop fatiguée. Ça tenait à la maison. Celle-ci avait décidément un drôle d'effet sur moi. L'apparition de Victor était un signe, un message d'avertissement. Mais contre quoi ?

Mamy se matérialisa subitement à côté de moi, me faisant sursauter.

— Ce froid ne te réussit pas... Je me souviens que, pendant la guerre, les Yankees ne le supportaient pas non plus. Même ton père ! Et il arrivait du Canada... Ici, c'est un froid différent, tu comprends. Il transperce la peau jusqu'à l'os. Seul un Anglais peut s'en accommoder. Voilà, ma chérie, dit-elle en me tendant un verre. Un cordial bien tassé.

Je le lui pris des mains en silence et l'avalai par petites gorgées sous son regard maternel. Satisfaite de voir que j'y mettais de la bonne volonté, elle se détourna pour arranger le canapé en un lit aussi confortable que possible. Elle retira les coussins, sortit des couvertures du buffet et tapa les oreillers. Je la regardais faire en sirotant mon verre d'alcool, l'esprit ailleurs. Mon regard errait de-ci de-là sur les murs et les meubles encombrants.

La peur avait disparu, remplacée par une intense curiosité. Peut-être le salon était-il déjà ainsi quand il vivait ici ?

Je revoyais le visage mélancolique de Jennifer, celui qui m'avait tant intriguée la veille. Quelle vie avait-elle eue ? Avait-elle versé ou pas des larmes à la disparition de Victor ? Peut-être qu'elle s'était réjouie d'en être débarrassée...

J'observais les mouvements de mamy, ralentie par l'arthrite. Elle devait en connaître un rayon sur les Townsend, bien plus qu'elle ne voulait l'admettre. Mais le sujet était apparemment douloureux pour elle. Pourquoi ? Elle n'avait jamais connu son beau-père et tout ce qu'elle en savait, c'était par des histoires de seconde main. Mon grand-père lui en avait sans doute beaucoup parlé... Je me demandais quelles transgressions avaient valu pareille réputation à Victor. A moitié amusée, je listai les vices possibles : le jeu ? la boisson ? les jurons ? toutes ces inconvenances choquantes à l'époque victorienne ? Qu'avait-il bien pu faire pour être aussi ignoble ? En tant que mémoire de la famille Townsend, mamy détenait la clé et je comptais bien la lui demander.

— Et voilà, ma chérie ! Un lit douillet, comme il faut. Maintenant, tu te glisses dedans et tu te réchauffes. Je vais baisser la flamme.

Ce n'était pas le moment de relancer ma grand-mère sur les histoires de famille. Il était minuit passé, j'étais épuisée, et elle-même venait de gérer une mini-pagaille. Demain peut-être, à la lumière du jour, je soulèverais la question et insisterais gentiment jusqu'à ce qu'elle me raconte tout sur cette maison.

— Je laisse la lumière ?

Elle hésitait sur le seuil, appuyée en équilibre sur sa canne. Malgré les siècles qui semblaient l'accabler en cet instant précis, elle était toujours à mes yeux d'une beauté ensorcelante.

— Oui, merci, dis-je, les couvertures tirées jusqu'au menton. Je l'éteindrai plus tard.

— Comme tu veux. Alors, bonne nuit, mon trésor, dors bien.

Une fois la porte refermée, elle entreprit de gravir l'escalier. Son pas lourd et sa canne retentirent à l'étage après de longues minutes. Puis ce fut le silence.

Je reposais sur le dos, angoissée. Mis à part la pendule, tout n'était que silence pesant : le poêle ne faisait aucun bruit, le vent ne soufflait pas dehors.

Les yeux rivés au plafond, je revoyais la porte de ma chambre béante dans cette lumière irréelle. Le fait que je l'avais retrouvée dans sa position initiale une fois le plafonnier allumé ne pouvait signifier qu'une chose : on l'avait refermée de l'intérieur.

Je regardais maintenant le plafond comme si je pouvais voir à travers. Quelle que soit la chose qui avait fermé ma porte, elle se trouvait toujours là-haut.

A mon réveil le lendemain matin, le salon était inondé de soleil. De là où j'étais, je pouvais voir des taches de ciel bleu scintiller entre les nuages gris et quelques moineaux célébrer le jour depuis le mur de brique. En cuisine, mamy s'activait tout en chantonnant. Il était presque midi.

J'avais dormi comme une masse !

On peut dire que le cordial de mamy avait fait son effet… Je me sentais toute fraîche et plus reposée que jamais. Il faut souligner que le canapé s'était révélé plutôt confortable, la pièce était bien chauffée, et surtout, je n'avais reçu aucune « visite ».

L'épisode de la veille me faisait désormais sourire. Au soleil, tout est toujours moins dramatique, la peur cède du terrain, si bien que je pouvais repenser à « l'épreuve » de la nuit avec un léger dédain. Dans l'obscurité, mon imagination s'était emballée, voilà tout.

Toutefois, cela ne voulait pas dire que mon sommeil avait été de tout repos une fois en bas.

Saluant ma grand-mère, je la rassurai sur mon état et ma nuit avant de rejoindre ma chambre où, un peu honteuse de mes terreurs nocturnes, je pris mes affaires de toilette et mes vêtements pour me rendre à la salle de bains.

Oui, j'avais fait des rêves. Mais rien de tangible. Des flashs, des phrases décousues, de vagues visages entraperçus. Des gens qui se déplaçaient, me regardaient, chuchotaient au-dessus de moi, avec en fond sonore la *Lettre à Elise* jouée sur un piano minuscule.

Des rêves, rien que des rêves.

Je sortis de la salle de bains rafraîchie, prête à affronter la journée. Mamy m'avait préparé des pancakes et une grande théière. Je pris donc place à table et m'attaquai à mon petit déjeuner avec appétit.

— Quand je suis descendue ce matin, j'aurais pu faire sauter une grenade à côté de toi sans te réveiller ! dit mamy, tout sourire.

— C'est grâce à ton traitement de choc, mamy.

— Pas d'autres cauchemars, donc ?

— Pas d'autres cauchemars, confirmai-je tout en repensant à ces rêves dont je ne parvenais plus à me souvenir.

— Alors, le programme de la journée : je ne cuisine pas parce que ce soir tu es chez William et que May va te concocter un délicieux dîner. Si tu savais comme ton oncle est impatient de te revoir ! Ça oui.

J'approuvai de la tête tout en me servant du thé. Cela faisait bizarre de me dire que si, pour lui, c'était un dîner de retrouvailles, pour moi, cela correspondait à un premier contact.

— Ta tante May va te plaire. Elle est galloise et c'est un véritable amour ! Je ne m'attends pas à ce que tu t'en souviennes, tu n'avais que deux ans quand tu es partie, mais ta maman et elle étaient inséparables ! Inutile de te dire qu'elle en aura des histoires à te raconter...

Tiens, tiens ! En parlant de raconter...

Je repris un pancake avec de la marmelade de citron et observai ma grand-mère, l'air de rien. Ce matin-là, elle semblait plus jeune, comme reposée. De très bonne humeur aussi ! C'était peut-être le moment.

— En parlant d'histoires, mamy, tu pourrais m'en dire plus sur les Townsend ? demandai-je, sans la regarder.

— Il n'y a pas grand-chose à ajouter. Ils venaient d'un bon quartier de Londres. Il y en a d'autres là-haut, à la frontière écossaise, je crois.

— Je voulais dire sur mon arrière-grand-père.

Elle posa sa tasse et se perdit dans la contemplation des feuilles de thé. Son expression reflétait une intense concentration, comme si elle pesait le pour et le contre.

— Tu sais, Andrea, finit-elle par reprendre avec une certaine lenteur, il y a des choses qu'il vaut mieux oublier. Tu ne tireras rien de bon à savoir ce qui s'est passé dans cette maison parce que, ces choses-là, on ne peut pas les dire. Alors, je suis au courant, ton grand-père aussi, mais nous n'en avons jamais parlé aux enfants. William, Elsie et Ruth ignorent tout de cette époque-là. Et ça devrait être pareil pour toi.

— Tu veux dire que certains Townsend se sont mal conduits ?

Le regard de mamy se fit grave.

— Pire que ça... Oh ! Je sais bien ce que tu penses : tu te dis que je suis une vieille dame collet monté, facilement effarouchée par les péchés d'aujourd'hui. Très bien ! C'est vrai ! Je suis une bonne chrétienne et ce qui se passe de nos jours dans le monde me choque. Mais les temps changent, non ? On doit accepter par exemple que les jeunes couchent ensemble sans être mariés. Mais, Andrea, certaines choses restent choquantes, peu importe le siècle. Pour sûr ! Des choses horribles, qu'on ne peut pas dire, et celles qui ont eu lieu dans cette maison en font partie.

J'étais triste de l'entendre parler sur ce ton, mais j'insistai malgré tout.

— Je veux savoir, mamy.

— Pourquoi ?

— Parce que...

Je cherchai mes mots. Pourquoi ne pouvais-je pas laisser le sujet de côté et l'oublier ainsi qu'elle le souhaitait tant ? Pourquoi ce besoin de savoir ?

— Parce que c'est la famille, au même titre que toi, grand-père, Elsie ou William. Je veux tous vous connaître, et ceux du passé aussi. Je viens de loin et je veux rentrer chez moi avec le maximum d'informations.

— Pourquoi pas les Dobson, alors ? Laisse-moi te parler de la famille de mon côté.

— Ceux-là aussi, mamy, bien sûr. Je veux tous les connaître. Mais surtout les Townsend.

— Je ne...

— Mamy... Je n'ai pas de passé. Juste vingt-cinq ans en Californie. Le film s'arrête là. Je me limite donc à ça ?

Elle m'observait avec tristesse.

— Si j'ai une histoire, alors je veux tout savoir ! Le bon comme le mauvais. C'est mon droit.

Mais qu'est-ce que je racontais ?

Je ne m'étais encore jamais préoccupée de mes origines. Jusqu'à maintenant, mêmes les vivants ne m'intéressaient pas, alors les morts... Pourquoi ? Pourquoi cette subite nécessité de savoir ? Et avec cette urgence...

Au fond de moi, j'avais la réponse : c'était cette maison.

— Pour sûr que c'est ton droit, ma chérie. Seulement...

Le visage de mamy reflétait ses pensées et ses sentiments : réticence à revenir sur le passé, dégoût vis-à-vis de ce qu'elle savait, lutte entre mon bon droit et son désir de m'épargner la douleur de savoir.

— Très bien, finit-elle par lâcher dans un soupir. Je te dirai ce que tu veux entendre.

Nous sommes sorties de table et avons pris place devant le poêle. Je ne la pressai pas, car elle avait besoin de temps et de courage pour rassembler ses idées.

— Ce que je sais, commença-t-elle d'une voix lasse, c'est ton papy qui me l'a dit. Quand je l'ai épousé, il vivait tout seul dans cette maison. Il ne restait personne des premiers Townsend à s'être installés à Warrington en 1880. Donc, tu vois, je n'ai jamais connu sa famille. Robert lui-même ne les connaissait pas, car la plupart avaient disparu avant qu'il ait l'âge de raison. C'est sa grand-mère qui l'a élevé, et elle est morte juste avant son incorporation dans l'armée. Alors, même elle, je ne l'ai jamais rencontrée. Quoi qu'il en soit, c'est elle qui a transmis à papy l'histoire des Townsend. Et voici ce qu'il m'a raconté.

Mamy sembla rassembler ses forces.

— Son père, Victor Townsend, était un homme méprisable. Certains disent qu'il faisait de la magie noire. D'autres qu'il avait conclu un pacte avec le diable. Pourquoi pas ? Vu ce qu'il a fait... Mais je ne te dirai pas quoi, Andrea. Rien au monde ne pourra me faire raconter à voix haute les actes monstrueux que cet homme a commis ! Tout ce que je peux te révéler, c'est que, de son vivant, Victor Townsend a fait de cette maison un enfer sur terre pour tous ses occupants.

4

— Pour sûr, l'histoire est bien triste. Ils étaient trois enfants, comme tu sais : Victor, l'aîné, puis John, puis Harriet. M. Townsend avait amené la famille de Londres à George Street en 1880. C'était un homme de bien, le grand-père de Robert. Un bon paroissien et un père strict. Il était très respecté à Warrington. Qu'il ait engendré quelqu'un comme Victor...

Mamy secoua la tête, vivante image du chagrin. J'essayais de respecter son émotion, mais j'étais impatiente d'en apprendre plus.

— Mamy, qu'est-ce que Victor a fait ?

Elle releva la tête avec lenteur comme si elle lui pesait.

— Fait ?

— Faisait, je veux dire. Dans la vie.

— Ah... Laisse-moi réfléchir... répondit-elle en portant la main à son front. Je ne sais pas vraiment. En fait, je crois que je n'ai jamais su. Peut-être que ton grand-père le sait, mais il ne me l'a jamais dit. Par contre, je crois que John, le plus jeune, travaillait à l'aciérie comme employé.

— Il était marié lui aussi ?

Mamy me jeta un regard perplexe.

— Que veux-tu dire par « lui aussi » ? Bien sûr qu'il était marié ! A Jennifer. Celle de la photo que je t'ai montrée...

— Je croyais que c'était la femme de Victor ?

— Non. Jennifer était la femme de John. Victor ne s'est jamais marié.

— Mais tu as dit que c'était mon arrière-grand-mère !

— Andrea, Jennifer a épousé John Townsend et elle est venue vivre dans cette maison. Mais, Dieu sait comment, une nuit...

Mamy baissa les yeux.

— Victor est rentré. Il était fou furieux, comme ça lui arrivait parfois, sauf que là, là... il s'est saisi de la pauvre Jennifer et il l'a... il l'a violée.

Le tic-tac de la pendule me parut soudain plus fort. Je ne sais combien de minutes s'écoulèrent ainsi avant que je ne me concentre à nouveau sur mamy. Je comprenais maintenant la douleur exprimée par son regard.

— Voilà, Andrea, poursuivit-elle d'une voix douce, papy est le fruit d'un viol.

— Mamy...

— John n'a pas pu le supporter. Quand il a appris que Jennifer était enceinte, il l'a abandonnée. Les deux frères ont donc disparu et Jennifer s'est retrouvée toute seule pour accoucher. Elle n'a plus jamais entendu parler de John ni de Victor. Robert, lui, a été élevé par sa grand-mère paternelle, qui, apparemment, était un peu zinzin, si tu vois ce que je veux dire.

— Et Harriet ? Et Jennifer ?

— Je ne sais pas ce que Harriet est devenue, même si je crois me souvenir qu'il y a eu quelque chose de pas courant ou de mystérieux autour de sa mort. Quant à Jennifer, elle est morte avant que ton papy puisse la connaître. Le cœur brisé, à ce qu'on raconte.

— Je vois...

— Non, tu ne vois pas ! Tu es même à mille lieues de la vraie tragédie dans tout ça ! Du moins, la pire de toutes...

Je fus surprise par son emportement ! Son regard s'était animé, ses yeux étaient plus vifs et elle bougeait les mains tout en parlant.

— Tu ne sais pas combien cette histoire a hanté ton grand-père ! Le fait de savoir, ça l'a torturé ! Déjà son enfance n'a pas été très heureuse, seul dans cette maison avec la vieille Mme Townsend toujours au lit. Mais quand il a été assez grand pour comprendre, ça l'a marqué à vie ! Parce qu'il savait quel homme cruel et sadique c'était, il a eu honte de son père toute sa vie. Ça l'a poursuivi comme une ombre. Il n'a jamais eu un souvenir heureux, jamais été aimé par qui que ce soit avant de me rencontrer ! Andrea, je l'ai entendu crier dans son sommeil à cause des cauchemars. Je l'ai vu pleurer comme un bébé, dans ce fauteuil, à cause du sang qui coulait dans ses veines.

Les yeux de mamy étaient emplis de larmes. Ses lèvres tremblaient.

— Tu dois te dire : « Bon, ça s'est passé il y a longtemps ! » Mais tu sais ce que papy pense ? Il pense que Victor Townsend était fou et il a vécu dans la hantise que ce sang perverti ne se retrouve chez ses enfants ! Quand j'attendais Elsie, ça l'obsédait. Il était littéralement terrifié par cette idée. Et puis ta mère est née. Ensuite William. Et ils ont tous bien tourné. Mais ça a recommencé avec votre génération. A chacun de ses petits-enfants, il craignait que Victor ne réapparaisse. Voilà la vraie tragédie, Andrea : l'empreinte du passé sur ton papy. Pendant toutes ces années, j'ai été la seule à savoir. Maintenant, tu sais aussi. Seulement, j'aurais préféré que non !

Elle éclata en sanglots. Je me sentais misérable...

— Connaître les circonstances de sa naissance, savoir qu'il était le fruit d'une attaque sadique, ça a vraiment été horrible pour ton grand-père, reprit-elle. Une fois, il m'a dit que sa mère avait dû le haïr, parce que son existence même était le rappel constant de la violence subie. Elle est peut-être morte de ça. Peut-être qu'elle ne supportait pas de le voir.

— Mamy...

— Victor Townsend était le diable fait homme ! Il a torturé chaque occupant de cette maison. Voilà pourquoi je n'aime pas le voir en photo ni même prononcer son nom. J'ai honte, comme ton grand-père, d'avoir un lien avec lui. Et tu devrais ressentir la même chose !

Sur un coup de tête, je me mis debout et me précipitai à la fenêtre. Le ciel bleu, le soleil et les moineaux avaient disparu pour faire place à des nuages sombres et menaçants. De grosses gouttes de pluie éclaboussaient maintenant les carreaux.

Tout comme j'étais incapable de rendre sur commande l'affection et les attentions que me prodiguait ma famille anglaise, je ne pouvais pas plus détester l'un de mes aïeux simplement parce que tout le monde le faisait.

Le récit de mamy m'avait émue. Je ressentais de la pitié et de la compassion pour papy et elle. Mais, quoi qu'elle dise sur Victor Townsend, il m'était apparemment impossible de le haïr. Pourquoi ?

Je me retournai vers ma grand-mère. Elle avait séché ses larmes, retrouvé son calme, et entreprenait maintenant de se déplier.

— Excuse-moi pour cette sortie, Andrea. J'ai trop pleuré par le passé pour le faire maintenant ! Quand tu auras quatre-vingt-trois ans, tu comprendras que les larmes ne servent à rien. Mais je te préviens, c'en est fini de ce sujet. J'en ai assez dit, peut-être même trop, mais au moins tu connais la vérité.

« Toute la vérité ? Vraiment ? » me souffla une petite voix.

Parce que je connaissais quelque chose de l'homme à qui j'allais rendre visite, le chemin vers l'hôpital prit cette fois une autre dimension. La veille, je n'avais vu qu'un vieillard proche de sa fin, un étranger qui se décomposait lentement, mais, cet après-midi, j'allais voir le fils de Victor Townsend ! La perspective n'était pas la même...

A l'avant de la Renault, une boîte de chocolats sur les genoux, tante Elsie commentait le bulletin météo tandis qu'oncle Edouard acquiesçait à tout ce qu'elle disait. Quant à moi, tassée à l'arrière et indifférente au froid, je ressassais ma longue conversation avec mamy.

A l'hôpital, des émotions contradictoires m'envahirent. D'un côté, je ne voulais rien avoir à faire avec tout ça et ne souhaitais qu'une seule chose : rentrer chez moi sur-le-champ, même si ça signifiait gérer le dossier « Doug ». Mais, de l'autre, quelque chose d'encore plus puissant m'entraînait vers George Street et le vieil homme sur lequel j'avais tant appris. J'en savais sans doute davantage sur lui que ses propres enfants !

Cela expliquait le sentiment de proximité que je commençais à éprouver envers lui. Nous partagions une information. Connaître l'existence de Victor Townsend serait notre lien.

Nous nous sommes assis comme la veille sur des chaises pliantes autour du lit. Adossé à ses oreillers, papy ressemblait à une vieille poupée de chiffon. Ses yeux étaient ouverts mais totalement inexpressifs, à se demander s'il nous voyait.

— Bonjour, papa, dit tante Elsie tout en retirant la cellophane de la boîte. Je t'ai apporté quelques douceurs !

Les lèvres de papy remontèrent en un simulacre de sourire.

— Qui qu'en veut ? reprit-elle pour le taquiner.

Papy ne répondit rien, se contentant de sourire – ou bien était-ce un rictus de douleur ?

Tante Elsie lui glissa dans la bouche un chocolat qu'il se mit immédiatement à sucer. J'imagine qu'à la fin on en est tous réduits aux instincts primaires... En tout cas, mon grand-père était redevenu un bébé.

— Regarde qui est avec nous ! poursuivit tante Elsie, sa voix se répercutant dans toute la salle. C'est notre Andrea d'Amérique ! Tu l'as manquée hier. Tu dormais.

Son regard vitreux et fixe ne cilla pas. Puis, comme si l'information avait été enfin digérée, papy tourna son visage grimaçant vers moi. Il resta ainsi un moment, suçotant son chocolat, jusqu'à ce que, soudain, ses traits s'affaissent et la succion s'arrête.

Un frisson me parcourut l'échine. J'étais stupéfaite. Qui aurait pu imaginer un visage à l'expression aussi enfantine et affable montrant subitement une telle... Quoi ? Colère ? Haine ?

— Tu sembles de mauvais poil, aujourd'hui, papa, dit Elsie, qui se pencha pour lui mettre un autre chocolat dans la bouche.

Plus rapide qu'elle, papy écarta du bras la main tendue.

— Papa !

Il continuait à m'observer d'un regard noir, me retenant captive de ses yeux pourtant voilés. Je tremblais légèrement.

— Mais qu'est-ce qui lui prend ? s'étonna tante Elsie. Je ne l'ai jamais vu comme ça !

— Il doit confondre notre Andrea avec quelqu'un d'autre, suggéra oncle Ed en ramassant le chocolat par terre avant de le gober – après l'avoir frotté sur sa manche.

Je déglutis avec peine et essayai de soutenir le regard malveillant de papy. Son visage n'était qu'hostilité.

Finalement, je retrouvai assez de voix pour murmurer :

— Bonjour, papy. Tu sais qui je suis ? Oui ?

L'expression courroucée se prolongea encore quelques secondes avant de s'effacer, comme un nuage passant devant le soleil. Disparu, le sillon entre les sourcils ! Les traits de mon grand-père étaient redevenus inexpressifs.

Menton tremblant, lèvres plissées, il tenta pourtant de parler.

— U-Uuth ? articula-t-il.

— Mince ! Il te prend pour ta mère ! fit tante Elsie.

Elle se pencha en travers du lit pour hurler :

— Pas Ruth, papa ! Andrea ! Ta petite-fille !

— Uuth ? T-Tu es revenue ? dit-il, une nouvelle grimace aux lèvres.

— Papa…

— Ce n'est pas grave, tante Elsie. Dans sa tête, j'ai toujours deux ans. Laissons-le croire que je suis ma mère. Regarde comme ça le rend heureux !

Je ne laissais rien transparaître de mes émotions, pourtant j'étais touchée au cœur par cet homme. Je n'en revenais pas moi-même de voir à quel point ! Je pris le temps de contempler son visage ridé, tout en repensant au stigmate qu'il avait porté toute sa vie et à sa hantise de l'hérédité.

— Tout va bien, papy, assurai-je en lui tapotant la main. Tout va bien maintenant.

Mon oncle William habitait une maison jumelée plutôt moderne dans un quartier de Warrington appelé Padgate. Elle était dotée d'une grande façade, d'une pelouse à l'arrière et, cerise sur le gâteau, du chauffage central !

Nos retrouvailles furent mémorables. Cet homme robuste au ventre énorme et au teint fleuri m'embrassa comme du bon pain ! Il n'arrêtait pas de jacasser, comme tante Elsie. May, sa femme, avait elle aussi des formes généreuses. Elle portait une robe unie de coupe pratique et ses cheveux étaient coiffés à la va-vite. Des gens simples en somme, de la classe moyenne, et pas prétentieux.

— Voilà notre Andrea ! s'écria tante May quand on m'amena à la cuisine, où elle surveillait les casseroles fumantes. Tu as grandi depuis la dernière fois où je t'ai vue.

Nous avons tous ri avant de nous débarrasser une fois de plus de nos couches de vêtements – ça devenait un rituel… Puis, tous les cinq, nous sommes passés au salon, bien plus contemporain que celui de mamy, pour déguster du thé et des gâteaux.

— En dessert, je t'ai fait un gâteau éponge, ma chérie ! dit tante May en me tapotant le genou. J'imagine que tu n'en as pas mangé depuis des années, je me trompe ?

— Alors, comment allait papa aujourd'hui ? demanda oncle William, la bouche pleine.

— On l'a trouvé assis, et il a parlé normalement, pas vrai, Ed ? Il a aussi mangé une boîte presque entière de chocolats !

— Papa va bien. Il sera à la maison dans quelques semaines, pour sûr. Il avait juste besoin de se reposer.

Je regardai mon oncle William enfourner une pâtisserie tout en attrapant la télécommande du poste de télévision. Voilà un homme qui devait être facile à vivre ! Lui aussi avait la ride de famille entre les sourcils.

On a parlé de papy pendant un moment, puis de l'opération de ma mère et ensuite, inévitablement, du passé. Alors que tante Elsie et oncle William évoquaient leurs souvenirs et maman, oncle Edouard lisait le *Times* et tante May vaquait à la cuisine. Moi, je me faisais toute petite dans mon coin.

Contrairement à la maison de George Street, il faisait très chaud ici et les chocs thermiques entre les pièces n'existaient pas. Détendue, je me déchaussai et ramenai les pieds sous moi. Je posai la tête sur le dossier et écoutai d'une oreille distraite le bavardage ambiant.

Mon esprit vagabondait à sa guise et les pensées se succédaient en rafales. Je visualisai la maison de mamy – comme elle paraissait inoffensive quand j'étais loin d'elle ! Le cauchemar de la nuit précédente et ma terreur me paraissaient bien disproportionnés. Je me souvins de l'adolescent à la fenêtre et de sa franche curiosité à mon égard. Je repensai enfin à mon grand-père et à son étrange regard. Que voyait-il quand il me fixait ainsi ?

— Andrea ?

— Oui ?

— Laisse-la, elle était en train de s'endormir ! Elle est crevée !

— Non, non, je ne...

— Tu sais, c'est bon de t'avoir ici, déclara oncle William. J'aurais bien voulu que ta maman, vienne aussi, mais c'est sympa de t'avoir. Tu ne vas pas mettre les voiles trop vite, hein ? Et ton boulot ?

J'essayai de me remémorer le visage de mon patron, mais bizarrement je n'y parvins pas. Même chose pour celui de Doug.

— J'avais un mois de congés payés à prendre, donc ce n'est pas un problème pour mes finances. Mais je ne sais pas combien de temps je vais rester...

Un peu plus tard, nous sommes passés à la cuisine pour un copieux dîner : ragoût de veau au chou avec pommes de terre rôties et carottes. Oncle William avait prévu un vin rouge espagnol et un petit discours sur la famille à nouveau réunie.

— Vivement ce week-end ! s'exclama Elsie. Dimanche, nous allons tous chez notre Albert, à Morecambe Bay. Le bébé grandit si vite, tu sais !

A partir de là, une bonne partie de la conversation a tourné autour de cette réunion de famille. Comme quoi c'était l'occasion pour moi de rencontrer Albert et Christine, mes cousins. Nous allions enfin nous retrouver tous ensemble, mamy y compris, elle qui d'habitude ne quittait pas sa maison. Et ainsi de suite, encore et encore, à discuter de l'organisation d'un événement qui n'était pourtant que dans cinq jours ! Je ne dis rien, même si un après-midi hors de l'atmosphère oppressante de la maison de George Street serait sans aucun doute appréciable.

— Dis-moi, Andrea, reprit oncle William en se tournant vers moi, ça fait quoi de vivre dans la glacière de maman ?

Eclat de rire général.

— Ecoute, William, intervint tante May, pourquoi ne pas mettre un chauffage électrique dans la chambre du devant ? Ça doit être intenable pour Andrea.

— Pas du tout ! m'écriai-je soudain, me surprenant moi-même. Je veux dire, ça va. Vraiment. Avec les bouillottes et toutes les couvertures, c'est bon. Vrai de vrai !

Mais qu'est-ce que je racontais là ! C'était faux ! Un chauffage d'appoint aurait été plus que le bienvenu. Alors quoi ? Je crois qu'il n'aurait pas trouvé sa place dans le décor, tout simplement.

— Tu dors bien là-bas, ma chérie ? s'enquit tante Elsie avec une sollicitude toute maternelle.

— Comme un bébé, vraiment.

— Cette chambre a toujours été froide, mais comme le reste de la maison, déclara oncle William, tout en enfournant une pleine cuiller de pommes de terre. Moi, je me suis jamais plaint. Après ton mariage, Elsie, et celui de Ruth, j'y ai pourtant dormi. Punaise, on y gelait ! Mais j'ai serré les dents. Vous deux, vous avez toujours été douillettes.

Tout en avalant une gorgée de vin, j'étudiai mon oncle par-dessus mon verre.

— Douillettes, hein ! répéta-t-il en m'adressant un clin d'œil.

Je me contentai de rire.

— Aucun problème avec le froid, vraiment, confirmai-je en souriant. En fait, ce serait plutôt le bruit. Comme c'est une vieille maison, on entend forcément des trucs bizarres au milieu de la nuit. C'est plus ça qui...

— Hein ? Quoi ? Des trucs bizarres ? De quoi tu parles ?

— Eh bien, tu sais, fis-je en jouant avec le reste de mon chou. Des bruits qui te réveillent en pleine nuit. Ça ne t'est jamais arrivé ?

— J'ai pas souvenir de ça, répondit-il en haussant les sourcils. Pour moi, cette maison ne fait aucun bruit. Elle est trop solide pour ça. Pas comme les merdes d'aujourd'hui ! Nan, je me suis jamais réveillé à cause de trucs dans la nuit. Par contre, c'est cette maison-ci qui craque, pas vrai, May ?

— Mais vous n'avez jamais entendu de sons étranges ou peut-être... vu des choses bizarres ? enchaînai-je rapidement. Vous savez, des choses inexplicables ?

Il me regarda sans réagir.

— Qu'est-ce que tu veux dire, Andrea ? demanda Elsie tout en se servant du vin. Qu'elle est hantée ?

Tout le monde rit à l'exception d'oncle Ed qui se contenta de sourire – il mangeait.

— Ce n'est pas ça, répliquai-je, même si c'était exactement cela. Je me demandais juste si...

— Tu as aperçu quelque chose, Andrea ? fit May.

— Bien sûr que non. Mais tu sais, à Los Angeles, si une maison a plus de cent ans, elle a une histoire. Il y a une légende ou des rumeurs à son sujet.

— Nan, pas ici, rétorqua oncle William.

Il prit le plat de veau, le vida dans son assiette, le racla avec soin et le reposa bruyamment sur la table.

— Il y a trop de maisons centenaires en Angleterre. Elles ne peuvent pas toutes avoir des fantômes, n'est-ce pas ? Si c'est des légendes que tu veux rapporter en Amérique, alors tu dois aller à Penketh, en banlieue. On a rien de pareil par ici. Pas le temps pour les fantômes.

De l'autre côté de la table, Elsie m'observait, tête penchée sur le côté.

— Tu es déçue, Andrea ?

— Bien sûr que non ! Je me posais juste la question, c'est tout.

— Ah... Les Américains et leurs fantasmes sur les Anglais ! dit oncle William. Nous habitons tous dans des maisons hantées et tutti quanti. Désolé, chérie, aucun fantôme à signaler dans les environs. Fait trop froid pour eux !

Il éclata à nouveau de rire et, honnêtement, je regrettai d'avoir soulevé le sujet.

— Notre bonne vieille maison a rien de mystérieux, pas vrai, Elsie ? reprit-il une fois calmé. J'y suis né en 1922, j'y ai vécu jusqu'à mes trente ans ou presque, et j'ai jamais entendu ou vu quoi que ce soit d'inhabituel. Ç'a toujours été une petite maison bien tranquille. Bien construite. Du solide. Pas comme celles d'aujourd'hui. Et dire que notre Christine veut épargner pour en acheter une à...

Je profitai du changement de sujet pour me concentrer sur mon assiette. Je mangeais calmement, mais sans vraiment savourer la nourriture : j'étais trop déçue et irritée. Moi qui avais espéré que mes proches auraient vécu les mêmes expériences étranges !

Mais non. J'étais la seule.

Après le dîner et avant qu'oncle William et tante May ne se rendent à l'hôpital pour leur visite journalière, je décidai de téléphoner à ma mère. Mon idée fit l'unanimité, mais à ma grande consternation, dès que l'opérateur nous passa la communication internationale, ils s'agglutinèrent autour de moi, si bien que je ne pus avoir de conversation privée.

En fait, ils se relayèrent tous pour lui dire bonjour si bien que, une fois tout dit et échangé, les larmes versées et le combiné passé plusieurs fois de main en main, je lui avais au final très peu parlé.

C'était dur à accepter. J'avais tant de choses à lui raconter et tant de questions à lui poser ! Mais tout ce que j'avais pu aborder tournait autour de son pied, de papy, de mon séjour chez mamy et du fait que quatre personnes attendaient à côté de moi pour lui parler.

Oncle William et tante May me raccompagnèrent chez mamy en allant à l'hôpital. Ils restèrent assez longtemps pour s'assurer qu'elle allait bien et lui raconter le bon dîner que nous avions eu, en regrettant qu'elle n'ait pas été là. Pendant qu'ils papotaient, je me maudissais intérieurement pour avoir à nouveau laissé la maison me posséder. Car c'était exactement ce qu'il était advenu à la seconde où j'avais franchi le seuil. Décidément, elle exerçait sur moi une fascination morbide ! Et si je me préoccupais un peu plus de la santé de papy pour changer ? Après tout, c'était pour cette raison que j'étais là.

A neuf heures, nous étions toutes les deux devant le feu, lovées dans nos fauteuils, le poste de radio allumé pour écouter l'« heure de musique écossaise » de mamy. Mais après cinq minutes de cornemuse, il se passa la même chose que le premier soir.

La pendule s'arrêta. Puis, la *Lettre à Elise* retentit dans le lointain, jouée cette fois par une main plus experte, mais sur un piano désaccordé.

Je regardai mamy. Tête en arrière, visage au repos, elle fredonnait *Amazing Grace.*

L'instant sembla durer une éternité, comme si nous étions suspendues entre deux réalités. Je fixais ma grand-mère avec incrédulité. Comment n'entendait-elle pas le piano ? J'eus soudain une bouffée de chaleur. La pièce sembla se refermer sur moi et la peur grandit tandis que je réalisais ce qui arrivait.

— Mamy...

Elle n'ouvrit pas les yeux.

Le piano montait pourtant en puissance, au point de supplanter la cornemuse. Les notes venaient de toutes les directions à la fois.

— Mamy...

A la seconde où elle ouvrit les yeux, le piano s'arrêta. Je jetai un coup d'œil à la pendule. Elle marchait à nouveau.

— Mamy, je suis épuisée, dis-je en me passant les mains sur le visage. Ça te dérange si je vais me coucher ?

— Pas du tout ! C'est vraiment égoïste de ma part de te tenir éveillée.

Elle prit sa canne et commença à vouloir s'extraire de son fauteuil.

— Ne bouge pas, mamy. Tu n'as pas besoin de te lever.

— Allons donc ! Je ne vais pas rester assise à te regarder dormir.

— Mais...

— Ta robe de chambre et ta chemise de nuit sont déjà là, sous cet oreiller. Je ne veux pas que tu montes cet escalier par ce froid polaire !

Je ne comprenais rien, mais je finis par apercevoir les coussins du canapé par terre et les couvertures prêtes pour la nuit.

— Tu veux que je dorme ici ce soir ?

— Evidemment ! Tu étais si bien la nuit dernière... Tu n'as plus besoin de retourner dans la chambre de devant, jamais.

— Oh, mais…

Tout à coup, j'éprouvais une immense réticence à dormir en bas. Elle était aussi forte que mon désir subit de remonter dans ladite chambre. Alors que j'aurais dû m'interroger sur cette étrange impatience, je m'efforçai plutôt d'expliquer mon envie à mamy. Et ce n'était pas évident…

— Hier soir, j'ai fait un cauchemar. Mais c'était hier. Cette nuit, tout ira bien. Vraiment, mamy, la chambre est…

— Ne t'inquiète pas, ma chérie, j'ai compris, m'interrompit-elle. Tu m'as entendue me plaindre du prix du gaz et maintenant, tu ne peux pas profiter d'un peu de chauffage sans avoir mauvaise conscience. Ne te préoccupe pas des lamentations d'une vieille femme, va. Le chauffage restera allumé aussi longtemps que tu seras ici. Point final ! Bonne nuit, ma chérie.

La discussion était close. Elle quitta la pièce en boitant et referma la porte derrière elle.

Atterrée, je me laissai tomber sur le canapé. C'était quoi, ce refus de coucher en bas ? Qu'est-ce qui m'avait pris de contrer mamy ? Rationnellement, elle avait raison : le salon était de loin le meilleur endroit où dormir. Pourtant… une part de moi-même avait exigé de monter. Presque comme si quelque chose me forçait à faire les choses contre ma volonté.

Je ne parvenais pas à me détendre. Alors qu'après deux jours j'aurais dû commencer à me sentir à l'aise dans mon nouvel environnement, l'inquiétude que m'inspirait la maison ne faisait que croître.

Et ce piano ? A l'évidence, mamy ne l'avait pas entendu. D'où venait la mélodie ? Pourquoi étais-je la seule de la famille à pouvoir l'entendre ? Et qu'est-ce qui faisait que je réveillais les vieux spectres de cette maison ?

Je levai brusquement la tête.

Il y avait un bruit à l'étage.

Me mettant lentement debout, sans quitter le plafond des yeux, je tendis l'oreille.

Ça ressemblait aux pleurs d'une femme.

— Mamy ? soufflai-je.

Oubliant aussi sec mon dilemme personnel, inquiète pour ma grand-mère, je me précipitai dans l'entrée sombre.

Dans ma hâte, je ne remarquai pas que la pendule s'était à nouveau arrêtée.

5

Mon cœur battait si fort qu'il occultait le bruit des sanglots. C'est que l'obscurité de l'escalier me terrifiait ! Malgré tout, je le montai aussi vite que possible. Ça me déchirait le cœur de savoir ma grand-mère seule et en pleurs. Qu'est-ce qui avait pu la chagriner ainsi ?

Après avoir allumé la lumière en haut des marches, je m'approchai doucement de sa porte et y collai l'oreille. La pièce était plongée dans le silence. Ebahie, je reculai et me retournai vers le palier. A la faible clarté de l'ampoule, j'aperçus la porte fermée de la chambre de devant. Les sanglots provenaient de là.

Sur la pointe des pieds ou presque, j'allai jusqu'à la porte. Les pleurs étaient maintenant bien distincts. Autour de moi, l'air était glacial. A l'exception des gémissements, c'était le silence total. Un calme aussi pesant que la mort. J'en avais la chair de poule ! L'envie de tourner les talons et de fuir atteignait son paroxysme en moi, mais je ne pouvais pas bouger. Une force plus grande que la mienne me retenait. Ce fut elle qui m'obligea à saisir la poignée de la porte. Elle était aussi froide que le givre !

La porte s'ouvrit sans un bruit sur un noir d'encre. Je sentis un souffle froid me caresser le visage.

Pétrifiée, incapable de résister à cette force, je ne pus que fouiller les ténèbres du regard. J'aperçus alors une étrange lueur au milieu de la pièce. Son incandescence avait quelque chose d'éthéré : elle était très brillante en son centre et de plus en plus estompée, voire fragmentée, en périphérie, comme la lumière des projecteurs-veilleuses utilisés dans les films pour obtenir un éclairage plus doux. Dans le cas présent, le halo se concentrait sur le lit.

Une enfant habillée de blanc y pleurait à chaudes larmes.

Elle n'avait pas plus d'une douzaine d'années et s'était jetée à plat ventre en travers du matelas. Sa robe de coton blanc ornée de volants, de lacets et de rubans la couvrait jusqu'aux chevilles. Un large ruban ramené en un gros nœud dans le dos lui serrait la taille et ses pieds étaient chaussés de mules en cuir.

De là où je me tenais, j'apercevais les jupons bouffants et les bas blancs.

Le visage enfoui dans ses bras croisés, la fillette lâchait des sanglots à fendre l'âme.

Je ne sais pas combien de temps je restai à la contempler. Ce n'était plus la peur qui me figeait sur place, mais la curiosité… J'étais fascinée par le réalisme de la scène et des détails. Je ne commençai à m'inquiéter que lorsqu'elle releva brusquement la tête.

Que se passerait-il si elle me voyait ?

J'eus la réponse une seconde plus tard. Elle tourna bien les yeux vers moi, mais ne broncha pas, alors même que j'avais croisé son regard. Pour elle, j'étais en fait transparente.

Je pris une brusque inspiration en découvrant son visage plutôt ordinaire. C'était la fillette de la photo, celle qui se tenait sur les marches, à côté de John et de Victor, mais avec quelques années de plus : Harriet Townsend.

Elle se redressa lentement, en prenant appui sur ses bras fins. De longues boucles lui tombaient sur les épaules, encadrant un visage bouffi par les larmes. Elle ne pleurait plus et semblait considérer quelque chose ou quelqu'un derrière moi.

Quand elle parla, je fus prise au dépourvu. En dépit du réalisme troublant de la scène, je n'avais pas anticipé qu'il y aurait aussi le son !

— Ça m'est égal, ce que dit père ! déclara-t-elle d'un ton acerbe, la lippe boudeuse. Je resterai ici et je ne mangerai plus rien jusqu'à ce que je meure. Mais lui, il ne sera même pas triste !

Elle continuait à regarder à travers moi, comme si elle écoutait une personne invisible. Puis elle rejeta la tête en arrière.

— Pourquoi Victor est-il parti ? Il pouvait rester ! Il n'avait pas à le faire. Père voulait qu'il reste ici et travaille à l'aciérie. Mais non ! Victor n'en a fait qu'à sa tête. J'espère qu'il sera très très malheureux à Londres ! Et qu'il va se couper et mourir empoisonné !

Ses traits se contractèrent de colère pendant que son interlocuteur lui répondait. Je ne pouvais pas savoir qui lui parlait, mais il n'était pas difficile de reconstituer le dialogue.

— Eh bien, vous direz à père que je vais m'enfermer dans l'armoire et y mourir de faim ! Victor m'avait promis qu'il ne partirait jamais...

Il avait promis ?

Harriet Townsend me transperça d'un regard plein de provocation. Subitement, son attitude changea du tout au tout. Le défi fit place à la surprise puis à la peur. Ses yeux s'écarquillèrent et sa bouche s'ouvrit sur un cri.

— Ne me frappez pas ! supplia-t-elle, reculant jusqu'à la tête de lit. Je suis désolée ! Je ne voulais pas dire ça ! Pitié, pitié, ne me frappez pas !

L'enfant leva les bras pour se protéger tout en hurlant :

— Ne faites pas ça !

Spontanément, je fis un pas en avant en l'appelant par son prénom.

Le plafonnier s'alluma et je me retournai, clignant bêtement des yeux.

— Que fais-tu là ?

Ma grand-mère se tenait debout dans l'embrasure de la porte, une drôle d'expression sur le visage.

— Je... euh...

— Tu devrais être en train de dormir.

Dormir... Quand mon regard se porta vers le lit, je restai bouche bée : il n'y avait là que ma valise au contenu éparpillé sur le dessus-de-lit. L'étrange lumière avait disparu, Harriet aussi, et maintenant que j'y pensais, il ne faisait plus aussi froid.

Interloquée, je jetai un rapide coup d'œil à ma grand-mère. Avait-elle vu ou entendu quelque chose ?

— Mes... mes chaussons, fis-je de façon peu convaincante. Je suis venue chercher mes chaussons.

— Je t'ai entendue parler.

— Oui. C'est ma faute, je me suis cogné le menton dans le noir, dis-je, faute de meilleure explication. Ah ! Les voilà !

Je me penchai pour prendre mes pantoufles et ressortis ensuite avec elle sur le palier. Devant sa porte, elle me plaqua un baiser sonore sur la joue.

— Bonne nuit, ma chérie. Et ne t'éloigne pas trop du chauffage, sinon tu vas attraper froid. Vraiment !

Avant d'entrer dans la pièce, elle éteignit par réflexe la lumière du palier, plongeant instantanément la maison dans l'obscurité. Debout en haut de l'escalier, je ne distinguais plus les marches. J'entrepris toutefois de les descendre, mais très lentement, car j'étais encore sous l'effet de mon incroyable rencontre avec Harriet. Sa voix pathétique résonnait toujours à mes oreilles.

Avais-je rêvé ou avais-je bien vu ce que je pensais avoir vu ? Etais-je la proie de mon imagination et de la fatigue ?

Parvenue à la dernière marche, je dus longer le mur pour retrouver le salon dans les ténèbres. Chemin faisant, les notes d'un piano s'élevèrent à nouveau, très très loin. Ma peau se mit à picoter. Debout dans l'entrée froide, j'avais l'impression d'être prise au piège pour l'éternité dans une grotte immense et humide. Très haut au-dessus de ma tête, comme un écho inquiétant, les notes de la *Lettre à Elise* coulaient le long d'antiques stalactites.

— Non... chuchotai-je malgré moi.

Quelle que fût la source de cette musique, je n'avais pas le courage de l'affronter.

Cela me donna la force de me précipiter à tâtons vers la porte du salon. Quand elle finit par s'ouvrir sous ma pression, je lâchai un soupir de soulagement.

Mais je n'étais pas seule.

Un jeune homme se tenait appuyé au manteau de la cheminée, sourire aux lèvres, un verre à la main.

— Sacrée nuit, n'est-ce pas ? dit-il en me faisant signe d'approcher.

Statufiée sur le seuil, je fixais stupidement l'âtre où voletaient les flammèches d'un beau feu. Le poêle à gaz avait disparu.

Le jeune homme au visage bienveillant me regardait avec amusement.

— Tu es à tordre, reprit-il avec désinvolture. Mets-toi à l'aise.

Interloquée, j'examinai mon jean et mon tee-shirt, puis jetai un coup d'œil derrière moi. Un autre jeune homme était en train d'accrocher une grande cape trempée à un portemanteau dans le vestibule. Il tapa ensuite son haut-de-forme contre son genou.

Sans réfléchir, je me rabattis contre le buffet, la main sur le cœur. Mon corps semblait soudain paralysé, mes membres, lourds et insensibles. Le sang battait à mes oreilles, bruit rapide et lancinant qui devait sûrement s'entendre dans toute la maison.

Terreur ou étonnement ? Les deux émotions m'avaient envahie et plaquée contre le meuble. Mais quand Victor Townsend passa devant moi, traînant dans son sillage un peu de la fraîcheur nocturne, je fus tout bonnement trop hypnotisée pour bouger ou même battre des cils.

— Ça purifie l'air, mon frère, dit-il d'une voix sonore, en se frottant les mains devant le feu.

Subjuguée, je l'observai qui se dirigeait à grands pas vers la vitrine, y prenait un verre et se servait deux doigts de liquide ambré. Les deux hommes levèrent ensuite leurs verres comme pour un toast, les burent cul sec puis éclatèrent de rire.

Eux non plus n'avaient pas conscience de ma présence.

Pour des frères, John et Victor ne se ressemblaient pas du tout. Le premier était plus petit et plus jeune – j'aurais dit vingt ans pour lui et vingt-deux ou vingt-trois pour Victor. Sans être aussi beau que son aîné, il avait toutefois un visage plus doux et un air de gentillesse qui le rendait immédiatement sympathique.

Mon arrière-grand-père (c'était vraiment étrange de penser à lui comme tel !) arborait une crinière de cheveux noirs indisciplinés et d'épais favoris. Ses grands yeux enfoncés dans leurs orbites étaient surplombés de sourcils fournis, lesquels encadraient un sillon bien reconnaissable. Plus large d'épaules et plus grand d'une tête, il en imposait plus que son frère.

Toutefois, les deux affichaient le même goût pour la mode. Ils semblaient en effet rivaliser d'élégance. Incapable de dater avec précision leurs costumes, j'en connaissais cependant assez pour les cataloguer comme appartenant à la fin du XIXe siècle. Les redingotes sombres et les pantalons rayés indiquaient des hommes de qualité.

— Je vois que c'est quelque chose dont tu n'as pas perdu le goût à Londres, lança John comme Victor se resservait.

— Je suis seulement parti un an, John. Tu parles comme si tu espérais des changements !

— J'espérais au moins que tu reviendrais plus intelligent. King's College a une réputation à tenir... Que vous apprennent-ils de toute façon dans cette faculté de médecine ?

— Comment se comporter autour d'un lit.

John partit d'un grand éclat de rire, tête renversée.

— Mon cher frère, tu pourrais en remontrer aux Londoniens dans cette matière ! Maintenant, dis-moi un peu, s'enquit-il en se penchant vers Victor, lèvres étirées en un sourire légèrement mystérieux, aimes-tu vraiment découper les cadavres ?

— Tu deviens morbide, John, et cela dès ma première nuit à la maison ?

— Très bien, alors parlons de choses plus plaisantes. As-tu déjà eu l'occasion d'ausculter des demoiselles ?

Victor secoua la tête et sourit.

— Tu es incorrigible, mon frère. On ne devient pas médecin par lubricité ou pour avoir le frisson devant des cadavres.

— Oh… Pour sûr ! Toi, tu es guidé par ton amour de l'humanité, par ta compassion devant la douleur, par ta détermination inconditionnelle à mettre un terme à toute souffrance et à toute misère ! rétorqua-t-il avec un geste théâtral du bras.

— Quelque chose comme ça, murmura Victor.

Pendant un moment, les deux frères se tinrent en silence devant la cheminée, regard perdu dans les flammes. J'eus alors l'occasion de constater combien le salon avait changé. Les murs étaient couverts d'un papier à fleurs et le tapis persan était encore d'un bleu marine et d'un rouge flamboyants. La vitrine rutilait dans son coin et le canapé en crin de cheval montrait un revêtement autre que celui choisi par mamy. Sur la cheminée se trouvait une pendule de style Louis XV, encadrée par une paire de staffordshire bull-terriers. Aux murs, des appliques au gaz éclairaient la pièce et une galerie de cadres ovales exposait des portraits de gens que je ne connaissais pas.

J'étais fascinée. Ne voulant pas détruire la magie de la scène et ne sachant pas jusqu'à quel point d'équilibre je pouvais aller, je n'osais pas faire un mouvement. C'est à peine si je respirais.

Du coup, je ne vis pas la porte s'ouvrir, mais j'entendis quelqu'un entrer et je sentis l'habituel courant d'air froid.

Victor se retourna avec un sourire éclatant et tendit ses deux mains à Harriet qui s'empressait de le rejoindre.

— Victor, je suis si heureuse que tu sois venu nous rendre visite !

Frère et sœur s'étreignirent avant de s'embrasser. Puis Victor la repoussa à bout de bras pour mieux la regarder.

— Comme tu as grandi en un an !

C'était vrai. La jeune fille qui se tenait devant nous n'était plus l'enfant irritable qui pleurait là-haut quelques minutes plus tôt. Harriet avait abandonné les vêtements de l'enfance pour une longue robe en soie à col montant et corsage étroit. Ce dernier s'épanouissait au niveau des hanches en une lourde jupe qui tombait tels des rideaux à l'avant, mais était ramassée à l'arrière en une volumineuse tournure. Des mètres de tissu avaient été nécessaires, et malgré tout, la coupe était ainsi faite que Harriet ne pouvait marcher qu'à petits pas. Ses longues boucles étaient désormais ramassées en une coiffure retenue par des épingles et des rubans, dégageant ainsi le cou. Je la trouvais des plus élégantes. A la lueur du gaz et des flammes, elle était même presque jolie.

— J'ai quatorze ans maintenant, dit-elle en se rengorgeant. Beaucoup de choses me sont arrivées depuis un an.

— Pourtant, elle continue à pleurer comme avant.

— John ! le tança Victor, en retenant un sourire. C'est vrai, Harriet ? Tu pleures beaucoup ?

— Tu aurais dû la voir le soir de ton départ. Une vraie tragédienne ! Elle a menacé de s'enfermer dans l'armoire et de se laisser mourir de faim.

Cette fois, Victor ne cacha pas son sourire.

— Tu as fait ça pour moi ?

Harriet rougit.

— Ton départ m'avait blessée, Victor. Mais aujourd'hui, ça m'est égal. Je suis fière que tu deviennes médecin.

— C'est père qui devrait être tellement fier... marmonna John en se détournant.

— Et puis, je suis contente que tu aies décroché cette bourse. Parce que tu es l'homme le plus intelligent de Warrington, et je...

— Warrington est une petite ville, la coupa John, la carafe à la main. Un peu de brandy, Victor ?

Victor secoua la tête.

— Je peux en avoir ? demanda Harriet, menton en avant.

— Et gâcher ce joli visage ? Tu sais ce que père te ferait s'il te surprenait en train de boire du brandy...

— Du brandy ! Tu as en effet grandi, Harriet, renchérit Victor.

— Plus que tu ne crois. Je suis allée aux courts de tennis.

— Harriet ! s'exclama John, désapprobateur. Père t'a prévenue à ce sujet.

— Oh, je ne joue pas ! Je ne fais que regarder. Il ne me l'a pas interdit.

— Il se mettra en colère s'il l'apprend.

— Et qui le lui dira ?

— Du tennis ? Ici, à Warrington ? s'étonna Victor.

— Oui ! Mon amie Megan O'Hanrahan joue au tennis. Et elle fume des cigarettes.

— Elle ne perd pas de temps, cette Megan, lâcha John d'un ton sombre. Tu ferais bien de ne pas trop t'approcher d'elle.

— A Londres, qu'une jeune fille joue au tennis ne fait pas un tel scandale, le contra Victor.

— Eh bien, nous ne sommes pas à Londres !

— Oh, John, que tu es prude ! dit Harriet, qui saisit le bras de Victor et se mit à parler très vite : Je ne suis pas vraiment intéressée par le tennis ou par les autres sports, même si Claire McMasters fait du tir à l'arc à Penketh, mais tu sais ce que j'adorerais ?

L'œil amusé, Victor la regarda.

— Quoi ?

— Une bicyclette !

John fit volte-face.

— Oh, par tous les...

— Un instant, jeune homme, votre sœur parle. Harriet, pourquoi rêves-tu d'une bicyclette ?

— Megan O'Hanrahan en a une et...

— ... et tu peux voir ses jupons quand elle pédale dans la rue. Voilà l'idée !

Harriet porta la main à sa poitrine.

— John ! fit-elle, choquée.

— C'est indécent ! Non seulement père ne permettra pas à sa fille de se donner ainsi en spectacle, mais moi non plus. Ma sœur...

— Victor ! Aide-moi !

— Eh bien...

Il se gratta la tête.

— Tu ne le feras pas, point final. Non mais... Une jeune fille qui montre ce qu'elle a sous ses jupes ! Et puis quoi encore ?

— John Townsend, comment peux-tu être si vulgaire ! D'abord, je porterai un pantalon bouffant...

— Père n'autorisera certainement rien de tout cela dans cette maison ! Laisse donc les Américaines porter un tel accoutrement, ce sont elles qui l'ont inventé. Mais aucune Townsend ne se déshonorera avec. Et certainement pas en chevauchant une bicyclette.

Harriet fusilla John du regard et se tourna vers Victor.

— Qu'en penses-tu ?

— Je crains d'être d'accord avec John sur ce point. Le tennis est une chose, mais la bicyclette en est une autre. Je pense que tu ferais mieux d'oublier l'idée.

— Ce sont ces Irlandais, ajouta John en se resservant un verre. On lui a dit de ne pas fréquenter ces O'Hanrahan. De mauvaises gens.

— Ils sont très bien !

— Ils sont catholiques, voilà ce qu'ils sont !

— Ils sont tout aussi respectueux de Dieu que père ou toi…

— Ne discute pas avec moi, Harriet ! s'emporta John.

Celle-ci se tint coite un instant, son regard passant d'un frère à l'autre, puis elle porta les mains à son visage, éclata en sanglots et quitta la pièce en courant.

Comme elle passait près de moi, je me tournai et voulus lui parler, mais elle allait trop vite et me claqua la porte au nez.

Cette conversation m'avait mise en colère. Prête à me répandre en reproches, je me retournai alors vers les deux frères, mais ils avaient disparu.

L'espace d'un instant, j'en restai pantoise. Puis je me souvins du contexte et laissai échapper un petit rire nerveux. Dire que j'avais été sur le point de les prendre à partie !

J'avançai avec appréhension jusqu'au centre de la pièce. Elle était redevenue normale avec son chauffage au gaz, les murs blancs et le paisible tic-tac de la pendule.

Les jambes coupées par l'émotion, je me laissai tomber dans un fauteuil et me perdis dans la contemplation des flammes du poêle. Je nageais en pleine confusion.

Qu'est-ce que tout cela voulait dire ?

J'étais sous le choc d'avoir vu des scènes aussi réelles. Mon corps tout entier semblait flotter. Cette expérience m'avait vidée. Comme en transe, j'avais le cerveau qui marchait au ralenti, mais pas assez pour m'empêcher de m'interroger.

A quoi avais-je assisté ? Etait-ce un tour joué par mon cerveau fatigué et impressionnable ? Ou bien m'avait-on, d'une façon ou d'une autre, accordé un aperçu du passé ?

Je levai les yeux sur la pendule. Etait-ce cela ? Avais-je pu jeter un bref regard dans le temps ?

Parce que je n'avais pas été possédée au sens habituel du terme. J'avais plutôt été le témoin d'événements du passé. Peut-être avais-je trébuché sur un défaut de l'espace-temps, qui m'avait permis de voir certaines choses ?

C'était d'autant plus possible que je remarquais à présent une sorte de chronologie dans le déroulé des événements. L'interprète de la *Lettre à Elise* avait eu la main plus assurée la deuxième fois. Victor, quant à lui, m'était apparu à trois âges différents, à chaque fois plus âgé. Même chose pour Harriet.

Je me frottai le front afin d'en chasser la migraine qui menaçait.

La pendule avait-elle remonté le temps jusqu'au tout début, quand les Townsend s'étaient installés dans la maison, laissant ensuite les années s'égrener normalement dans le passé ?

J'avais lu quelque part une théorie qui disait que le temps formait un tout instantané. Cela suggérait que passé, présent et futur progressaient en parallèle et que c'étaient les lois de la physique universelle qui nous empêchaient de voir les courants du temps. Certaines personnes plus « sensibles », telles que les médiums et les voyants, avaient la capacité de franchir ces barrières physiques et d'entrapercevoir le passé ou l'avenir. Cette théorie expliquait aussi la sensation de déjà-vu ou les prémonitions. Elle affirmait également que, dans un état de moindre conscience, moment où les frontières temporelles sont les plus faibles, on pouvait passer à travers elles par accident. On avait alors un aperçu du futur ou du passé.

Horloges et calendriers ont été inventés par l'homme. Mais le temps leur est bien antérieur. Etait-il cyclique ou linéaire ? Etait-ce un fleuve sur lequel toutes les époques flottaient de manière concomitante ? Si tel était le cas, alors il devait certainement y avoir une fenêtre qui permettait de jeter un coup d'œil sur les courants parallèles.

Or, si ce que je vivais depuis deux jours était réel, cela signifiait que le passé pouvait vraiment exister au présent, donc que j'avais trouvé cette fenêtre !

Quand je m'éveillai tout habillée, affalée dans le fauteuil, le poêle me chauffant les jambes, il faisait encore noir. Je me redressai d'un coup et me frottai les yeux avant de regarder la pendule pour reprendre pied dans la réalité. Il était quatre heures du matin.

J'avais des courbatures d'avoir dormi assise, si bien que je me dépliai difficilement. Pour éviter de replonger dans le sommeil, je me mis à arpenter le salon. Dans ma tête, les mêmes questions passaient en boucle.

Je n'étais pas encore persuadée de la justesse de ma théorie sur la fenêtre temporelle. Et même si elle se révélait correcte, elle n'expliquait pas pourquoi cela m'arrivait. Ensuite, si je pouvais les voir, pourquoi eux ne le pouvaient-ils pas ? Cela fonctionnait-il comme les miroirs sans tain des commissariats ?

Et puisque je pouvais les voir, les entendre et sentir le courant d'air froid quand ils entraient ou passaient près de moi, ne pourrais-je pas aussi les toucher ? Que ressentirais-je alors ? Et eux ?

Accablée, j'échouai à nouveau dans le fauteuil. Quel était donc le but de tout cela ? Pourquoi m'avait-on fait voir certaines choses ? Pourquoi n'avais-je aucun contrôle dessus ? Je ne pouvais en effet pas faire se matérialiser Harriet et ses frères, mais à l'inverse, quand ils choisissaient d'apparaître, je ne pouvais pas m'y soustraire !

Et que penser du réalisme de ces scènes, aussi tangibles que si j'existais pour un moment dans l'Angleterre du XIXe siècle ?

Pourquoi moi ? Pourquoi pas Christine ou un autre de mes cousins ? Ou bien William, Elsie ou mamy ?

Pour-quoi-moi ?

J'étais recroquevillée dans le fauteuil, la tête sur les genoux, quand une idée me fit frissonner. Me redressant tout de go, je plissai les yeux devant la pendule et songeai : Tout avance chronologiquement, ça veut donc dire que... que...

— Non !

Je sautai sur mes pieds.

Malgré moi, les mots de mamy me revenaient en mémoire : « Victor Townsend était un homme méprisable. Certains disent qu'il faisait de la magie noire. D'autres qu'il avait conclu un pacte avec le diable. Rien au monde ne pourra me faire raconter à voix haute les actes monstrueux que cet homme a commis ! De son vivant, Victor Townsend a fait de cette maison un enfer sur terre pour tous ses occupants. »

— Non...

— Andrea.

Je bougeai la tête de droite et de gauche, les tempes douloureuses.

— Andrea, ma chérie.

Je finis par ouvrir les yeux et concentrai mon regard sur le visage de ma grand-mère, autrefois si frais et radieux. En moi-même, je pleurais la perte irréversible de sa beauté.

— Tu vas bien ?

— Oui… ça… ça va.

— Il est presque dix heures. Veux-tu te lever ou bien préfères-tu dormir encore un peu ?

Fronçant les sourcils, je jetai un coup d'œil au canapé sur lequel j'étais allongée, à ma chemise de nuit, aux couvertures. Mes vêtements étaient soigneusement pliés à côté, sur le fauteuil.

Quand m'étais-je déshabillée ?

— Oh, mamy, gémis-je en me frottant les yeux, j'ai une telle migraine…

— Pauvre chérie ! Laisse-moi t'apporter des cachets. Ne bouge pas.

Alors qu'elle allait en boitillant jusqu'au buffet pour en ouvrir le tiroir du haut, j'essayai de me souvenir de ce qui s'était passé après mes allées et venues dans le salon à la recherche d'une explication. C'était le trou noir.

— Voilà, ma chérie.

Dans une main toute noueuse, elle tenait deux pilules blanches et, dans l'autre, un verre d'eau.

— Ça va te faire du bien.

— Qu'est-ce que c'est ?

— Quelque chose contre le mal de tête. Prends-les.

— Merci, mamy.

Je m'assis et pris les pilules, me demandant d'où venait cette amnésie et pourquoi j'avais si mal au crâne. Puis, alors que ma grand-mère disparaissait dans la cuisine, je quittai le canapé avec lenteur et passai dans l'entrée, mes vêtements sous le bras. L'air froid me fouetta le visage et c'est avec un frisson que j'entrepris l'ascension de l'escalier. Après une nuit dans la chaleur de four du salon, le reste de la maison tenait de la glacière.

Au beau milieu des marches, je m'arrêtai net. Un souvenir encore vague remontait à la surface. Il s'agissait d'un rêve, mais je n'arrivais pas à le saisir dans sa globalité. Tout ce qui m'en restait, c'était que ça concernait l'armoire de ma chambre.

Je secouai la tête. Inutile d'insister, ça ne me reviendrait pas ! Je continuai à grimper et entrai dans la salle de bains.

Un peu plus tard, rafraîchie et remise d'aplomb par les aspirines de mamy, j'émergeai de la salle de bains et traversai le palier pour rejoindre la chambre de devant. Là, ma valise et mes affaires étaient éparpillées sur le lit, telles que je les avais laissées. Le froid était mordant, mais la lumière du jour filtrait entre les rideaux et le cadre n'avait plus rien à voir avec la chambre fantasmagorique de la veille. La pièce avait vieilli : le cadre en cuivre du lit demandait à être astiqué, la cheminée était inemployée, les murs étaient humides et la peinture s'écaillait. Quant à l'armoire, elle montrait des signes de grand âge...

L'armoire ?

Je m'arrêtai et contemplai le meuble en chêne massif, comme s'il pouvait faire resurgir mon drôle de rêve. Un de ses battants était légèrement entrebâillé.

Les pleurs et les menaces de Harriet me revinrent en mémoire. Je me rappelai aussi ma première nuit ici et l'intuition qui m'avait poussée à regarder le miroir, dans lequel se reflétait le gros meuble.

La lumière du matin me donnant du courage, je m'approchai avec un mélange de curiosité et d'appréhension.

Sur quoi avait porté mon rêve ?

J'ouvris doucement la porte de la penderie. Il n'y avait que mon jean bleu et le tee-shirt avec lesquels j'avais voyagé. Rien n'avait bougé depuis que je les avais accrochés. J'ouvris donc l'autre porte et ne découvris que le vide et quelques cintres tordus.

C'était juste une vieille armoire. Voilà tout.

Je fis un effort pour mettre un peu d'ordre et redescendis avec une petite pile de linge que j'espérais laver dans l'évier de la cuisine.

— Tu veux faire quoi ? demanda mamy pendant que nous finissions le dernier toast au bacon.

— Je veux aller me promener. Sortir un peu.

Par la fenêtre, elle jeta un rapide coup d'œil au ciel, d'un bleu limpide.

— Il a l'air de faire beau, mais par ici on ne sait jamais. Novembre peut être traître en ce qui concerne la météo, ma chérie. Ça peut se couvrir sans prévenir.

— Je m'habillerai chaudement, mamy. Mais je suis restée trop longtemps enfermée. Oncle Ed et tante Elsie ne vont pas arriver tout de suite, alors j'aimerais bien prendre un peu l'air avant, si ça te va.

Bien que réticente, elle céda. J'enfilai donc deux de ses cardigans sur mon tee-shirt, ramenai mes cheveux sous un bonnet et enroulai une écharpe de laine autour de mon cou.

— Où vas-tu aller ?

— Où mène-t-il ? demandai-je en désignant le vaste champ qui ondulait à l'arrière de la maison.

— C'est Newfeld Heath. Ça longe l'un des canaux de la Mersey. Tu ne peux pas te perdre si tu le suis. Va au bout de la route, tourne à droite dans Kent

Avenue, tu seras dans le champ d'ici cinq minutes ! Mais ne traînasse pas, hein ?

Mamy m'accompagna à la porte, me rappela encore de bien faire attention à l'heure et referma derrière moi.

Debout sur le perron, j'étais en train de rentrer les extrémités de mon écharpe à l'intérieur de mon pull quand une sensation très curieuse s'empara de moi. Le soleil brillait, je sentais un vent froid et revigorant sur mon visage ; par ce temps, même la rue avait un certain charme avec ses maisons en brique bien alignées, leurs jardinets et parfois une voiture garée devant. Pourtant, quelque chose me soufflait que je ne voulais pas sortir.

Je descendis une marche et m'arrêtai, envahie par une sorte de réticence qui flirtait avec le refus. Refus de m'éloigner de la maison.

Mais pourquoi diable devrais-je rebrousser chemin alors que, cinq minutes avant, je piaffais d'impatience à l'idée de me dégourdir les jambes ? C'était presque comme si...

Je secouai la tête et m'obligeai à descendre les autres marches.

... presque comme si la maison ne voulait pas que je parte ?

Allons donc ! Je me tançai intérieurement et pressai le pas dans l'allée. Je poussai le portail grinçant et m'engageai dans la rue. La maison chercherait-elle à me retenir ? Quelle absurdité ! J'eus un petit rire forcé pour souligner ma bêtise et c'est en avançant contre le vent que je m'éloignai, non sans avoir jeté un dernier regard à la maison de mamy.

Après quelques minutes, je pus flâner dans George Street et apprécier ma liberté sans arrière-pensée. Je tournai dans Kent Avenue et la suivis jusqu'à ce que les pavés se fondent avec la lande.

Newfeld Heath est une friche aride d'au moins un hectare, qui longe une ramification de la Mersey sur plus d'un kilomètre et demi. Ponctuée de pentes douces, elle est parsemée de quelques taches vert émeraude, couturée sinon de rochers et de terre nue et plantée à profusion d'ajoncs piquants. Marchant avec précaution, en essayant d'éviter les épineux, je m'ouvris un chemin vers le canal.

Les mains enfoncées dans les poches de mon jean, j'emplissais mes poumons d'air pur et j'offrais mon visage au soleil. Mon moral grimpait en flèche loin de la maison de George Street... J'avais désespérément besoin de prendre de la distance avec la mélancolie et le sentiment de malaise dont elle me lestait. C'était bon de m'éloigner aussi un peu de mamy, d'être seule un moment avec mes pensées.

Deux jours et trois nuits dans cette maison – une éternité ! – m'avaient déjà vidée de toute mon énergie et de tous mes repères. Je ne me maîtrisais plus ; mes émotions, mes pensées, mon imagination et même mon corps semblaient avoir pris leur indépendance.

Pourquoi ?

J'avançais avec peine à travers champs et, concentrée sur moi-même, je ne prêtais pas grande attention au paysage.

Il devait bien y avoir une explication rationnelle, mais je revenais sans cesse à la maison et à l'étrange effet qu'elle produisait sur moi. Ça frisait l'obsession. Et toujours la même question : pourquoi ?

Je m'arrêtai non loin du canal, où une péniche était amarrée. Sur le pont, du linge battait au vent tandis que, sur la berge, deux garçons accroupis asticotaient quelque chose avec un bâton.

Je me retournai et observai la rangée de courettes toutes identiques qui bordaient la lande. Toutes avaient des portails rouillés et des murs de brique effrités. Laquelle était la maison de mamy ? Et qu'est-ce qui la rendait si différente des autres ?

Extérieurement, rien ne la distinguait. Cela tenait plus à son atmosphère : elle respirait, et quelque chose l'habitait. Quelque chose d'invisible...

Secouant la tête une fois de plus, je repris ma route sur la lande.

Je pensais à ma grand-mère. Je revoyais son visage, tantôt beau, tantôt ridé et ordinaire. D'où lui venaient son énergie, sa capacité à se débrouiller par elle-même, son aptitude à veiller sur autrui, à affronter la vie et toutes ses possibilités ? Surtout après s'être retrouvée privée du jour au lendemain de la présence de son compagnon de toujours !

J'enfonçai la tête dans mes épaules pour mieux résister au vent froid. Ça faisait du bien, ça me vivifiait. Et les petites pilules blanches de mamy avaient chassé la migraine.

Qu'est-ce que ça faisait de vivre avec le même homme aussi longtemps ? Soixante-deux ans... Le premier soir, mamy avait évoqué sa nuit de noces.

Je repensai à Doug, à notre première nuit et à notre dernière. Mamy et papy avaient vécu ensemble pendant plus de soixante ans avant qu'une ambulance n'emporte mon grand-père. Doug et moi avions habité ensemble pendant six mois jusqu'à ce que je décide de tout arrêter.

« Tu paniques, Andi, m'avait dit Doug lors de notre dernière nuit. Tu vois que la relation devient trop profonde, trop sérieuse, et tu paniques. Alors tu te retires du jeu. Tu y mets fin avant qu'elle ne puisse te blesser. Tu as peur de souffrir.

— Comme tout le monde, non ? m'étais-je défendue.

— Bien sûr. Mais qui te dit qu'il y aura de la souffrance ? Je t'aime et je pense que tu m'aimes, même si tu ne l'as jamais dit. De quoi as-tu si peur ? »

Quand j'avais pris l'avion quatre jours plus tôt, je n'avais aucun doute quant à ma décision concernant Doug. Il avait raison, je ne voulais pas du type d'engagement auquel il aspirait. Je ne voulais pas me marier ou fonder une famille. Je voulais être libre et sans entraves.

C'étaient exactement les mots que j'avais utilisés quand je lui avais annoncé que je voulais mettre un terme à notre relation : « sans entraves ».

« Et l'amour ? avait-il répondu.

— L'amour n'a rien à voir là-dedans. Je parle de liberté. Je ne veux pas m'engager. Je ne veux pas être liée.

— De quoi as-tu peur ? » avait-il répété.

Nous nous étions séparés sur une note amère et frustrante. J'avais voulu une séparation en douceur et objective. J'avais essayé de lui faire comprendre mon besoin de liberté, et tout ce qu'il avait trouvé à me répondre, c'était de parler d'amour et de peur. Comme si ces deux choses avaient quoi que ce soit à voir avec ce que je m'évertuais à lui expliquer !

Après six mois excitants et sans nuages, c'était notre première dispute. Notre relation n'avait pas eu la fin que j'avais espérée. Nous nous étions quittés dans le chagrin et la tristesse, et j'en avais gardé une impression pénible. Les lettres d'Angleterre étaient arrivées à point nommé. C'était un signe du ciel, une échappatoire (OK, une fuite) idéale pour avoir une meilleure perspective sur ce qui s'était passé et pour me fortifier, renforcer mes résolutions, reprendre en main mes émotions.

Malheureusement, les choses ne se déroulaient pas ainsi.

Je m'arrêtai à nouveau et fixai le bleu éblouissant du ciel. Il était turquoise, parsemé de nuages cotonneux. Ça faisait bizarre de se tenir là, à des milliers de kilomètres de chez moi, auprès de gens qui m'étaient presque aussi proches par le sang que mes parents et mon frère. Dire aussi que j'étais née là, que j'avais commencé là !

« Tu n'as aucune origine ni destinée, m'avait dit Doug lors de notre séparation, son sourire habituel remplacé par une expression que je ne lui connaissais pas. Tu n'as aucune racine et tu as peur d'en cultiver. Pas de passé, pas de futur, Andi. Ça marche de pair ! Tu es aussi transparente et creuse que la ville où tu habites. »

Ça s'était terminé là-dessus. Depuis, je ne retrouvais pas mon autonomie coutumière. Où étaient ma force et l'honnêteté envers moi-même sur lesquelles j'avais toujours pu compter ? Par le passé, j'avais mis fin à d'autres relations et m'en étais toujours remise. Pourquoi celle-ci semblait-elle me poursuivre ?

Mes joues brûlaient sous l'assaut du vent et je me tournai à nouveau vers la rangée d'habitations. Les mots de Doug sur mon absence de désir de famille me rappelaient quelque chose que mamy avait évoqué deux nuits plus tôt. Elle avait dit que papy craignait de voir resurgir le « sang maudit » de Victor Townsend chez ses petits-enfants.

Comme je frissonnais légèrement, je battis des bras pour me réchauffer et retournai d'un pas vif vers Kent Avenue. Cette promenade m'avait permis de remettre les choses en perspective, notamment par rapport à la maison de mamy. Tout ce que j'y avais vécu et ressenti n'était que le fruit de mon esprit surmené. J'avais rêvé sans le savoir et, d'ici quelques jours, je m'y sentirais aussi bien que le reste de la famille ! Les hallucinations cesseraient.

Malheureusement, ce fut l'inverse à peine le seuil franchi.

La mélancolie m'enveloppa immédiatement. Elle s'infiltra en moi, me fit trembler sous le coup d'un froid plus pénétrant que jamais.

— Mamy, tentai-je d'appeler, sans succès.

Eperdue, je m'appuyai à la porte, face à l'entrée sombre.

Une longue minute passa ainsi. La porte du salon s'ouvrit enfin et j'entendis la voix de ma grand-mère :

— Tu es de retour, ma chérie ? Il me semblait bien avoir entendu du bruit. Entre donc, Elsie et Ed seront bientôt là pour t'emmener à l'hôpital.

Découragée par mon échec, écrasée par l'atmosphère oppressante de cette demeure, je la suivis dans le salon, retirai mes lainages et m'approchai du poêle.

— Ça doit pincer dehors, fit ma grand-mère. Ton visage ressemble à une pomme d'api ! Tu dois te réchauffer un peu avant de ressortir. Je vais te préparer un cordial.

— Je préférerais un peu de brandy, si tu veux bien !

— Désolée, ma chérie, je n'en ai pas.

— Bien sûr que si !

Je me dirigeai d'un pas décidé vers la vitrine tout en secouant la tête face à la tragédie du grand âge. Quelle tristesse de voir la distraction tourner à la sénilité !

Je vis alors le service en porcelaine, le rayonnage de livres reliés, et mon erreur me sauta aux yeux.

Le brandy existait bien, mais à leur époque...

Je fis volte-face et aperçus mamy qui passait la porte de la cuisine. Le sang afflua à mon visage. Mon comportement me faisait honte.

Quand mamy revint dans la pièce, j'étais toujours à côté de la vitrine, en état de choc. Elle sembla ne rien remarquer, car elle me tendit le cocktail et s'en retourna aussi sec. J'étais ébahie.

Pendant un court instant, j'avais confondu rêve et réalité !

Je fus soulagée de voir arriver tante Elsie et oncle Ed. Voilà des gens qui étaient bien ancrés dans le présent et pleins de bon sens ! Je devais sortir de la maison au plus vite et m'éloigner à nouveau de cette force qui influait sur mon comportement.

— Couvre-toi bien, Andrea, me dit tante Elsie pendant que nous enfilions nos manteaux. Le temps va tourner. On va avoir droit à une tempête.

Mon grand-père était assis, yeux grands ouverts, et il paraissait un peu plus alerte que les autres fois. Il sourit en nous voyant entrer.

— Salut, papa, dit Elsie en prenant sa place habituelle. J'ai une petite surprise pour toi aujourd'hui. Regarde-moi ça !

Elle sortit un flacon vert et or de son sac.

— De la mélasse ! Pour mettre dans tes sandwichs de l'après-midi !

Mon grand-père marqua son contentement par un large sourire.

— Ça va mieux aujourd'hui, non ? demanda oncle Ed, de sa voix douce et calme.

Papy approuva de la tête, comme s'il avait compris, puis il se tourna vers moi.

Je me sentais mal à l'aise sous ce regard voilé, car ses yeux étaient si vitreux et son expression si énigmatique qu'il était impossible de savoir ce qu'il ressentait. Peut-être s'était-il tourné vers moi parce qu'il avait entendu le raclement de ma chaise ? Ou bien, c'était peut-être son habitude de regarder d'abord ici et ensuite là ? Quoi qu'il en soit, quand il m'adressa la parole, ma surprise fut complète.

— Uuth ? Tu es venue ?

— Oui, papy. Je suis là.

Avec précaution, je pris sa main tachée de brun, aux veines épaisses, et je la tapotai gentiment.

— Uuth ? Tu es venue ?

— C'est Andrea, papa ! hurla Elsie en travers du lit. Ruth est à Los Angeles !

Il hocha la tête, un sourire d'enfant aux lèvres.

— Je sais. C'est bien not' Uuth. Ferme la lourde, tu veux ?

Je clignai des yeux et m'assis.

— Quoi ?

— Ferme la lourde, tu veux ? répéta-t-il en souriant.

Je regardai tante Elsie.

— Il veut qu'on ferme la porte, expliqua-t-elle en se levant pour la fermer. Il a toujours eu quelque chose contre les portes ouvertes, c't homme-là.

— C'est ce qu'il a dit ?

Avant qu'elle puisse répondre, une religieuse arriva et, debout au pied du lit, considéra mon grand-père d'un œil réprobateur.

— Il ne marche plus. Plus avec nous, signala-t-elle à Elsie et Ed. Il a refusé de se lever et de marcher avec nous. N'est-ce pas, monsieur Townsend ?

Papy ne me quittait pas des yeux et se contentait de hocher la tête.

— C'est la sœur qui te parle, papa ! Pas Andrea ! cria tante Elsie.

Il tourna la tête et regarda sa fille. Son sourire restait figé et ses yeux, brumeux.

— Elle dit que tu ne veux pas marcher. Mais les docteurs disent que tu dois le faire. Comment veux-tu rentrer à la maison, chez maman, si tu ne marches pas ?

Papy hocha la tête comme il l'avait fait avec moi, si bien que tante Elsie se tourna vers la religieuse et haussa les épaules.

— Il n'est pas vraiment là, aujourd'hui, hein ?

— Oh, il a ses jours, répondit la sœur sans se compromettre. Il est plus éveillé le soir. A ce moment-là, c'est un moulin à paroles et on ne l'arrête plus !

— Et il est, vous savez... cohérent ? demanda Elsie, inquiète. Est-ce qu'il dit des choses qu'on peut comprendre ?

— Eh bien, je ne saurais pas dire. Ça pourrait avoir un sens pour vous, mais pas pour moi. Il parle à des gens qui ne sont pas là.

Je tendis l'oreille et reportai mon attention sur la religieuse. C'était une vieille femme en uniforme bleu marine, un tablier blanc épinglé sur le devant. Elle était nu-tête, avait des cheveux gris et un tic nerveux au côté droit du visage. Elle avait le même accent du Lancashire que ma famille.

— Vous savez avec qui il discute ? demandai-je abruptement.

— Voici Andrea, ma nièce américaine, expliqua ma tante. C'est la fille de ma sœur. Quand elle a entendu que son grand-père était malade, elle a pris l'avion jusqu'ici pour être avec lui.

— Ma sœur, pouvez-vous me dire à qui il parle ?

— Je ne sais pas vraiment. Ça pourrait être n'importe qui. Ça n'a ni queue ni tête.

— A-t-il mentionné un nom ?

— Andrea, à quoi tu penses ? intervint Elsie.

Je regardai ma tante avec une pointe d'exaspération.

— A rien, tante Elsie. Je pensais que, peut-être... il aurait pu mentionner le nom de ma mère. Peut-être qu'il lui dit des choses, tu sais, croyant qu'elle est là. Si c'est le cas, je pourrai alors lui transmettre le message quand je rentrerai à L.A. Enfin, tu sais... conclus-je avec un geste de la main, à court d'arguments.

— Ce n'est pas une femme, coupa soudain la sœur. Il n'a jamais prononcé de prénoms féminins. C'est un homme. La nuit, il parle à un homme.

— Avez-vous... avez-vous entendu un prénom ? m'enquis-je en avalant ma salive avec difficulté.

— Laissez-moi réfléchir. C'est qu'il sait mener une conversation, vous savez ! Ça porte beaucoup sur les courses de chevaux. Il pense qu'il est en train de miser. Ou alors il commande une pinte de bière. Un prénom ? Laissez-moi réfléchir.

Elle se frotta la joue du côté du tic.

J'étais maintenant assise sur le bord de mon siège.

Finalement, elle claqua des doigts.

— Pour sûr ! Je m'en rappelle un. Il l'a justement prononcé l'autre nuit. Et hier soir aussi. Maintenant ça me revient... Il parlait à un certain Victor. C'est ça. Victor.

Je me radossai à ma chaise.

— Victor ? dit tante Elsie. Papa ne connaît personne de ce nom-là. Il doit l'avoir inventé.

— Pour sûr, ça ne m'étonne pas, approuva la sœur en se retirant. Ils font tous ça ici, vous savez. Imaginer des visiteurs invisibles.

Comme elle remontait la rangée de lits pour inspecter chacun de ses patients, je ne retins qu'une chose : il avait vu Victor, lui aussi.

6

La soirée devant le poêle n'en finissait pas !

Ce soir-là, j'étais prise d'une impatience que je ne comprenais pas. C'était comme si j'attendais un dénouement consécutif aux révélations de la journée. Il faut dire qu'entre ce rêve insaisissable concernant l'armoire puis l'incident du brandy j'avais eu mon lot de questionnements. Mais la nouvelle que papy avait des conversations nocturnes avec son père, ç'avait été le coup de grâce ! Ça ne pouvait en rester là !

Assise devant le feu, au son des aiguilles à tricoter de mamy, je me remémorai la conversation dans la voiture, sur le chemin du retour.

« Sacré papa, qui s'invente un visiteur ! nous avait déclaré Elsie. On dirait un enfant qui s'invente un camarade de jeu imaginaire. »

Le front contre la vitre froide, la tête tressautant au rythme de la Renault sur les pavés, j'avais répondu d'une voix qui m'avait paru très lointaine :

« Je ne crois pas que ce soit une invention, tante Elsie.

— Qu'est-ce que tu veux dire ?

— Papy imagine que son père lui rend visite.

— Son père ? »

Pendant une minute, le visage rougeaud de tante Elsie s'était contracté.

« Bon sang ! Je crois bien que tu as raison ! Victor... C'était pas le prénom du père de papa ? Victor Townsend ! Pour sûr, maintenant, ça me revient. »

Elle se contorsionna sur son siège pour me regarder.

« Mais papa n'a jamais connu son père, Andrea. Je crois qu'il a pris la tangente avant sa naissance. »

J'avais haussé les épaules. Mon regard passait de maison en infrastructure, observant sans voir.

« Peut-être qu'il lui a donné un visage et une silhouette de façon à pouvoir lui parler. »

Alors que mon hypothèse avait convaincu une tante Elsie tout étonnée que son père fantasme son propre père à ce stade de sa vie, je n'en pensais pas moins. Au regard de ce que j'avais vécu ces trois derniers jours, je ne pouvais pas totalement écarter l'idée que papy avait vraiment vu Victor.

C'était ça qui me dérangeait, car cela tendait à démontrer que j'avais peut-être vu juste concernant la fenêtre temporelle et que j'avais vraiment eu un aperçu du passé. Apparemment, papy vivait des expériences similaires. Sinon, pourquoi verrait-il lui aussi Victor ? Ce n'était pas une coïncidence. A moins que nous n'ayons tous les deux une imagination débordante...

Après un thé tranquille composé de scones et de sandwichs au jambon, mamy avait sorti son tricot et moi du papier à lettres. Mais j'avais été incapable de me concentrer sur mon courrier. Le mystère de la maison m'absorbait trop et, à force de le retourner dans ma tête, il était neuf heures et j'étais sur les nerfs.

Est-ce que ça allait se reproduire ce soir ?

— Tu connais de bonnes histoires, Andrea ? demanda mamy à brûle-pourpoint.

— Si je connais quoi ? fis-je en levant le nez de ma page blanche.

— Des histoires drôles. Tu sais ? Des blagues.

Elle me lança un coup d'œil par-dessus ses lunettes, sans cesser de manier les aiguilles.

— Tu connais de bonnes blagues ?

— Euh... eh bien... tout à trac comme ça...

— Moi, je ne peux jamais me rappeler une histoire drôle plus de cinq minutes.

Feignant l'intérêt, j'essayai de garder mes yeux sur elle pendant qu'elle tricotait.

— Ton oncle William a toujours eu un don pour les raconter, depuis tout gamin. Il a dû hériter ça de mon côté de la famille, parce que l'humour, ce n'est pas ce qui caractérise les Townsend. Il faut dire que c'est dur de rire quand tu es malheureux tout le temps.

Alors que mon esprit ne demandait qu'à vagabonder, je luttai pour me concentrer sur mamy et le présent. Elle parlait lentement, au rythme du cliquetis de ses aiguilles. Ses mains s'agitaient tels des oiseaux autour du fil de laine, passant devant, derrière, ne s'arrêtant que pour donner plus de jeu et de longueur au fil.

— Ta mère a toujours dit que ton frère a hérité du sens de l'humour de ma famille. C'est une drôle de chose, les ressemblances familiales, non ? Regarde-toi, Andrea. Tu as beaucoup de ton papy dans le visage. Oh, tu ne t'en rends pas compte maintenant parce qu'il est vieux. Mais quand il était jeune... C'est amusant, j'ai su dès le début que tu tiendrais de lui. Tu ressembles beaucoup aux Townsend, ça oui !

Je jetai un œil à la pendule. Elle s'était arrêtée. Je redressai les épaules, agrippai les bras de mon fauteuil jusqu'à ce que mes doigts laissent une marque dans la toile.

— Dieu merci, c'est tout ce que tu as hérité d'eux, poursuivait-elle.

Sa voix me parvenait étouffée, comme à travers du coton. J'avais beau me cramponner à mon siège, je sentais la pièce basculer et tourner, mamy en point fixe. Sa voix s'éloignait de plus en plus jusqu'à ce que je voie seulement ses lèvres bouger sans qu'un son me parvienne. Un courant d'air froid souffla dans la pièce, des ombres dansèrent sur les murs.

— Non... murmurai-je, incrédule.

Le souffle mordant s'accentua. Des formes surgissaient des murs et venaient vers moi, entrant dans mon champ de vision et en sortant comme les silhouettes d'un carrousel. Elles devenaient immenses puis minuscules, s'approchaient de mon visage puis reculaient, tandis que le salon tanguait toujours comme dans une sorte de danse macabre.

J'avais l'impression de me retrouver dans le tambour d'une machine à laver géante : tout tournait autour de moi et j'étais aspirée au centre. Prise de vertige, je sentis la nausée monter, mon front se couvrit de sueur. La pièce penchait et vacillait. Je m'accrochais à mon fauteuil comme à une bouée de sauvetage, tout en continuant à tomber au plus profond de l'abysse.

Comme le vertige s'intensifiait ainsi que mon malaise, les ombres s'agglutinèrent autour de moi en planant, comme en attente. J'essayai de parler, d'appeler ma grand-mère, mais elle était loin – une minuscule petite femme en train de tricoter dans un minuscule fauteuil à l'extrême bout de cette pièce géante – et je savais qu'elle ne pourrait pas m'entendre.

Finalement, alors que les silhouettes se rapprochaient encore à me toucher, elles se confondirent dans une noirceur semblable à un rideau et se refermèrent sur moi.

Quand j'ouvris les yeux, le salon ne bougeait plus. Tout était à sa place, rien n'avait changé. A côté de moi, mamy tricotait tranquillement et se parlait doucement à elle-même. Devant nous, le poêle ronflait. Sur la cheminée, les aiguilles de la pendule avaient repris leur course. Quelques minutes seulement avaient passé.

— As-tu pu le voir ? demanda mamy sans lever les yeux.

— Voir... quoi ?

J'essuyai de la main la sueur sur mon front. Mon tee-shirt était trempé.

— Le jubilé de la reine. La télévision américaine l'a retransmis ? J'adorerais avoir tes impressions, dit-elle en me regardant. Mais qu'est-ce qui ne va pas ? Tu te sens mal ?

— Non, mamy... c'est juste que... J'étais en train de m'endormir et je ne t'ai pas entendue.

— Ce n'est pas grave, ma chérie. On aura bien le temps de papoter demain. Il est temps d'aller au lit.

Comme elle bataillait pour se mettre debout, je la regardai d'un air suppliant, cherchant le moyen de lui raconter ce qui s'était passé, de lui parler de mes peurs. Mais ma langue n'obéissait pas. Je me résignai au silence. Elle rangea son tricot dans un sac, qu'elle pendit au dossier, puis elle vint me donner un baiser affectueux sur la joue.

— Dieu soit avec toi, me chuchota-t-elle. Qu'il te bénisse pour être venue jusqu'ici.

— Bonne nuit, mamy, répondis-je faiblement.

— Bonne nuit, ma chérie. Tu sais augmenter le gaz si tu as besoin ?

— Oui.

Je me levai et la suivis jusqu'à la porte, que je refermai derrière elle. Puis je m'effondrai contre le panneau de bois et y pressai la joue.

Que s'était-il passé ? Qu'est-ce qui avait provoqué ce maelström écœurant ? C'était comme être prise dans un vortex temporel, comme s'« ils » avaient commencé à revenir, mais en avaient été empêchés, sans doute par la présence de mamy, et la confrontation avait créé un cataclysme.

Je me tenais le ventre, la nausée du tourbillon toujours présente. Aurais-je assez de force pour me traîner jusqu'au fauteuil ? Maintenant que la fraîcheur avait quitté la pièce, je me sentais brûlante, fiévreuse. Me détournant, je songeai à baisser le chauffage, mais me retrouvai face à John Townsend.

Avec un cri étouffé je retombai contre la porte. Il ne bougeait pas, debout au centre de la pièce, un verre de brandy à la main. Il semblait impatient et jetait de fréquents regards à la pendule, comme s'il attendait quelqu'un.

En quelle année étions-nous cette fois ? Je m'interrogeai tandis que la chaleur du feu me brûlait le visage. Les bûches étaient empilées en un énorme tas si bien que des flammes géantes bondissaient dans la cheminée. La lueur de cette flambée se reflétait sur le visage de John, accentuant ses traits d'ordinaire plus doux. Ses cheveux, plus clairs que ceux de Victor, étincelaient telles des châtaignes vernies et ses yeux noisette viraient au doré.

La pièce était la même que la dernière fois. Il y avait le même bric-à-brac victorien, le même papier mural, la vitrine et d'autres meubles apparemment neufs...

Quand John leva subitement la tête et me regarda droit dans les yeux, mon cœur manqua un battement, mais je ne bougeai pas. Je n'avais plus peur.

— Où avais-tu disparu ? demanda-t-il avec colère.

Je tournai la tête et fus étonnée de trouver Harriet là. Comme j'étais installée le dos contre la porte, on n'aurait normalement pas pu l'ouvrir ou la fermer. Pourtant, la jeune fille était debout à côté de moi, aussi réelle que si elle était vivante à mon époque ! A cette minute, je pouvais l'étudier de près et j'aurais juré qu'une femme de chair et de sang, bien vivante, se tenait là. Elle était légèrement plus âgée que la dernière fois – quinze, peut-être seize ans – et sa robe était différente : d'étroites, les manches étaient devenues bouffantes au-dessus du coude. La mode évoluait, mes ancêtres prenaient de l'âge et le temps passait.

— Le postier était là à l'instant, dit-elle, la voix aussi claire et ferme que si elle avait été véritablement dans le salon de mamy. Il y a une lettre de Victor.

Je remarquai une agitation particulière dans son visage et ses mains, que John, à mon avis, ne soupçonnait pas. Harriet se tenait spécialement droite, ses gestes étaient mécaniques et elle parlait comme si elle essayait de contrôler sa voix.

— De Victor ? Donne-la-moi.

— Elle est adressée à père.

— Je la lirai en premier. Allez, Harriet !

Elle avança et lui tendit la lettre. Je pus alors distinguer un mouvement furtif de l'autre côté de sa jupe. Il me sembla qu'elle tordait un peu son corps par rapport à son frère, comme pour lui cacher quelque chose.

Puis je vis : une seconde lettre, soigneusement dissimulée dans son autre main et qu'elle fourrait dans une poche cachée de sa robe, pendant que son frère ne regardait pas.

— Qu'est-ce qu'il raconte ? demanda-t-elle d'une voix forte.

John lut en silence pendant quelques minutes puis tendit la feuille à Harriet.

— Vois toi-même. Tu lui as écrit, Harriet ?

— Bien sûr. Aucun de vous ne le fait.

Elle prit la lettre, toute trace d'appréhension disparue, et la parcourut avec impatience.

— Oh, John ! s'écria-t-elle, consternée. Il veut aller à Edimbourg !

— C'est Lister, ce parvenu, dit son frère en se tournant vers le feu.

— M. Lister est un bon chirurgien, John. Il a assisté la reine lors de son opération du bras, rappelle-toi. Ce n'est pas un parvenu.

— Si tu te souviens bien, il y a dix ans, tout Londres le vouait aux gémonies pour ses prises de position sur la vivisection et ses insultes envers le Collège royal des chirurgiens. Du haut de sa très grande expertise, il a même traité King's College de moyenâgeux !

— Je l'ignorais. Mais quoi qu'il en soit, il a apparemment convaincu notre Victor de monter en Ecosse.

— Et en plus, il est athée !

Harriet continuait à lire, secouant la tête.

— M. Lister est quaker. Ne pas appartenir à l'Eglise anglicane ne fait pas d'un homme un athée. Ecoute plutôt, John : Victor mentionne des expériences. Il parle de recherches.

Horrifiée, elle leva les yeux vers son frère.

— Je croyais qu'il voulait devenir médecin, pas scientifique !

— De nos jours, difficile de faire la différence. Je te le dis, Harriet, Victor ne sait pas ce qu'il croit ou ce qu'il veut. Il a été empoisonné par les vapeurs de phénol.

— C'est possible ?

Elle baissa les yeux sur la missive.

— Il raconte qu'il a déjà un rendez-vous et qu'il gagnera bien sa vie.

John croisa les bras avec dédain et s'appuya au manteau de la cheminée.

— Il était temps. Ça fait trois ans que ton frère vit aux frais de la couronne pendant que je trime comme un esclave à l'aciérie – qu'elle aille au diable. Victor a toujours eu un complexe de supériorité. Il s'imaginerait bien en nouveau Louis Pasteur.

— Est-ce que ce serait si mal que ça s'il trouvait un traitement pour une autre maladie ? Le choléra par exemple.

— Voilà que tu le défends, sœurette ? S'il te plaît, décide-toi : veux-tu qu'il parte ou qu'il revienne à la maison ?

Elle laissa retomber sa main en signe de défaite, froissant la lettre entre ses doigts. Un soupir lui échappa.

— Je ne sais pas. J'avais espéré qu'il installerait son cabinet à Warrington. Mais si l'Ecosse fait davantage son bonheur...

— Qui peut être heureux dans ce trou perdu ?

Harriet fit soudain volte-face, comme si elle avait entendu un bruit.

— Je pense que le photographe est là. Je vais prévenir mère.

Je la regardai sortir précipitamment et disparaître dans la cuisine, d'où elle émergea quelques instants plus tard suivie de Mme Townsend. La mère de Victor était une femme massive à forte poitrine, qui se déplaçait tel un engin à vapeur. Sa robe, à l'évidence plus ancienne de coupe que celle de Harriet, était de bombasin noir à col montant, aux épaules tombantes et à la tournure énorme. Comparée à la nouvelle ligne arborée par sa fille, je me surpris à trouver sa volumineuse toilette un brin démodée. On ne voyait pas ses pieds, ce qui renforçait l'impression de locomotive, et elle marchait le buste projeté en avant. Son visage, ordinaire, était large, sans attrait ni aucun artifice qui aurait pu compenser cette absence de beauté naturelle. Ses longs cheveux épais, ramenés au sommet de la tête, étaient tenus par un petit bonnet blanc qui lui donnait l'aspect d'une reine Victoria grand format.

Un cliquetis à mes côtés attira mon attention. C'était le photographe. Un homme-taupe aux moustaches en bataille et à la chevelure gominée. Grognant et marmonnant, il remorquait plusieurs boîtes apparemment lourdes.

— Monsieur Cameron, vous êtes un homme ponctuel, déclara Mme Townsend avec un empressement exagéré. M. Townsend va descendre dans un instant.

— Ça ne prendra pas plus d'une minute pour installer, madame. Les portraits, c'est mon affaire. Alors j'ai l'habitude de tout mettre en place rapidement.

Je vis John grimacer et se détourner.

Tous, nous observions M. Cameron déposant son matériel au centre de la pièce. Ses mouvements précis et affairés rappelaient ceux d'un rongeur. Fascinée, je le regardai sortir de sa boîte l'appareil photo en accordéon, qu'il fixa sur un trépied. A l'arrière tombait un long tissu noir. Une autre boîte renfermait des cadres de bois, des plaques de métal et des bouteilles étiquetées contenant divers composés. Avec l'aide de

John, il éloigna le canapé du mur puis alla ajuster son appareil par rapport au meuble.

— Maintenant, madame, mademoiselle, monsieur, si vous voulez bien prendre vos places derrière le sofa. Cette affiche fera une excellente toile de fond. C'est l'Exposition universelle, non ?

— J'entends M. Townsend qui descend, dit la mère en glissant sa masse dans l'espace qui avait été dégagé.

Je me tournai à temps pour voir le père de Victor se matérialiser sur le seuil. Il terminait de boutonner son col droit. Lui aussi de grande taille, il dégageait un charisme formidable, surtout habillé ainsi, tout en noir, avec une cravate assortie et ses cheveux ébène rabattus à la brillantine. Deux détails attiraient l'attention sur son visage : la grande moustache en guidon de vélo aussi raide que du bois et le profond sillon entre ses sourcils. C'était sans doutes possibles le père de Victor ! Il avait une allure martiale et je le trouvai incroyablement beau.

— Allons-y, lâcha-t-il avec un accent prononcé que j'avais peine à comprendre.

Contrairement à sa femme, il parlait comme un cockney, héritage de sa vie londonienne.

La famille se rassembla contre le mur, les enfants devant les parents, mais assez écartés pour que l'on vît tout le monde, et tout le groupe sous l'affiche. Cette publicité colorée de grande taille vantait les qualités du Grand Globe de Wyld, « merveille des temps modernes » de dix-huit mètres de diamètre, aux nombreuses salles d'exposition exigeant plusieurs heures de visite. Bien qu'il n'y eût pas de date, elle témoignait d'une époque de bonheur pour la famille.

M. Cameron travaillait avec dextérité à ses derniers réglages, disparaissant à intervalles réguliers sous le drap noir, jouant de l'accordéon de l'appareil jusqu'à trouver la bonne distance. Il verrouilla la pose. Glissant alors deux plaques dos à dos dans la boîte, il fit une ultime vérification sous le drap.

— A présent, je vais éteindre. Que personne ne bouge. Restez tels quels, s'il vous plaît. Attention...

Prenant une dose précise de poudre de magnésium, M. Cameron baissa les lampes à gaz jusqu'à plonger la pièce dans une obscurité presque totale. Grâce à la lumière qui filtrait entre les rideaux, je le vis retirer le cache de la lentille, les cadres de bois des plaques et, d'un rapide mouvement, enflammer la poudre avec une allumette. Il y eut un flash aveuglant avant qu'une fumée blanche, dense et âcre, envahisse le salon. Les Townsend toussotèrent pendant que le photographe replaçait rapidement le cache, remettait en place le cadre de bois sur la plaque de cuivre et rallumait la lumière.

Les modèles utilisèrent manches et mouchoirs pour essuyer la poussière de leurs visages alors que M. Cameron retournait la plaque et mesurait une nouvelle dose de magnésium.

— Encore une fois, mesdames et messieurs, juste pour en assurer une. Je crois que vous avez tous cligné des yeux sur la première. Souvenez-vous de bien garder les yeux ouverts quand le flash brûle, s'il vous plaît.

Il venait de répéter toute la procédure lorsque Harriet remarqua qu'une mèche rebelle lui tombait sur l'oreille.

— J'en prends une de plus, monsieur Townsend ? demanda le petit homme nerveux.

— Vous m'avez déjà volé celle-là, monsieur Cameron. Je ne vous donnerai pas l'occasion de réitérer ce délit.

— Père... geignit Harriet.

— Ecoute M. Townsend, dit la mère en se détachant du mur. Si la première ne donne rien, alors il faudra se contenter de la seconde. Boucle de cheveux ou pas. Nous ne sommes pas riches, Harriet.

Entendant ces mots et regardant la famille se disperser pendant que M. Cameron rassemblait ses affaires, je me demandai pourquoi ils avaient décidé de faire ce portrait de famille maintenant, au lieu d'attendre la prochaine visite de Victor pour que la famille soit au complet. Il fallait en déduire qu'ils ne le voulaient pas sur la photo...

Ils me quittèrent, s'évanouissant comme dans un film, jusqu'à ce que je sois à nouveau seule dans le salon de mamy, devant le poêle. Je me sentais vidée, comme après avoir été sous haute pression. Je m'écroulai dans le fauteuil. La pendule indiquait neuf heures dix.

Je me redressai aussitôt. Neuf heures dix ? Impossible ! J'avais passé au moins une demi-heure, si ce n'est plus, avec les Townsend !

Je pressai fort mes poings contre mes yeux et grognai de contrariété.

Que m'arrivait-il ? Avais-je fait un rêve-éclair ?

Mes mains retombèrent sur mes genoux. Rêve ou réalité : il devait y avoir un moyen de m'assurer de tout cela ! Mais lequel ?

Je passai en revue la scène que je venais de voir quand soudain la réponse s'imposa d'elle-même : la photographie ! L'album photo des Townsend dont mamy avait parlé !

Le portrait de famille qui venait d'être pris devait logiquement s'y trouver. Et si tel était le cas, j'aurais la preuve de l'existence d'une fenêtre temporelle vers le passé.

Le désir de mettre la main dessus me mit dans tous mes états. Je devais le trouver. Certaines réponses y figuraient !

Au début, j'éprouvai quelque réticence à fouiller dans les tiroirs du buffet de mamy, car j'entrais dans sa sphère privée, mais, le désespoir augmentant, je surmontai ce sentiment et explorai leur contenu avec fébrilité.

Après quinze minutes à retourner boîtes à couture, paires de gants, argenterie et montagnes de babioles qui résumaient toute la vie de mamy, je m'assis par terre, anéantie. L'album n'y était pas.

Je me désolai pendant quelques minutes, jusqu'à ce qu'une idée me traverse l'esprit. Elle me faisait froid dans le dos et ne me plaisait pas, mais la nécessité... Les paroles de mamy me revenaient en mémoire : « Le petit salon n'a pas été ouvert depuis un bail. On n'en a pas besoin. Il est inchauffable, alors il me sert de débarras. »

Sentant mon cuir chevelu picoter, je me mis lentement debout. La veille au soir, lorsque j'avais quitté Harriet et redescendu l'escalier, l'air de la *Lettre à Elise* provenait du petit salon. Est-ce que cela avait toujours été le cas ? Depuis le début ? Et dans l'affirmative, qui jouait ?

Je m'essuyai les paumes sur mon jean et déglutis pour me donner du courage. Yeux écarquillés, tendue à l'extrême, je sortis dans l'entrée, laissant derrière moi la chaleur, la lumière et la sécurité du salon pour m'enfoncer toujours plus avant dans une obscurité inquiétante, doublée d'un froid surnaturel.

La proximité du petit salon me donnait la chair de poule. Pourquoi avais-je peur alors que je n'avais ressenti aucune menace lors des deux scènes familiales auxquelles j'avais assisté ? Malgré tout, mon instinct me commandait de ne pas aller plus loin. C'était comme si l'air ambiant me voulait du mal. Comme si je pénétrais dans un royaume fort éloigné de John, de Harriet et de leurs joyeuses flambées. On aurait dit que toutes les tragédies diaboliques qui avaient eu lieu dans cette maison se concentraient à cet endroit et que j'allais bêtement y entrer.

La sensation n'était pas nouvelle. Je l'avais déjà ressentie quand j'avais trouvé Victor au pied de mon lit. Elle émanait alors des ténèbres, comme si des horreurs sans nom s'y étaient tapies. L'impression était la même alors que je rejoignais à tâtons le petit salon.

Quelque chose m'attendait.

7

Je trouvai la porte mais prit mon temps. Tournant la tête, j'aperçus derrière moi celle du salon entrebâillée – ne l'avais-je pas laissée grande ouverte ? Un effet d'optique la faisait paraître très lointaine. J'avais la bouche et la gorge particulièrement sèches et des gouttes de transpiration entre les omoplates. Ma main reposait sur la poignée glaciale, intouchée depuis tant d'années.

Mon cœur s'emballait et semblait scander : « Que vas-tu découvrir de l'autre côté ? »

Paralysé, mon esprit répliquait : « Nous devons trouver l'album. »

Je ne me souviens pas d'avoir tourné la poignée, mais l'instant d'après j'étais sur le seuil. Devant moi, toujours la même nuit infinie. L'air sentait le renfermé et le moisi. L'atmosphère rappelait celle d'une cave humide, mais il y avait autre chose. Ça sentait la mort et l'oubli.

Avant d'entrer, je me retournai encore une fois. La porte du salon était dorénavant fermée, faisant rempart à toute lumière. Obnubilée par l'album, je ne me laissai pas arrêter par ce détail inquiétant. Mon corps n'avait plus de volonté propre. La même force qui me poussait à trouver l'album le poussait à l'intérieur.

Le bruit de mes dents qui s'entrechoquaient me surprit. Quand je réalisai ce que c'était, je ne fléchis pas et tentai de parcourir le petit salon du regard. Il n'avait aucune délimitation précise, aucun mur, aucune frontière. Il s'étendait à l'infini, immensité de nuit, de vide et de désespoir.

Quelle que soit la chose cachée ici, elle était malheureuse.

Sans réfléchir, je tendis la main vers l'interrupteur. Par miracle, le plafonnier s'alluma, révélant une pièce inutilisée et négligée depuis des années. Des draps raides de saleté recouvraient des meubles volumineux, ainsi que des tables et des chaises. J'apercevais un parquet nu et rayé, une cheminée condamnée, des rideaux moisis aux fenêtres et, à ma gauche, un antique bureau à cylindre enterré sous des couches de poussière.

Je m'en approchai avec précaution, effrayée à l'idée que ma présence puisse rompre le fragile équilibre des lieux. J'avais la troublante sensation d'être observée, alors que la fenêtre était voilée et qu'il n'y avait pas de portraits. Ecartant cette pensée, je saisis fermement le bord du cylindre et essayai de le relever en y mettant toute ma force. Le mécanisme protesta, les lattes cliquetèrent et gémirent. Je ne réussis à l'ouvrir qu'à moitié.

C'était suffisant. Je me penchai pour jeter un rapide coup d'œil sur un amoncellement de vieux papiers, de livres, de boîtes et de vieilleries bonnes à jeter. Il y avait des casiers à courrier, la plupart vides, certains remplis d'enveloppes jaunes. L'odeur de moisi me sauta au visage, me donnant des haut-le-cœur. Je ne vis rien qui ressemblât à un album photo.

Restaient les tiroirs… Il y en avait un long au centre et trois sur le côté. Le premier résista à mes doigts, trop engourdis et douloureux. Le suivant glissa facilement, mais il était vide. Le troisième était rempli de vieux papiers cadeaux, de rubans entremêlés et d'une paire de ciseaux rouillés. Consciente de la futilité de ma quête, je luttais avec le dernier tiroir et me demandais déjà où chercher ensuite quand il céda. Au sommet d'un tas de journaux qui tombaient en miettes trônait un album de photos.

De retour au salon, porte soigneusement fermée, je réalisai pour la première fois pleinement ce que représentait pour moi cet album que je tenais serré contre moi, les jambes coupées par l'émotion. J'avais en main les archives Townsend ! Les réponses à mes questions !

M'installant dans le fauteuil devant le poêle, je pris le temps de me mettre à mon aise avant de l'ouvrir lentement.

La moisissure avait collé les premières feuilles, transformant papier et photos en pâte malodorante. Les pages s'effritaient quand je les tournais. Mon cœur se serrait devant ce désastre. Combien de clichés avait-on perdus ? Combien de pans de l'histoire familiale avaient disparu ?

Mais plus j'avançais avec précaution dans l'album, plus je constatais que l'intérieur était dans un bien meilleur état de conservation. Des portraits effacés et craquelés me présentaient le visage de vieux Townsend : des femmes en crinoline et aux coiffures datant des années 1860, des hommes au col amidonné, debout, cheveux brossés vers l'avant à la façon des romantiques. Je remontai même plus loin dans le temps, contemplant de toute évidence les grands-parents de Victor, des inconnus aux traits non reconnaissables. Tous des étrangers pour moi. Ils m'effrayaient même un peu avec leurs masques inexpressifs et leurs yeux enfoncés. Rien ne transparaissait de leur personnalité. Mais somme toute, qu'importait ? Le même sang coulait dans mes veines...

Soudain, je la vis.

Plongée comme je l'étais dans l'étude des tirages, j'en avais oublié le but de ma recherche et ce fut un choc de tomber sur elle au détour d'une page.

Il y avait M. et Mme Townsend dans le fond, John et Harriet sur le devant, et l'affiche au mur. Une mèche folle tombait bien sur l'oreille de Harriet.

La date sous la photographie indiquait d'une écriture soignée : « juillet 1890 ». J'en restai le souffle coupé par le saisissement. Je tenais ma preuve.

Comment était-ce possible ?

Sans faire attention, je laissai tomber l'album sur mes genoux puis par terre. Une migraine commençait à battre à mes tempes, pulsation sourde et tenace qui me soulevait le cœur. Mais je souffrais plus de la futilité de mes questions que de mon mal de crâne.

Comment était-ce possible ?

Pourtant, c'était bel et bien arrivé puisque la photo en faisait foi. J'avais assisté à la préparation de la prise de vue, j'avais même senti l'odeur du magnésium enflammé !

Il devait bien y avoir une raison. Les Townsend vivaient et marchaient vers leurs destins à leur époque, et j'étais obligée de regarder. Si cela continuait ainsi, alors je n'échapperais pas aux horreurs qui allaient bientôt arriver – ces fameuses abominations qui avaient transformé la maison de George Street en enfer.

A chaque nouvelle question sans réponse, ma tête cognait plus fort. Je me massais les tempes, incapable de tenir mon cerveau au repos.

Quelle était la solution ? S'il n'y avait pas de réponse évidente et de raison pour laquelle cela m'arrivait, ne serait-il pas plus simple de partir et de ne jamais revenir ?

Au tréfonds de mon âme, je connaissais la réponse. La maison de George Street ne me laisserait pas m'en aller.

Mamy avait à nouveau sa main sur mon épaule, ses traits plissés par l'inquiétude. Comme une idiote, je clignai des yeux, me demandant depuis quand elle était entrée et pourquoi je ne l'avais pas entendue.

— Il est bientôt midi, indiqua-t-elle, soucieuse. Je n'ai pas fait de bruit ce matin pour ne pas te réveiller, mais tu commençais à remuer. Et tu n'as pas l'air bien. Andrea, tu m'entends ?

Je laissai retomber ma tête, grimaçant sous la douleur. J'étais en chemise de nuit, sous les couvertures du canapé. Il faisait incroyablement chaud.

— Oui, mamy, je vais... je vais bien. Mais j'ai... une nouvelle migraine, dis-je en portant la main à mon front.

— Pauvre chérie. C'est l'humidité, voilà ce que c'est. Je vais t'apporter des comprimés. Et il n'y aura pas d'hôpital aujourd'hui.

— Mais, mamy... je veux y aller ! protestai-je en me redressant sur les coudes.

Ma grand-mère se détourna et boitilla vers la fenêtre, derrière la petite table. D'un coup sec, elle tira le rideau.

— Regarde-moi ça.

Ahurie, je crus que quelqu'un avait passé de la peinture blanche sur la vitre.

— Qu'est-ce que...

— C'est le brouillard de Glasgow. Il était là-bas hier, je l'ai entendu à la radio. Et maintenant, c'est notre tour. Nous sommes coincées ici, ma chérie. Nous n'irons nulle part aujourd'hui.

— Du brouillard...

— C'est réglé comme du papier à musique. Quand il est à Glasgow la veille, nous y avons droit le lendemain. Bon, je vais te préparer un thé bien chaud, tu en as besoin. Et aussi de quoi te remplir le ventre. Tu n'es pas habituée à l'humidité. Il y a une tempête qui se prépare dans le Nord. C'est elle qui rend l'air si lourd.

Après avoir avalé les comprimés, je rassemblai mes affaires et courus jusqu'à la salle de bains. Faisant fi de l'air glacial, je me fis couler un bain bouillant et, y versai quelques-unes des huiles essentielles de mamy. Je m'immergeai dans l'eau fumante, ruminant les événements de la veille.

Que se passerait-il si je passais outre à la volonté de la maison ?

A l'évidence, elle me permettait de rendre visite à mon grand-père, car il faisait sans doute partie de l'équation. Mais je me souvenais d'avoir désiré rentrer rapidement à George Street lorsque nous étions chez oncle William. Et puis il y avait l'épisode de ma promenade sur la lande. La maison avait implanté en moi cette réticence à partir.

Tout en me vautrant dans ce bain de luxe, je me demandais ce qui arriverait si je brisais ce lien de toute ma force et de toute ma détermination. Me laisserait-elle partir ? Comment m'en empêcherait-elle ?

Arrête avec tout ça, Andrea !

Je m'enveloppai dans le drap de bain. Prisonnière d'une maison, et puis quoi ? Bien sûr que je pouvais partir ! Quand je le voulais même ! C'est juste que ce ne serait pas gentil envers mamy. Je ne pouvais pas retourner à L.A. après seulement quatre jours. Il valait mieux rester un peu plus, lui tenir compagnie, rendre visite à mon grand-père et renouer les liens de sang transatlantiques.

Le repas avait beau être des plus appétissants, j'avais du mal à manger. Pourtant, je me forçai. L'œil scrutateur de mamy ne me lâchait pas tandis que j'avalais fourchettes de poisson pané et de frites croustillantes.

— Tes cheveux sont secs, ma chérie ?

— On dirait, fis-je en passant un doigt sous la serviette dans laquelle je les avais emmaillotés.

— Pourquoi ne pas t'asseoir devant le feu et les laisser correctement sécher ? Je ne veux pas que tu attrapes froid. Je suis sûre qu'Ed et Elsie ne passeront pas aujourd'hui, ils ne s'aventurent jamais dehors par un temps pareil.

Je regardai à nouveau par la fenêtre. Je n'en croyais pas mes yeux. Il n'y avait aucune trace d'arrière-cour, de murs en brique, de portail vert ni de rosiers squelettiques. Je n'avais jamais vu de brouillard si blanc, si dense et si épais. C'était comme du coton.

— Quand est-ce que ça se lèvera ?

— D'ici ce soir, je pense. Maintenant, allez ! Près du poêle !

Je m'exécutai pour lui faire plaisir, même si je trouvais la pièce déjà trop chauffée pour être agréable. Tout en me brossant les cheveux, je fixai les flammes, songeuse, repensant aux quatre personnes aperçues la veille dans cette pièce.

Mamy s'activait à la vaisselle dans la cuisine (j'avais interdiction d'approcher). Je pris l'album des Townsend et l'ouvris à la page de la photo.

En la revoyant, je fus saisie par le même sentiment d'étrangeté que la nuit précédente. Comme c'était troublant d'avoir assisté à la naissance de ce cliché, alors qu'il était maintenant tout jauni et cassant !

— Où as-tu trouvé ça ?

— Pardon ? dis-je en relevant subitement la tête.

Mamy s'assit avec difficulté dans le fauteuil, s'appuyant jusqu'à la dernière seconde sur sa canne. Existait-elle, à cette seconde, en une version plus jeune d'elle-même dans un autre espace-temps ? Ou bien ne pouvait-on revoir que les morts ? Pouvait-on trouver la fenêtre de son propre passé et se revoir quand on était petit ?

— Oh ! L'album ? Je l'ai trouvé dans le petit salon.

— Le petit salon ?

— Ne crois pas que j'aie fouiné partout, mamy ! Mais comme tu en avais parlé et que j'étais curieuse, je me suis dit qu'il était peut-être là-bas...

— C'est celui des Townsend. Je ne l'ai pas regardé depuis des années ! Pas depuis la naissance de ta mère, en fait. Passe-le-moi, s'il te plaît.

Je le lui tendis, tout en continuant le cheminement de ma pensée. Verrais-je mon grand-père bébé ou bien ces aperçus du passé ne concernaient-ils que les morts ?

J'observai les mains couvertes de taches de vieillesse de mamy qui bataillaient avec les pages. Les coins et les bordures se cassaient entre ses doigts. Elle s'arrêta un instant devant le portrait de famille pris au salon, d'abord avec ses lunettes, puis sans. Elle passa également les autres en revue, mais elle ne reconnaissait que quelques visages.

— Il n'y en a aucune de tes arrière-grands-parents, dit-elle en me le rendant. Aucune de Victor et de Jennifer.

— Je sais. Je me demande bien pourquoi, répliquai-je, l'album sur mes genoux.

— Hou ! Pas étonnant quand on sait ce qu'il lui a fait et combien elle a été malheureuse. Mais assez parlé de ça ! Je n'évoquerai pas les souvenirs les plus douloureux de ton grand-père dans cette maison.

Je haussai un sourcil devant cette affirmation. Que ferait-elle si elle savait que le sujet était non seulement évoqué, mais revécu dans cette maison ?

Puis je souris d'un air piteux en reprenant mon brossage, consciente que l'événement dont elle parlait allait bientôt avoir lieu.

Mamy s'assoupit, son tricot dans son giron. J'avais un livre à la main, qu'elle avait placé là dans l'espoir que je le commence, mais je ne l'avais pas ouvert car, moi aussi, je ressentais les effets soporifiques de l'après-midi. Le brouillard, la chaleur lourde de la pièce, le repas consistant, ajoutés à l'épreuve de la nuit, se combinaient pour m'entraîner dans une douce somnolence. Je laissai aller ma tête en arrière et fermai les yeux.

La pendule émettait un doux tic-tac à mon oreille. Quand elle s'arrêta, je ne m'en inquiétai pas. Je relevai simplement la tête et ouvris les yeux.

Victor Townsend était là.

Je jetai un coup d'œil vers ma grand-mère. Elle avait le menton sur la poitrine et ses lèvres frémissaient à chaque inspiration et expiration. Je reportai mon attention sur mon aïeul et fus à nouveau frappée par sa stature et sa contenance. Je m'émerveillai de le sentir si réel et je m'emplis les yeux de détails, depuis la coupe impeccable de sa redingote noire jusqu'à ses cils épais. J'admirai ses épaules carrées et son dos droit, je m'attardai sur sa chevelure indomptée et, enfin, contemplai longuement son visage rude, marqué par la tristesse et l'abattement.

Victor était appuyé à la cheminée, perdu dans des pensées peu agréables. Elles semblaient le ronger, compte tenu la façon qu'il avait de regarder les flammes. J'avais envie de lui demander ce qui n'allait pas.

Mais après tout, pourquoi pas ? Que se passerait-il si j'essayais ? M'entendrait-il ?

Je n'eus pas l'occasion de faire cette expérience car il releva la tête et fixa un point derrière moi. Je sentis un courant d'air froid et entendis la porte du salon se refermer. Quelqu'un nous avait rejoints.

Je n'osais pas bouger, de peur de perdre cet instant avec mon ancêtre. Quand son père apparut derrière le fauteuil, juste à côté de moi, je retins mon souffle.

Les deux hommes s'observèrent quelques instants, chacun réfléchissant à ce qu'il allait dire, arborant un masque de tragédie significatif de la gravité du moment.

Finalement, ce fut Victor qui rompit le silence.

— Monsieur, je suis venu vous dire au revoir et vous demander votre bénédiction.

Le patriarche, bras le long du corps, serra les poings. Il semblait la proie de quelque puissante émotion. Je regardai sa lourde mâchoire se contracter et ses lèvres se presser jusqu'à en devenir blanches.

Victor attendait une réponse. Son regard n'était qu'expectative, espoir. Que se passait-il derrière ces yeux noirs ? Sa lutte était-elle aussi désespérée que celle de son père ? A mes yeux, ils ressemblaient à deux combattants entêtés, deux volontés dressées l'une contre l'autre, dans un conflit qui n'aurait jamais dû être. Si seulement l'un d'eux montrait un peu d'humilité. Si seulement...

— Tu oses demander ma bénédiction après n'en avoir fait qu'à ta tête ?

La voix de M. Townsend était incroyablement tendue et forcée, comme s'il pouvait s'étouffer à tout moment.

Mais Victor tint bon. Alors que leurs regards s'affrontaient, je sentis un paroxysme de passions me submerger. Les émotions de ce duo saturaient la pièce et fondaient sur moi tel un nuage d'orage. Elles m'engloutissaient, marée d'amour, d'admiration, de dévotion, de déception et de rejet. Ces deux hommes, immensément orgueilleux, se mouraient de leur amour paternel et filial. Ils m'emplissaient de leur conflit privé. J'avais envie de crier, de leur dire que leur obstination était puérile, que leur affection mutuelle était tout ce qui importait, et que, si seulement l'un d'eux faisait montre d'un peu d'humilité, ils n'auraient nul besoin d'endurer ce supplice.

Mais je ne pouvais pas interférer, car ce qui se passait sous mes yeux avait déjà eu lieu, il y avait presque un siècle. Je ne pouvais rien y changer. On m'autorisait à observer, mais on m'empêcherait d'intervenir.

— Je suis désolé que vous ne compreniez pas, monsieur, dit enfin Victor, sa voix trahissant sa défaite. Je désire rejoindre l'Infirmerie royale, pour enseigner et faire de la recherche comme M. Lister avant moi, car je sens que c'est là qu'il y a nécessité à agir et que m'appelle ma vocation.

— Ta vocation te veut ici ! hurla M. Townsend. Avec ta famille et ta propre maison. Vas-tu te détourner et sauver la vie d'Ecossais quand ton propre peuple a besoin de toi ?

— Warrington compte suffisamment de médecins, monsieur, et une fois diplômé il me faudra aller directement à...

— Tu peux y aller dès maintenant, mon bonhomme, tu peux même aller en enfer, pour ce que j'en pense ! Quel est donc ce fils qui se soucie si peu du bien-être de sa propre famille ? John est resté, et j'en remercie Dieu. Lui seul a répondu aux souhaits de son père.

— J'ai ma propre vie à mener, maintenant, monsieur, insista Victor, en prenant sur lui.

— Sûr, et pour cela, tu tournes le dos aux tiens ! Dès le début, j'ai bataillé pour que tu ne deviennes pas une de ces sangsues. Et maintenant que tu en deviens une, tu pourrais aussi bien revenir à la maison et être avec ceux qui t'aiment. Mais je ne te supplierai pas. Oh, non ! Et je ne discuterai plus non plus ! Il arrivera une heure où tu devras rendre des comptes pour ce que tu as fait. Découper des cadavres et fourrer ton nez dans...

— Alors adieu, monsieur.

Victor tendit la main, livide, les traits comme taillés à la serpe.

Un instant, le vieux Townsend hésita entre fierté et amour, puis, sans un mot, il tourna les talons et se rua dehors.

Victor paraissait statufié, la main toujours tendue, sa pâleur accentuée par l'ébène de ses cheveux et ses yeux noirs. J'aurais voulu prononcer quelques mots de réconfort.

Quand il disparut finalement de mon champ de vision et que le poêle remplaça le feu ronflant, je ne pus m'empêcher de me couvrir le visage de mes mains.

Mamy s'éveilla subitement.

— Hein, hein ? Quoi ?

Je me détournai pour essuyer mes larmes.

— J'ai dû m'assoupir. Comme le temps passe ! Il ne faut pas que je reste assise à dormir sinon, finie la nuit ! Et regarde-moi ça : mon tricot est tout emmêlé !

Reprenant contenance en me disant que Victor ne souffrait plus du rejet de ce père qu'il aimait si désespérément, je fis face à Mamy et tentai de sourire.

— Comment est le livre ?

— Très bien, dis-je d'une voix faible. Je pense que j'ai dû m'endormir moi aussi.

Un coup d'œil à la pendule m'indiqua qu'une minute seulement s'était écoulée. Alors que son tic-tac me soufflait « ça passe, ça passe, ça passe », je compris que, pendant mes visions du passé, le temps présent était suspendu. Ses aiguilles faisaient office de signal. Le voilà, mon pont entre les époques ! La pendule devait s'arrêter dans le présent pour changer de sphère temporelle et pouvoir reprendre un autre cours.

Dans le présent, le temps semblait se traîner comme un escargot, alors qu'il se déroulait à un rythme normal dans le passé. Ou bien était-ce moi qui ralentissais tout en regardant en accéléré les événements d'hier ?

Peu importait. L'énigme ne serait jamais résolue et ça ne m'apporterait rien de plus. Quel que fût le plan dans lequel j'étais embarquée, il devait suivre son cours inexorable.

8

Oncle William et tante May avaient décidé de braver le brouillard et de passer. Cela réjouit mamy, dont le moral avait chuté en fin d'après-midi ; elle s'inquiétait pour papy qui n'avait pas eu de visite dans la journée. Heureusement William et May, pas intimidés par le manque de visibilité, étaient déterminés à aller à l'hôpital pour la visite du soir.

— Veux-tu nous accompagner, Andrea ?

J'approuvai énergiquement de la tête, tout en avalant mon sandwich au fromage et en le faisant descendre d'une rasade de lait entier tiède. J'avais besoin de sortir un peu. De m'éloigner de ma grand-mère et des forces à l'œuvre dans cette maison, quelles qu'elles soient. J'avais besoin d'air frais, de changer de cadre et de rencontrer d'autres gens.

Pour la première fois, j'appréciais mes proches.

— Hum, je ne sais pas, Andrea, dit mamy en posant une main sur mon front. Je crois que tu es en train d'attraper froid.

— Je me sens bien !

— Elle a eu mal à la tête toute la journée, et hier aussi. C'est sûrement l'humidité.

Tante May prit également des libertés avec mon front.

— Ça me paraît normal. Veux-tu venir avec nous, ma chérie ?

— Oui, j'aimerais beaucoup.

— Très bien, capitula mamy dans un soupir. Mais couvre-toi bien cette fois. La radio dit qu'une tempête se prépare.

— J'y vais, pour faire tourner le chauffage dans la voiture, annonça oncle William, en enfilant son lourd manteau et en mettant son cache-nez, ce qui lui donnait l'air d'un Esquimau. Ne sors pas avant d'être prête, je t'ouvrirai la portière au dernier moment. Tu n'auras pas froid une seconde.

Le problème, c'était que je commençais à m'habituer au froid et que je n'avais pas besoin de toutes les couches dont mamy voulait me couvrir. Toute la journée, le salon m'avait paru étouffant et j'avais souvent été à deux doigts de me lever pour ouvrir la porte. Malgré cela, je cédai aux injonctions maternelles de mamy et me laissai donner un pull, un manteau, un bonnet, une écharpe et des gants de laine. Suffoquant, j'étais impatiente de sortir dans le brouillard.

Je fus arrêtée sur le seuil.

Je n'avais pas fait un pas que le vertige me saisit. Si fort que je dus m'appuyer au cadre de la porte pour ne pas tomber.

— Que se passe-t-il, ma chérie ?

La voix de tante May me parvenait de très loin.

La rue embrumée penchait et tournoyait comme dans un mixeur, se soulevant et redescendant. Au loin se tenait un oncle William minuscule, ressemblant à un rongeur debout sur ses pattes arrière à côté d'une voiture miniature. C'était comme si je le regardais à travers un verre concave. Je voyais les lèvres de tante May bouger, mais sans le son. Sous mes pieds, le sol tanguait comme lors d'un tremblement de terre ; je pris appui sur le chambranle, une main de chaque côté, pour garder l'équilibre pendant que les maisons d'en face tournaient. Mon estomac me remontait dans la gorge comme si j'étais sur un tourniquet.

Lorsque le parquet entra en contact avec mon crâne, le vertige disparut et je me retrouvai à fixer stupidement le plafond.

— Mon Dieu ! Elle s'est évanouie ! criait mamy.

Trois visages inquiets se penchèrent sur moi, et l'instant d'après on me remettait sur mes pieds. Oncle William me serrait dans ses bras costauds, telle une poupée. Mamy et tante May dépensaient une énergie folle à battre l'air des bras en s'exclamant à qui mieux mieux « Oh, mon Dieu ! », pendant qu'on me guidait de l'entrée jusqu'au salon.

On me laissa tomber dans un des fauteuils et on me débarrassa immédiatement de mes épaisseurs.

Quand j'eus recouvré mes esprits, j'étais assise devant le poêle, poussé au maximum, un lourd plaid sur les jambes, et une tasse de thé chaud dans la main. Les trois visages étaient à nouveau penchés sur moi, m'observant avec anxiété.

— Ça va maintenant, assurai-je d'une voix faible. C'était la précipitation. Le fait de se dépêcher avec tout ça et de courir à la voiture...

— N'importe quoi ! dit mamy, me donnant une petite claque sur le bras. C'est la grippe, voilà ce que c'est ! Maintenant, bois ton thé sagement.

— Ça va vraiment, Andrea ? s'enquit tante May. On peut aller chercher le docteur et...

— Non, non ! Tout... tout va bien. Vraiment. C'était l'excitation. Il fait chaud ici !

J'essayai de me défaire du plaid, mais mamy m'en empêcha.

— Tu as de la fièvre ! fit-elle d'une voix sans appel.

Mais tante May posa une main sur mon front et mes joues.

— Non, maman, elle n'a pas de température. Qu'est-ce que t'en penses, William ?

Mon oncle haussa ses épaules massives.

— Les gens ont la peau froide quand ils tournent de l'œil, non ? Donc, c'est pas la grippe. C'est autre chose.

— Elle a pris froid et elle n'ira nulle part !

Mamy n'en démordait pas.

Je m'enfonçai davantage dans le fauteuil et contemplai tristement les brins de thé dans le fond de ma tasse. Mamy ne croyait pas si bien dire. Je n'irais nulle part parce que cette maison ne me laisserait pas faire. J'étais sa prisonnière. La force à l'œuvre entre ces murs n'en avait pas fini avec moi. Elle m'avait autorisé trois visites à mon grand-père, mais pas ce soir. Peut-être demain...

J'avais dû prononcer cette dernière phrase à voix haute, car oncle William y répondit :

— On verra bien... Si tu vas mieux, ma grande. Là, tout de suite, maman a raison. Tu as besoin d'un bon thé chaud et d'une bonne nuit de sommeil. May, on ferait mieux d'y aller pour ne pas rater l'heure des visites.

— Mais que se passera-t-il si elle ne va pas mieux ? Elles n'ont pas le téléphone, Will !

— On s'arrêtera sur le chemin du retour. Si Andrea a besoin du médecin, elle le dira. Pas vrai, ma belle ?

Je hochai faiblement la tête.

Après leur départ, mamy prit la couverture du canapé et m'en couvrit les épaules et la poitrine. J'étais écrasée de chaleur au point d'en hurler. Même si j'étais touchée par sa sollicitude, j'avais hâte de me retrouver seule pour que la prochaine « apparition » puisse avoir lieu. Si seulement j'avais pu les contrôler. Si seulement j'avais pu les faire apparaître à volonté et en finir avec eux tous. Mais ça n'était pas possible. Tout comme je ne pouvais éviter de les voir.

La soirée s'éternisa. Mamy tricotait d'un air satisfait, me jetant un coup d'œil de temps à autre et vérifiant mon front. Quand oncle William et tante May repassèrent, j'en profitai pour me débarrasser de mes couvertures.

Mamy leur servit un thé pendant qu'ils racontaient leur visite à papy.

— Complètement éveillé, ce soir. On a eu une bonne conversation. Bon, elle voulait pas dire grand-chose...

Je rassemblai mes affaires lavées du matin. Grâce au poêle et à mamy qui m'avait conseillé de les pendre un peu partout dans le salon, elles étaient sèches. Je m'apprêtai à les porter dans ma chambre.

— Pas si vite ! s'écria mamy. Où crois-tu aller comme ça ?

— Mes vêtements sont secs. Je veux juste monter...

— Pas question. William va s'en charger. Tu restes ici, à côté du feu.

— Mais, mamy...

— Andrea, ma chérie, tu es bel et bien tombée dans les pommes tout à l'heure, intervint gentiment tante May.

— Mais je vais bien maintenant.

Je tenais mon jean et mes tee-shirts comme un bouclier devant moi.

— Si la d'moiselle va bien, laissez-la. Elle ne va pas loin. Ça lui fera du bien de bouger un peu, dit oncle William.

Mamy acquiesça à contrecœur.

Avant qu'elle ne puisse changer d'avis, je me précipitai vers la porte, non sans l'entendre demander quand papy pourrait rentrer à la maison.

Mon oncle se pencha pour lui répondre. Sa bouche s'ouvrit, mais aucun son n'en sortit.

Je regardai la pendule. Elle était silencieuse.

Raide, adossée à la porte, je me préparai à l'apparition des autres. Je parcourus la pièce du regard, m'attendant à ce que les couvertures de mamy disparaissent et qu'un feu ronflant remplace le poêle. Mais rien ne changea.

Où étaient-ils ?

Mamy, oncle William et tante May étaient assis dans une attitude de conversation, sans pour autant parler ou bouger.

Frénétique, je me retournai vers la pendule.

Toujours rien.

— Où êtes-vous ? murmurai-je.

Finalement, j'ouvris la porte à toute volée et déboulai dans l'entrée. Trébuchant sur la première marche, je tombai en avant et lâchai mes vêtements.

— Attendez... soufflai-je. Attendez-moi !

Je rassemblai mes affaires en vitesse et montai l'escalier le plus vite possible, manquant une marche à deux reprises.

Une fois sur le palier, je pris appui contre le mur, le souffle court. J'expirais de la buée, mais ne sentais pas le froid, alors qu'il devait être piquant à l'étage.

Je tâtonnai dans le noir et parvins à allumer le plafonnier. La porte de la chambre de devant était entrouverte. Je la regardai avec appréhension et détermination.

— Oui... murmurai-je, en me dirigeant vers elle à pas lents.

Une fois sur le seuil, je m'arrêtai et jetai un coup d'œil à l'intérieur. Il n'y avait rien d'autre que l'obscurité froide et vide. Pas de diable. Pas de forces invisibles. Pas d'abominations cachées. Juste une chambre plongée dans le noir.

J'allumai donc la lumière.

Rien ne sortait de l'ordinaire. Tout était tel que je l'avais laissé ce matin-là après mon bain. Le lit, les rideaux, mes affaires de toilette sur la chaise, mes habits dans la penderie.

Je me figeai.

La penderie.

Quelque chose ne tournait pas rond avec la penderie.

Comme une sorte d'automate, j'avançai vers elle, incapable de détacher les yeux du grain de son bois, de son vernis lisse, de ses petites fixations en laiton. Tout en approchant, j'avais une troublante impression de déjà-fait.

Soudain, l'horreur commença. Je sentis le changement s'opérer dans la pièce. Pas besoin de voir pour savoir qu'il avait lieu. Quelque chose entrait, quelque chose qui n'était pas là une seconde auparavant, quelque chose qui se joignait à moi. C'était la même atmosphère diabolique que la nuit précédente, suintant par les fissures de l'armoire comme une odeur nauséabonde, tournoyant jusqu'à mes narines, m'emplissant d'une terreur aussi palpable que le froid ambiant. C'était l'air des tombes et des cryptes. Il s'enroulait autour de moi, me faisant trembler, non de froid mais de peur.

J'avais envie de fuir.

Retenue devant l'armoire, j'aspirais à rompre le charme et à fuir loin du pouvoir satanique qui tenait cette maison sous sa coupe.

Mes yeux s'écarquillaient de plus en plus, près de jaillir de leurs orbites. Je fixais la penderie. J'écoutais. Mon corps était tendu. Je tremblais de façon incontrôlable. Et pourtant, je ne pouvais pas fuir.

Il y avait un bruit à l'intérieur de l'armoire.

— Mon Dieu... dis-je dans un geignement. S'il vous plaît...

Quelque chose bougeait à l'intérieur de l'armoire.

Mon bras commença à se lever.

— N-non...

Je regardai avec horreur ma main atteindre la poignée. La saisir.

Tout à coup, je compris. Quoi qu'il y ait de l'autre côté, j'allais le laisser échapper, sous le contrôle de cette présence...

— S'il vous plaît... mon Dieu...

Les larmes coulaient le long de mes joues. Ma main tourna la poignée.

— Andrea !

Mon bras retomba mollement, palpitant douloureusement. Dans le même temps, comme si les liens qui me retenaient à cet endroit s'étaient soudain relâchés, je chancelai en arrière et tombai sur le lit. Affalée sur ma valise, je vis de grosses gouttes de sueur dégouliner de mon front et sur mes bras.

— Andrea ! appela à nouveau oncle William, au pied de l'escalier. Tout va bien ?

— Oui, oui... dis-je dans un murmure à peine audible.

Je me raclai la gorge.

— Oui, oncle William ! Je descends.

— On y va, ma grande.

— Très bien. J'arrive.

Je trouvai la force de me lever, quelque peu vacillante. La chose m'avait vidée de toute mon énergie. Mon tee-shirt collait à ma peau.

Essayant de rassembler mes esprits, je retirai rapidement mon haut trempé et en passai un sec. Je me mouvais maintenant avec rapidité. Sans prendre le temps de ranger mes vêtements propres, je me précipitai hors de la pièce en claquant la porte derrière moi. Puis je dévalai sans prudence les marches pour retrouver mon oncle et ma tante dans l'entrée. Ils étaient en train de boutonner leurs manteaux.

— Si le brouillard se lève demain, on te verra peut-être. Enfin, si la tempête du nord ne vient pas par chez nous, me dit tante May tout en enroulant une écharpe autour de son cou. Andrea, si jamais tu veux venir chez nous pour regarder la télé, téléphoner ou quoi ou qu'est-ce, tu es la bienvenue. Supporter cette glacière pleine de courants d'air comme tu le fais, ça me dépasse !

— Oh... ça va, vraiment...

Je repensais au téléphone, puis à ma mère. Je n'avais subitement plus envie de lui parler.

Je refermai la porte sur oncle William et tante May et remis le boudin en place. Puis je suivis mamy au salon. Dès le seuil, la chaleur étouffante de la pièce me suffoqua. Mamy avait pourtant tourné le gaz au minimum. On ne voyait plus qu'une ondulation bleuâtre autour de la bobine. Et dehors, il faisait moins trois degrés Celsius d'après oncle William. C'était impossible !

— Il commence à faire froid ici, déclara mamy en se frottant les mains et en se dirigeant vers le poêle.

— Non, il fait bon, m'empressai-je de la contrer.

— Quoi ? Mais on gèle, et j'ai quatre cardigans sur moi. Regarde-toi, tu ne portes qu'un tee-shirt avec des manches qui n'en sont pas. Comment tu as tenu le coup là-haut ?

Là-haut. L'armoire. La peur horrible...

— Mamy.

— Oui, ma chérie ?

— Je...

Ses yeux étaient posés sur moi, pupilles dilatées et embrumées, sourcils en broussaille. Les rides de son visage semblaient s'être multipliées depuis la dernière fois que je l'avais contemplée ; elle avait pris cent ans.

— Comment va papy ? demandai-je finalement.

— Pas très bien, ma belle. Ils ne savent pas ce qui ne va pas. Les docteurs ont une expression pour ça. Maladie vasculaire. Les veines et les artères ne tournent pas rond. C'est pour ça qu'il ne peut plus marcher et que son cerveau bat la campagne. Ils ne peuvent pas dire si son état va s'améliorer et si on le reverra à la maison un jour.

— Je suis désolée.

C'était vrai. La solitude et l'inquiétude prélevaient leur écot sur ma grand-mère. Je n'en revenais pas de constater combien elle avait vieilli en quelques jours.

— Tu vois, ma chérie, ton papy et moi, on n'a jamais été séparés en soixante-deux ans. Enfin, pas depuis la Grande Guerre. Oui. Pas une seule fois. Tu te rends compte ? Et là, ça fait plusieurs semaines. Je me sens tellement perdue sans lui.

Elle chercha dans toutes ses poches un mouchoir, qu'elle trouva.

— Il est tard, ma chérie, je suis fatiguée. On va se coucher ?

— Oui, mamy.

Après son baiser de bonne nuit, je coupai le chauffage, avant de m'enfoncer dans mon fauteuil pour réfléchir un peu.

J'avais été à deux doigts de tout dire à mamy, ce que j'avais vu, et aussi mes peurs et mes soupçons. Mais à la dernière seconde, en voyant la tristesse dans ses yeux et la fatigue sur son visage, je n'avais pas supporté d'ajouter à sa souffrance.

Il y avait aussi une autre raison : je devenais de plus en plus impatiente de revoir mes ancêtres. Le besoin de connaître leur histoire grandissait en moi ainsi que la curiosité de savoir comment ça allait finir. La peur de briser le « charme » en en parlant à mamy ou à un tiers me retenait. Tout ça paraissait si fragile... C'était comme si j'avais été initiée au secret d'une fraternité, que personne d'autre, aucun étranger, n'avait le droit de connaître. En fait, j'avais peur de contrarier le cours des événements, et ainsi de ne plus jamais revoir John, Harriet ou Victor. Or, je voulais les revoir.

J'avais besoin de les revoir.

Je ris à cette pensée. Car j'avais été entraînée par leurs émotions, obligée de ressentir leurs passions et d'être témoin de leur bonheur ou de leur peine. En vérité, j'avais fait plus qu'assister à la confrontation entre Victor et son père, je l'avais *vécue*. Les Townsend morts me transmettaient leurs émotions de manière à ce que je puisse les faire miennes. Comment ne pas se mettre à éprouver un lien de parenté, un lien que je ne pourrais jamais avoir avec d'autres ? C'était quelque chose de spécial. Hors de ce monde, de cette vie. Et je commençais à le chérir. Tout comme je commençais à chérir les Townsend, quoi qu'ils pussent faire dans les jours à venir.

Trouverais-je Victor toujours aussi fascinant après avoir assisté à ses horribles crimes ? me demandai-je tristement.

Je ne voulais pas y penser. Pas quand son image était si fraîche dans mon esprit, à croire qu'il était devant moi.

Mon cœur sauta un battement.

Victor Townsend se tenait bel et bien devant moi.

Debout, jambes écartées devant la cheminée, mains dans le dos, il se balançait légèrement sur les talons tout en parlant à la personne dans le fauteuil à côté de moi.

— Je devais saisir ma chance, John, revenir à la maison une fois encore avant de rejoindre Edimbourg. Je serai diplômé dans cinq mois. Je partirai alors directement de Londres pour l'Ecosse. Et alors, qui sait quand nous nous reverrons ?

— Tu risques de voir surgir père et qu'il te jette dehors.

— Je sais. Mais il revient rarement du pub avant huit heures, donc ça me laisse un peu de temps avec ma famille.

— Mère ne te verra pas non plus.

— Non... Elle aimerait bien, mais elle a peur de père.

Victor regardait le tapis d'un air sombre.

— Nous avons tous peur de lui, Victor, sauf toi. Tu crois que je n'aurais pas aimé partir pour Londres et devenir un gentleman comme toi ? Tu parles même comme un monsieur, bon sang ! Tu savais ça ? Impossible de dire que tu es un gars du Lancashire ! Victor, tu es le seul à avoir le courage de l'affronter. Je t'admire pour ça.

J'étudiai le profil de John pendant qu'il parlait. Une ombre de tristesse voilait ses yeux.

— Pour sûr, je t'admire. Mon poste d'employé à l'aciérie ne me plaît pas. Mais il faudra bien que je m'y fasse, non ? Père me ficherait à la porte si je le défiais. Et je n'ai nulle part où aller. Alors que toi, mon salaud, toi, tu as décroché cette sacrée bourse !

Victor rejeta la tête en arrière et éclata de rire. Il y avait de la lumière dans son regard et son beau sourire me remplit de joie.

— Mon frère, avec huit livres par semaine, tu as toutes les raisons d'être content et tu le sais. En plus, tu auras l'héritage, pas moi. On m'a rayé de la liste des Townsend.

— Mais tu peux contester. L'Angleterre est sous la loi de la primogéniture...

— Je ne ferai jamais ça et tu le sais très bien, rétorqua Victor en secouant la tête. La maison sera tienne, John. Je n'en veux pas. Tout ce que je désire, c'est mon microscope et enseigner à des étudiants motivés. Je trouverai tout ça en Ecosse.

La porte s'ouvrit à toute volée et un courant d'air annonça Harriet. Derrière elle, en train de dénouer le ruban de sa charlotte, se trouvait Jennifer.

Inconsciemment, je me redressai.

Les deux filles se dépêchaient. Elles fermèrent la porte puis Harriet courut enlacer Victor.

— John a dit que tu passerais ! s'écria-t-elle, pleurant et hoquetant. Merci ! Merci d'être venu, Victor ! Merci d'être si courageux !

Il endura son étreinte avec un rire, la regardant avec amusement. Elle le couvrait de baisers et de louanges, les mots se bousculant à ses lèvres. Une lueur joyeuse dansait dans les yeux de Victor. Le sillon entre les sourcils s'adoucit et disparut presque.

Puis il aperçut Jennifer.

Il se figea. L'étincelle disparut de ses yeux pour faire immédiatement place à une autre lueur, plus intense. Pétrifié, il la contemplait, indifférent au discours de Harriet et aux reparties occasionnelles de John. De son côté, ayant aperçu Victor alors qu'elle retirait sa coiffe, Jennifer s'était également aussi arrêtée net. Ils s'observaient à travers la pièce.

Je fus la seule à le remarquer. John et Harriet s'étaient lancés dans un débat enflammé sur la nouvelle voiture sans chevaux des O'Hanrahan, la première dans tout Warrington. Je fus la seule à assister au miracle qui eut lieu en ce jour de 1890, la seule à voir comment Victor et Jennifer devinrent les victimes d'un destin auquel ils ne pourraient échapper.

Etait-ce cela, l'amour au premier regard ? Je le ressentais en tous les cas bien ainsi à contempler ces deux-là en train de se manger des yeux sans un mouvement. Je ressentis le soudain tourbillon dans lequel l'âme de Victor se trouvait prise. Le désir inattendu qui envahit subitement son corps submergea également le mien. Ce que Victor éprouvait en ces instants, je l'éprouvais aussi.

Et Jennifer ?

A détailler son expression surprise, je découvris en elle une réserve de passion, le jaillissement inattendu d'un trouble qui n'était pas là l'instant d'avant. Je sentis aussi la confusion et le désarroi, car ces sentiments étaient nouveaux pour elle, et lui faisaient peur.

Enfin, Victor prit la parole, d'une voix douce :

— Ma sœur oublie les bonnes manières. Il semblerait que je doive me présenter moi-même. Victor Townsend, dit-il en s'inclinant légèrement.

— Et bientôt, docteur Townsend ! lâcha Harriet. Oh, Victor, excuse-moi ! J'étais tellement excitée de te voir que j'ai oublié que Jennifer venait à la maison. Victor, Jennifer Adams. Elle habite sur Marina Avenue, à l'opposé du green.

Il s'avança et prit sa main gantée. Je ressentis l'explosion. Elle venait de leur part à tous les deux.

Ils étaient beaux, lui saisissant et elle si jolie et menue. Ce n'était que justice que l'amour naisse entre eux ! Pourtant, au fait du futur comme je l'étais, cela m'attristait. Leur imposer cela alors qu'ils ne le recherchaient pas... Dorénavant, ils m'apparaissaient sous les traits de victimes, peu importait ce qui adviendrait entre ces murs dans un avenir proche. Je ne pouvais que prier pour que le temps qu'ils partageraient ensemble soit heureux, aussi court soit-il.

John se leva et offrit son fauteuil à Jennifer. Raide et compassé, il se comportait de la manière la plus courtoise qui fût. D'après leur attitude, je déduisis qu'ils se connaissaient déjà. Harriet débarrassa Jennifer de sa cape pour l'emporter avec la sienne. Victor, toujours debout, ne quittait pas des yeux la jeune fille, le visage désormais assombri et troublé. Jennifer lissait avec agitation sa jupe, un vêtement simple comptant moins de métrage que celui de Harriet et doté d'une tournure plus modeste. Elle s'assit avec grâce près du feu. Dans ses yeux baissés, je vis de l'émerveillement et de la perplexité. Mon cœur se portait vers elle, sachant ce qu'elle éprouvait.

— Enfin, dit Harriet en revenant dans la pièce, c'est assez incroyable, n'est-ce pas, Jenny ? Ça fait un bruit de tous les diables et ça crache des gaz horribles. Mais ça avance tout seul, Victor !

— C'est un moteur à combustion interne, expliqua ce dernier avec calme, autorisant son regard à dévier vers la jeune femme dans le fauteuil.

J'avais l'impression qu'il cherchait à s'assurer qu'elle était bien là, qu'il ne l'avait pas imaginée.

— Ça devait arriver tôt ou tard. Nous sommes dans les temps modernes, Harriet. Plein de nouvelles choses sont encore à venir.

— Les O'Hanrahan ont même le téléphone maintenant ! Et ils disent que l'électricité est faite pour durer. Pourquoi ne pouvons-nous avoir l'électricité ?

John haussa les épaules et s'appuya à la cheminée.

— Je parie que cette voiture sans chevaux ne va pas durer. Trop cher, trop bruyant, trop de tracas pour l'entretenir, et ça pollue l'air. C'est juste un nouveau jouet, un gadget, mais ça ne remplacera pas le cheval. Les O'Hanrahan ont tellement d'argent qu'ils ne savent comment le dépenser. On t'a d'ailleurs prévenue, Harriet.

— Oh, John...

— Harriet, j'ai failli oublier, s'interposa Victor. Je t'ai apporté un cadeau.

Il sortit un petit paquet de derrière son dos.

— Oh, Victor ! Merci !

Harriet défit le papier cadeau avec précaution et ouvrit le couvercle de l'écrin. Ses yeux s'arrondirent.

— Qu'est-ce que c'est ?

— C'est une montre qui se porte au poignet.

John se pencha pour voir.

— Par le diable... ce n'est rien de plus qu'une montre de gousset !

— Mais pourtant, elle se porte au poignet. C'est conçu pour les dames, car elles n'ont pas de gousset sur leur robe. Donne-moi ta main, Harriet.

Victor enfila la minuscule montre sous la manche de sa sœur et ferma le bracelet.

— Et voilà, tu es comme les Londoniennes les plus élégantes.

Harriet rayonnait. La portant à son oreille, elle l'écouta pendant un moment, puis elle se jeta au cou de son frère en poussant un cri perçant.

— Je n'ai jamais eu droit à des marques aussi démonstratives, dit John d'un ton taquin, quoique avec un soupçon de ressentiment.

Jennifer regardait le feu, ses petites mains sur ses genoux. Les vagues profondes de ses cheveux bruns accrochaient les flammes en des éclairs d'or et de cuivre. Il y avait une pesanteur dans ses yeux qui m'émouvait, une profondeur de désir et d'émerveillement. Son profil me fascinait, la courbe délicate de son nez, la bouche en bouton de rose, le petit menton pointu. Elle était encore plus belle que sur la photographie. J'étais très fière de savoir qu'elle était mon arrière-grand-mère.

Cette dernière pensée me prit par surprise, car elle était si réelle, si proche, sa poitrine menue se soulevant et s'abaissant doucement comme dans le sommeil... J'aurais pu la toucher.

Et si je le faisais ? Ces gens n'avaient pas conscience de ma présence. Et pourtant, eux étaient si réels...

— Je dois la montrer à mère ! s'exclama Harriet, courant vers la porte. Elle n'a jamais entendu parler d'une montre de poignet !

Il y eut une bourrasque, l'ouverture et la fermeture de la porte, puis seulement les craquements du feu sur fond de silence.

Je levai les yeux sur Victor. Dans son regard, c'était la tempête. Un orage faisait rage dans son âme et lui donnait un air renfrogné. Je l'entendis se demander : Pourquoi est-ce arrivé ?

Ça me toucha tellement que j'aurais voulu crier et l'étreindre comme Harriet en avait le privilège. Mais cela m'était impossible. Forcée de me satisfaire de rester assise et de regarder, j'observai le tourment de son âme en recherche.

Je le ressentais aussi. Je ne pouvais me protéger contre les passions de ces gens. Je n'avais aucune défense avec laquelle les combattre. De toutes parts, j'étais assaillie par une myriade de sentiments humains : Jennifer, étudiant avec nervosité l'étrange effet que Victor produisait sur elle ; John, luttant contre sa jalousie à voir son frère au centre de l'attention ; et Victor, tombant amoureux d'une fille qu'il ne connaissait que depuis quelques minutes et demandant à Dieu pourquoi.

— Il fait sombre dehors, dit soudain John. Père veut qu'on allume les cheminées en haut. Excusez-moi...

Il sourit à Jennifer, qui lui renvoya un regard vide. John passa devant moi et sortit du salon, me laissant seule avec mes arrière-grands-parents.

Le silence fut d'abord embarrassé ; Jenny se tordait les doigts et contemplait le feu, Victor debout devant elle, le regard pensif. J'aurais aimé qu'ils parlent, expriment leurs sentiments, révèlent ce que contenaient leurs cœurs avant le retour des autres.

Comme en réponse à mes prières muettes, Jenny releva la tête.

— Harriet dit que vous serez à Edimbourg dans quelques mois, monsieur Townsend.

Victor tourna son air renfrogné vers elle. Celui-ci disparut dans l'instant pour faire place à l'étonnement. Rapidement, dans son esprit, comme un éclair, une pensée : *Toutes ces femmes, à Londres... combien ? Sans visage, sans nom, elles ont compté à un moment, ont été importantes, l'espace d'un jour, d'une semaine ; ont été une bonne diversion. Mais cela, cela, c'est nouveau...*

— En effet. Mon diplôme obtenu, je rejoindrai l'Infirmerie royale.

— Vous serez parti longtemps ?

Elle s'exprimait d'une voix timide, semblable à un murmure. De mon fauteuil, je pouvais percevoir le battement angoissé de son cœur.

— Pour une période indéterminée, mademoiselle Adams. Peut-être ne reviendrai-je jamais.

Ses yeux s'ouvrirent grand.

— Oh ! Comme c'est triste, monsieur... pour votre famille !

— Je n'ai aucun désir de vivre à Warrington. Mon ambition est de trouver des traitements à des maladies incurables. L'Ecosse est pionnière en ce moment, et avec une recommandation de M. Lister, je rencontrerai les hommes qu'il faut.

— Voilà qui est admirable, absolument.

Elle regardait à nouveau ses mains, tête penchée.

Victor la dominait de sa taille, s'émerveillant de sa petitesse, de sa vulnérabilité. Je sentis subitement le désir l'envahir. Il tremblait légèrement.

— Depuis combien de temps habitez-vous Warrington, mademoiselle Adams ?

— Un an, monsieur Townsend. Nous venons de Prestatyn, dans le pays de Galles... répondit-elle, la tête toujours baissée.

— Je pensais plutôt...

— Mon père a obtenu un bon poste à l'aciérie. Voyez-vous, il est responsable de...

Sa voix se mourait. Elle leva les yeux, le visage nimbé d'adoration. Je sentis jaillir son amour pour cet homme, qui la faisait frissonner comme si elle luttait contre quelque chose de physique. Ses lèvres étaient légèrement écartées, gardant captifs les mots non prononcés. Ses grands yeux pleins de questions ressemblaient à ceux d'une biche.

J'entendais son esprit murmurer : Comment cela peut-il être si... ?

— Je suis enchanté d'avoir fait votre connaissance, mademoiselle Adams, même s'il est bien malheureux que ce soit si tard, dit Victor à voix basse.

Elle laissa échapper un petit cri étouffé.

— Si nous nous étions rencontrés l'année dernière, peut-être alors... reprit-il d'une voix égale.

— Oui, monsieur Townsend ? souffla-t-elle.

Cet homme, monument de puissance, faiblissait à vue d'œil.

— ... alors, nous aurions sans doute pu devenir amis.

— Ne le sommes-nous pas en cet instant ? Je connais Harriet depuis un an. Nous passons beaucoup de temps ensemble. Elle m'a beaucoup parlé de vous. C'est comme si je vous connaissais déjà et que nous ne venions pas de nous rencontrer, monsieur Townsend.

Un sourire tressauta sur les lèvres de Victor.

— Vous devez venir à Edimbourg à l'occasion.

Jenny baissa à nouveau les yeux, ses épaules se courbèrent.

— L'Ecosse est bien loin, je crains de ne pouvoir jamais...

— Jennifer, si vous me permettez de vous appeler ainsi ! Je reviendrai sans doute à Warrington en visite. Serez-vous là ?

Etonnée par l'urgence de son ton, Jenny le regarda, alarmée.

— Mon père n'a aucune intention de déménager à nouveau. Je suis sûre que Warrington est notre port d'attache définitif. Mais reviendrez-vous ? Pouvez-vous revenir ?

En colère, les traits tordus par la passion, Victor se détourna et, posant les deux mains sur le manteau de la cheminée, déclara d'une voix étranglée :

— Je peux ne jamais revenir. Aussi longtemps que cette maison sera celle de mon père. Il m'a renié. Si Harriet est votre amie et qu'elle s'est confiée à vous, alors vous devez connaître l'histoire. Vous devez savoir la guerre qui fait rage entre mon père et moi...

— Oui, elle...

— Alors vous devez savoir qu'en cet instant même je ne devrais pas être ici, car cela pourrait ranimer sa fureur. Il me jetterait dehors s'il me trouvait là. Même maintenant... Il va rentrer d'une minute à l'autre et je dois partir. Je suis désolé de devoir vous quitter si brutalement alors que nous venons de nous rencontrer. Mais je n'y peux rien. Je dois partir en terre étrangère sans une étreinte de la part de ma mère et sans la bénédiction de mon père. Je n'ai que mon frère et ma sœur, et les amitiés qui m'attendent en Ecosse. Je dois quitter mes amis londoniens et ceux d'ici. Pour la sauvegarde de mon ambition, il me faut commencer ma nouvelle vie totalement seul.

Il se détourna, furieusement conscient de la futilité de ses sentiments. Pourquoi maintenant ? criait son âme. Pourquoi avoir posé les yeux sur cette femme et ressentir de l'amour pour elle ? Comment est-ce possible ? Quelle est cette torture ?

— Victor... dis-je soudain, mon cœur battant à l'unisson du sien.

— Nous ne pouvons être amis, Jennifer, continuait-il. Car vous et moi ne nous reverrons jamais. Je ne pourrai jamais revenir dans cette maison.

Je sautai sur mes pieds et tendis une main.

— Victor, écoutez !

Mais mes doigts ne rencontrèrent que le vide. J'étais de retour dans le vieux salon de mamy.

9

Elle me trouva devant la fenêtre à regarder le matin gris et mouillé. J'étais debout depuis l'aube, n'ayant dormi que quelques heures, et n'en ayant pas moins fait des rêves étranges et dérangeants. J'imagine que je la surpris, ainsi debout dans la pièce sombre et froide.

— Andrea ! Je ne m'attendais pas à te trouver éveillée ! s'exclama-t-elle tout en donnant de la lumière. Pourquoi fait-il si froid ici ?

Je l'entendis boiter à travers la pièce, sa canne claquant sur le sol.

— Le gaz est coupé ! Andrea, ma chérie, tu l'avais remarqué ?

— Oui, mamy. C'est moi qui l'ai arrêté, dis-je avec calme.

— Quoi ? Mais c'est une glacière ici ! Qu'est-ce qui t'a pris ?

Je ne répondis pas, les yeux toujours rivés sur la mousse des murs et les fragiles buissons de roses lourds de rosée. J'écoutai ma grand-mère aller jusqu'au buffet, farfouiller dans un tiroir, en retirer quelques allumettes, revenir et allumer le poêle. Il y eut à peine un souffle ronflant, qui n'avait rien à voir avec le rugissement et les craquements des flambées qui avaient autrefois brûlé dans cet âtre.

— Tu ne te sens pas bien, ma chérie ? Comme ça, dans un tee-shirt qui te couvre à peine, sans rien sur toi en plus ? Viens, allons prendre un thé.

Elle manœuvra son corps malhabile à travers la pièce encombrée et alla dans la cuisine. Je restai près de la fenêtre. Le matin lugubre reflétait mon humeur.

— Le brouillard s'est levé ! chantonna mamy. On voit le soleil ?

Je secouai la tête.

— Hein ? Il y a du soleil, ma chérie ? redemanda-t-elle depuis le seuil.

— Non, mamy. C'est couvert.

— Pour sûr, pas surprenant. J'imagine que ce gros orage ne va pas tarder. Ça ne manque jamais. Il pleut toujours beaucoup à cette saison... Mais cette année, l'été a été magnifique. Nous avons eu une vague de chaleur. Deux pleines semaines à vingt et un degrés ! J'ai bien cru m'évanouir ! Là maintenant, c'est l'hiver et nous payons la canicule. Il se pourrait bien qu'on ait de la neige pour Noël. Alors que ce n'est pas l'habitude. Je le sens dans mes articulations...

Elle entrechoquait poêles et assiettes, sa voix venant de très loin. Je fis abstraction de son papotage. Une autre voix, cynique, me soufflait à l'oreille : Si nous n'avions pas ce temps-là, quatre-vingt-dix pour cent de toutes les conversations n'auraient pas lieu d'être.

Je finis par délaisser mon poste et me mis à tournicoter dans la pièce. Un étrange état d'esprit m'animait, combinaison d'un soupçon de tristesse, un soupçon d'angoisse et un soupçon d'agitation. Mais mon humeur ne se limitait pas à cela, car une grande part de moi ce matin-là était vide et creuse, comme si rien ne l'avait jamais remplie.

Venant me replacer devant la cheminée, je contemplai la pendule. C'était ça. J'étais emplie d'une absence. Comme si toute émotion et tout sentiment m'avaient été retirés, laissant dans leur sillage une morosité couleur d'étain. Si seulement j'avais été déprimée. Au moins, cela aurait un état positif, cela aurait signifié avoir quelque chose, au lieu d'en être privée. Mais je n'étais pas déprimée, ni triste ni troublée. Seulement vide.

Où était passée mon âme ?

— Andrea ! cria mamy d'une voix perçante.

Je sentis ses doigts s'enfoncer dans mon avant-bras et je virevoltai jusqu'à heurter le buffet. Etonnée, je regardai mamy.

— Andrea, tu as failli prendre feu ! gémit-elle.

D'un air stupide, je fixai mon jean. Les jambes et les revers avaient roussi. L'air sentait le brûlé. Dans un grand effort, mamy se pencha pour soulever l'ourlet de mon pantalon.

Ma peau était rouge vif.

— Tu t'es brûlée, dit-elle, le souffle sibilant. Une minute de plus et ce jean prenait feu. Andrea, ma chérie, que se passe-t-il ?

Elle posa une main tremblante sur ma joue.

— Une autre migraine ?

— Mamy...

Je détournai la figure. Je sentais maintenant la morsure de la brûlure, le contact rêche de la toile sur la peau sensible. Cela m'effraya.

— C'est ma faute. J'ai mis le gaz trop fort et tu ne le savais pas. Il n'était pas à sa puissance normale. Zut...

Je réussis enfin à me concentrer sur le visage de mamy. Son âge, sa décrépitude me donnèrent envie de pleurer.

Pourquoi ne pouvait-on rester éternellement jeunes, comme Victor, John, Harriet et Jennifer ? Comment avaient-ils trouvé la clé pour suspendre le temps ? Pourquoi devait-on souffrir cette ignominie ?

— Pauvre chérie, me consolait ma grand-mère en essuyant mes larmes. Tu n'es pas bien. Viens, allons mettre du beurre sur tes jambes.

Elle me poussa gentiment vers le poêle, mais je regimbai.

— Tout va bien, ma chérie, je l'ai baissé.

— Non... j'ai assez chaud. Je vais m'installer sur le canapé.

Je m'assis sur le bord, aussi loin que possible du feu, et observai d'un air absent ma grand-mère appliquant son remède sur mes brûlures. J'avais envie de crier. Après cette impulsion idiote à toucher Victor, j'avais attendu toute la nuit, éveillée, qu'ils reviennent.

Ils n'étaient pas réapparus.

— Tu es sûre que tu veux le faire ? demanda tante Elsie, me détaillant d'un œil inquiet. Tu sais, maman a raison, tu n'as pas l'air bien du tout. Tu es devenue livide, Andrea.

— Je vais bien, vraiment.

Enfin... mes tibias me faisaient atrocement mal, la chaleur de la pièce me pesait, j'avais un vide à la place du cœur et je commençais à ressentir les effets d'une nuit trop courte. Mais que pouvais-je dire d'autre à ma tante ?

— Tu peux aller à l'hôpital demain, suggéra mamy.

Je m'accordai le temps de la réflexion, non pas que j'y songeais vraiment, mais je prenais plutôt le pouls de la maison. Ne pouvant rien apprendre de ce côté-là, je décidai de tenter le coup. Si elle voulait m'arrêter, elle le ferait.

— J'aimerais y aller aujourd'hui, mamy. Sinon papy va penser que je suis repartie sans dire au revoir.

— Ça ira, maman, renchérit Elsie. C'est juste un court trajet en voiture et une heure à l'hôpital. Ça ne pourra pas lui faire de mal. Seulement, cette fois, Andrea, prends ton temps pour t'habiller.

Sans un mot, je subis le rituel du boutonnage et de l'empaquetage. Sur le seuil, j'hésitai un instant, puis je le franchis, un pied sur le ciment froid. Ce jour-là, je verrais mon grand-père.

Je me laissai conduire en silence, contrairement à ma tante. Elle me faisait l'article de Warrington : il y avait l'aciérie, l'hôtel de ville et l'autoroute vers Manchester, le nouveau Marks et Spencer et le vieux Woolworth où « ta mère et moi avons travaillé pendant la guerre ».

J'essayais de sourire et de hocher la tête poliment, mais ses propos anodins me portaient sur les nerfs. Apparemment, je n'avais qu'une tolérance limitée pour mes proches vivants. Je voulais être avec les morts.

Papy était à nouveau dans un état de stupeur, totalement muré. Mais ça m'était égal, j'étais contente d'être assise à côté de lui et de contempler le visage du fils de Victor.

Tandis que tante Elsie et oncle Ed poursuivaient leur parodie de conversation avec un gisant, je lui tins simplement la main, décharnée, abîmée, et cela pendant toute l'heure de visite. Pour moi, c'était un hommage aux Townsend et ça m'a apporté, ironiquement, une sensation de paix.

Nous sommes ensuite rentrés à la maison pour un copieux repas de bœuf rôti avec du Yorshire pudding, servi avec des pommes de terre sautées, des carottes et de larges tranches de pain beurré. Je mangeai avec parcimonie, écoutant les derniers potins de Warrington que tante Elsie rapportait à mamy : qui se mariait, qui attendait un bébé, qui divorçait. Typique des petites villes, Warrington ne permettait aucune vie privée à personne.

A un moment donné, j'étudiai ma tante si diserte et envisageai brièvement de lui raconter mes expériences dans la maison. Juste brièvement, car je vis rapidement quel désastre ce serait. Elsie nierait mes affirmations et, à sa façon pragmatique et terre à terre, insisterait pour dire que ces visions étaient imputables au temps. En supposant que je lui en parle. Cela pourrait briser le charme. Faire sauter le pont fragile que j'avais trouvé vers le passé.

— J'ai de bonnes nouvelles, annonça-t-elle tout à coup, en tapant du plat de la main sur la table. Ça m'était sorti de la tête : Ann m'a appelée d'Amsterdam ce matin pour dire qu'elle serait chez notre Albert ce dimanche !

— Quelle chance ! s'exclama ma grand-mère, rayonnante, en se tournant vers moi. Ça va être fantastique pour notre Andrea de rencontrer ses cousins !

— Et comment ! dit Elsie. Ça la changera, pour une fois, d'être avec des jeunes de son âge.

Je détournai le regard. Quel âge avait Victor la nuit dernière ? Vingt-cinq, vingt-six ans ? Et John, un peu moins ?

— Notre Albert va te plaire. Il a un joli cottage à Morecambe Bay. On verra peut-être les illuminations...

Pendant qu'elle continuait à parler, je songeai avec regret : Ce serait bien d'y aller, j'imagine. Mais et si la maison ne me laissait pas faire ?

Mon oncle et ma tante restèrent encore un peu puis commencèrent à rassembler leurs affaires. Pendant que ma grand-mère les raccompagnait à la porte, je restai assise, accordant la préférence à mes tibias, qui donnaient l'impression d'avoir pris un méchant coup de soleil. J'écoutai le murmure des voix à l'autre bout de l'entrée, entendis la porte claquer et mamy la fermer à clé. Quand elle revint au salon, je regardais à nouveau par la fenêtre.

— Tu penses à ton papy, n'est-ce pas ? demanda-t-elle doucement, debout à côté de moi.

Je levai les yeux. Je ne la détrompai pas.

La soirée n'en finissait pas. Mes jambes me faisaient désormais très mal et ne supportaient aucun contact. J'avais roulé mon jean jusqu'aux genoux et me tenais assise le plus loin possible du feu. Le beurre sur ma peau reflétait la lumière.

Quand j'aperçus Harriet, dans mon fauteuil, penchée avec attention sur ses genoux, je vis que mamy s'était endormie et sommeillait paisiblement dans son propre fauteuil. Devant elle ronflait un vrai feu, un papier lumineux ornait les murs, les vases édouardiens, les guéridons en papier mâché et tout le bric-à-brac victorien l'entouraient, mais elle dormait, merveilleusement inconsciente. Comme c'était étrange de la voir là, faisant partie du décor, et pourtant, pas tout à fait. Si elle s'éveillait brusquement, tout le reste disparaîtrait-il ?

Je me penchai pour voir ce qui occupait Harriet. Sur ses genoux, elle tenait un livre, quelques feuilles de papier et une enveloppe ; dans sa main, un crayon. Elle semblait écrire une lettre.

Ses habits avaient changé. Je pouvais voir ses seins tendre le tissu de son corsage, signe qu'elle était entrée dans la puberté. Sa tenue m'intriguait. Tellement différente des robes à fanfreluches et à tournure des dernières fois. Ce soir-là, elle était en pantalon court, bas de laine, chaussures plates, veste plutôt masculine et, sur la tête, portait comme un chapeau de marin. Elle paraissait habillée pour aller dehors. Je me penchai autant que me le permettait le fragile équilibre de la scène. Elle écrivait bien une lettre, mais je ne pouvais voir à qui. L'espace d'un instant, je me demandai si ce n'était pas à Victor, puis je me souvins du mot qu'elle avait prestement caché dans la poche de sa jupe la nuit où M. Cameron avait pris la photo de famille. Harriet correspondait-elle avec un ami secret ?

Ses gestes me fournirent la réponse. Elle regardait trop souvent la pendule et par-dessus son épaule aussi, sans compter la vitesse à laquelle elle écrivait. Elle bravait un interdit et craignait d'être surprise. Un petit ami, peut-être…

Puis les effluves me parvinrent, la douce odeur d'un canard à la broche. La fragrance si particulière du gâteau de riz en train de mijoter sur le feu. La senteur de la sauce, du maïs, du pain chaud. Je jetai un coup d'œil vers la porte de la cuisine. A la faible lueur du « halo » de la scène, difficile de dire si je regardais la porte de mon époque ou non. En tout cas, mamy et moi n'avions rien laissé sur le feu, tout avait été mis à l'abri. C'était donc le souper de Harriet qui emplissait la pièce de toutes ces bonnes odeurs. Mme Townsend devait être dans la cuisine en train de préparer le repas familial.

Je pouvais le sentir…

Un nouveau mystère. Comment était-ce possible ? Mais après tout, ce n'était pas plus étrange que de les entendre ou de les voir. Désormais, tous mes sens avaient été envahis par le passé, sauf un. Je me demandai s'il finirait par succomber lui aussi. Pourrais-je à un moment les atteindre et les toucher…

Cependant je n'allais pas essayer tout de suite. J'étais trop absorbée par mon observation de Harriet pour risquer de la perdre dans un mouvement inconsidéré. Non, je resterais parfaitement immobile pendant qu'elle rédigeait sa lettre.

Mais…

Une autre idée me vint. J'avais parlé à Victor la veille. Deux fois. Et la première… la première, il n'avait pas disparu. Il avait continué à discuter avec Jennifer. C'était seulement la deuxième fois, quand je m'étais levée et avais cherché à le toucher, que la scène s'était évanouie.

Il était donc finalement peut-être possible de communiquer avec eux. Peut-être ne m'avait-il pas entendue, pris dans l'urgence de sa conversation avec Jennifer ? Cela valait la peine de tenter le coup à nouveau. Sans bouger, juste parler. Je m'adresserais à Harriet calmement, de façon factuelle, discrète.

Elle écrivait dans la paix, l'air était immobile. Nous n'entendions que le bruit du feu et le tic-tac de la pendule. Celle d'hier. Peut-être, peut-être pouvais-je prononcer un mot et m'entendrait-elle ? Comme j'aurais aimé cela.

Je jetai un autre coup d'œil alentour. J'étais un peu déçue par l'absence de Victor, mais espérer sa venue était vain, puisqu'il était en Ecosse et avait juré qu'il n'en reviendrait pas. Cela voulait-il dire que je ne le reverrais jamais ? J'en doutais. Car il avait rendez-vous avec le destin entre ces murs, et dans un futur plutôt proche. Donc, il reviendrait, je ne savais simplement pas quand.

Pouvais-je parler à Harriet ? Oserais-je ?

Je passai ma langue sur mes lèvres. Ma bouche était désespérément sèche.

— Harriet, murmurai-je aussi doucement que possible.

Elle ne leva pas les yeux, si bien que je répétai un peu plus fort :

— Harriet.

Toujours aucune réaction.

— Harriet, vous m'entendez ?

Quand elle leva finalement la tête, mon cœur battit plus fort, mais ce n'était qu'un mouvement de méditation de sa part. Elle pesait ses prochains mots. Mes efforts étaient inutiles. Elle ne pourrait jamais m'entendre. C'était trop dingue.

Une dernière fois.

— Harriet, s'il vous plaît, écoutez-moi.

Puis je glissai un coup d'œil à ma grand-mère. Elle avait les yeux grands ouverts et me regardait.

— Mamy ! Tu m'as fait peur ! m'exclamai-je en portant les mains à ma gorge.

— A qui tu parlais ? demanda-t-elle en me fixant d'une drôle de façon.

Je regardai l'autre fauteuil. Il était vide. Le poêle était de retour.

— A... à personne, mamy. Je croyais que tu dormais.

— Je t'ai entendue parler à quelqu'un. Je t'ai même vue. Elle s'appelait Harriet.

— Non, non, mamy, j'étais juste...

Les mots moururent sur mes lèvres et je ne pus qu'écarter les bras en un geste d'impuissance.

— J'ai dû penser à voix haute.

Mamy tourna la tête et lança un long regard au fauteuil vide devant le poêle. Son visage ressemblait à un masque, indéchiffrable et sans expression, comme celui d'une statue. Elle finit par reprendre, en choisissant soigneusement ses mots :

— As-tu vu des choses dans cette maison, Andrea ?

Ses mots me transpercèrent aussi sûrement que si elle avait tiré avec un revolver. Nos regards se croisèrent et se retinrent. Je me demandais ce qu'elle savait.

— Je pensais juste tout haut, mamy, déclarai-je calmement en me détournant enfin. Harriet est ma meilleure amie à L.A. Quand j'ai un problème, j'en parle systématiquement avec elle.

Je laissai échapper un petit rire nerveux.

— Mon Dieu, mamy, tu ne parles jamais toute seule ?

L'acuité de son regard fit place à l'inquiétude.

— Pauvre chérie, c'est difficile pour toi ici, hein ? Tu as dû partir de Los Angeles si vite, prendre un de ces avions à réaction, et te voilà de l'autre côté du monde. Une fois, j'ai lu un article du *Manchester Guardian*, il parlait des rythmes biologiques, comme les appellent les scientifiques. C'est ça, ton problème, ma chérie, tes rythmes sont tout chamboulés. Et je parie que ça joue sur tes intestins, non ?

— Euh...

— J'ai ce qu'il te faut. Préviens-moi juste si ça ne marche pas.

Elle poussa sur les bras du fauteuil et se mit sur ses jambes avec un grognement. A l'aide de sa canne, elle se traîna jusqu'au buffet – puits de ressources infinies – d'où elle sortit une bouteille sans étiquette d'un liquide blanc.

— Avec moi, ça marche à tous les coups, dit-elle en se dirigeant vers la cuisine.

Elle en ressortit avec une cuiller à soupe dans laquelle elle versa une bonne dose de liquide.

— Voilà, ma chérie.

Elle plaça la cuiller sous mon nez.

— Qu'est-ce que c'est ?

— Un médicament ! Le médecin me l'a prescrit il y a une quinzaine. J'étais toute constipée. En une nuit, ça a réglé la question. Et tout roule depuis.

— Mais, mamy, je ne suis pas...

— Allez, ma chérie, sois gentille.

Avec un sourire, elle fit faire une petite rotation à la cuiller. Une odeur douceâtre me parvint aux narines. Fermant les yeux, j'ouvris la bouche comme une enfant et avalai le contenu de la cuiller d'un coup. J'en eus un haut-le-cœur.

— Mamy ! C'est dégoûtant !

— C'est efficace.

Je fis la grimace devant l'arrière-goût détestable que ça laissait en bouche. La douceur n'était qu'une couverture pour quelque chose de crayeux et d'amer, avec une trace d'autre chose... indéfinissable.

— Entre tes brûlures aux jambes et tes intestins dérangés, c'est toi qui devrais être à l'hôpital, pas ton papy.

Mamy reboucha la bouteille et la replaça dans sa cachette.

— Bon, maintenant, inutile de s'endormir ici, dit-elle, à l'évidence enchantée de son petit exploit, on peut aussi bien aller dans nos lits. Tu veux dormir ce soir dans la chambre de devant, au cas où tu aurais besoin des toilettes en urgence, ma chérie ? Je peux te mettre deux bouillottes.

Me souvenant de mon expérience de la veille avec l'armoire, l'horreur de la scène encore présente à l'esprit, je décidai de rester dormir au salon.

— Je peux vite monter à l'étage si besoin, mamy. Et puis, ici, j'ai le chauffage...

— Très bien, ma chérie. Comme tu voudras. Alors, bonne nuit.

Elle m'embrassa sur les deux joues et m'étreignit très fort. Elle avait plus de force que je ne l'aurais cru. Puis elle sortit et ferma soigneusement la porte derrière elle. Quand j'entendis ses pas dans l'escalier, je me levai pour couper le gaz.

J'étais surprise de constater que je m'étais endormie. Surprise et inquiète, car je repris conscience sans souvenir aucun de m'être déshabillée, d'avoir enfilé ma chemise de nuit et de m'être glissée sous les couvertures du canapé. Pourtant, je me réveillai ainsi, les yeux soudain ouverts et fixant le noir. Je me demandai un instant où j'étais, puis je sentis sur mes jambes sensibles le poids des couvertures. Les rejetant, je m'assis dans mon lit improvisé et compris ce qui avait troublé mon sommeil.

On entendait la *Lettre à Elise*.

Il faisait noir comme dans un four car le ciel couvert ne laissait voir ni lune ni étoiles. Heurtant les meubles, cognant mes tibias douloureux, je trouvai mon chemin jusqu'à la fenêtre, dont je tirai les rideaux. Rien. Le monde extérieur était aussi obscur que le monde intérieur. Je revins sur mes pas, jusqu'à la porte cette fois, impatiente de voir qui jouait, mais aussi d'atteindre l'interrupteur.

Jennifer et Harriet me surprirent, postées de part et d'autre de la cheminée.

Je retins mon souffle. Une fois encore, je m'émerveillai de mon absence de peur, du fait que ces visiteurs impromptus du passé ne m'effrayaient plus. Comme si un vague instinct me soufflait que je n'avais pas à m'inquiéter.

Je remarquai que le laps de temps écoulé à leur époque n'était pas si important que cela car elles avaient très peu changé. Elles paraissaient avoir le même âge, autour de dix-sept ans, et suivaient la mode de près. Finies les tournures, leurs jupes soulignaient davantage les hanches. Elles portaient des blouses blanches à col montant et de courtes vestes à manches gigot. Toutes deux arboraient un petit chignon en haut de leur crâne et regardaient avec impatience la porte à laquelle j'étais adossée.

Comme le feu craquait et la pendule de leur époque faisait entendre son tic-tac, je remarquai aussi que le piano s'était arrêté.

Les deux jeunes filles avaient l'air inquiètes, angoissées par quelque chose. Harriet regardait constamment sa montre-bracelet, un geste qu'elle cultivait sans aucun doute de façon à attirer l'attention sur cet objet synonyme de statut social. Elle pinçait ses lèvres pâles et se les humectait sans cesse. Malgré sa taille étroite et sa fine silhouette, la sœur de Victor et de John demeurait très ordinaire. La puberté ne l'avait pas sauvée de la banalité qui caractérisait son physique d'enfant. Elle l'avait au contraire amplifiée. Ses sourcils étaient juste un peu trop épais, sa mâchoire un brin trop lourde, et son nez beaucoup trop petit pour son visage. Elle aussi avait le pli Townsend, mais au lieu de conférer force et caractère à son visage il la rendait seulement plus masculine. La présence de Jennifer n'arrangeait rien, avec sa beauté en bouton, qui s'épanouissait de jour en jour en des proportions toujours plus ravissantes. Elle éclipsait tellement Harriet qu'on se sentait désolé pour celle-ci.

Je ne pouvais détourner le regard de Jenny. Comme le soir où mamy m'avait montré sa photographie, j'étais attirée. Je la contemplais avec un mélange d'admiration et d'envie. Je ne pensais pas à elle comme à une vision du passé, comme à un effrayant tour de passe-passe que me jouait le temps, car mes sens me disaient que j'étais en présence d'une personne vivante, d'une femme qui dégageait une intensité par sa posture même. Ses doux yeux marron montraient de l'agitation, son regard se posait à droite et à gauche, tel un papillon. Ses mains, comme en accord total avec ses yeux, se serraient et se desserraient, se joignaient et se séparaient, jouaient avec les poignets de ses manches. Ses sourcils, délicatement arqués, se haussaient parfois, creusant son front lisse.

Finalement, après une attente pénible, Harriet se tourna vers Jennifer.

— Ils arrivent, murmura-t-elle.

Captant l'anxiété des filles et la transmettant à mon propre cœur battant, je m'écartai de la porte pour me presser contre le mur. Les yeux écarquillés, je vis deux hommes se matérialiser dans le salon.

Il avait dû pleuvoir car John était trempé et son pantalon gouttait. Il se précipita vers le feu en se frottant les mains et en marmonnant quelque chose que je n'entendis pas. Toute mon attention était tournée vers son compagnon, Victor, qui se tenait si près de moi que je pouvais sentir l'humidité de ses vêtements et voir la pluie dans ses cheveux.

A le voir si près, j'inspirai longuement. Il était différent.

Victor Townsend avait considérablement changé. Il avait pris des années. Son visage était celui d'un homme qui en avait trop vu pour qu'il reste de la place pour la légèreté. La rondeur et la douceur de la jeunesse avaient disparu. Sa mâchoire, rasée de près et débarrassée des favoris, était carrée et contractée, comme s'il abritait quelque sinistre secret. Ses yeux s'étaient enfoncés, comme s'ils avaient voulu regarder davantage vers l'intérieur que vers l'extérieur, et ils étaient cernés d'ombres dues aux mauvais éclairages et aux miasmes des hôpitaux londoniens. Ses cheveux noirs ondulés, bouclés à leurs extrémités, lui descendaient librement jusqu'aux épaules, tels ceux d'un prophète qui en serait venu à rejeter les valeurs matérielles pour les spirituelles. Il dégageait presque quelque chose d'exotique, de distant et d'austère, si immobile qu'on ne le voyait pas respirer. Je me demandai ce qui avait pu se passer pour engendrer pareil changement.

Jenny et lui s'observèrent et je vis dans le regard de la jeune fille le choc et la consternation devant cette transformation.

Qu'avait vu Victor pendant son stage à l'hôpital ? Combien de fois avait-il retenu la mort entre ses doigts ou expérimenté une perte profonde, souffert la frustration d'un homme censé sauver des vies, mais qui au final ne pouvait que constater son impuissance ? Le poids des ans marquait le visage de Victor, mais cela ne se traduisait pas par les rides ou signes d'épuisement habituels, car son beau visage carré n'en portait pas. Sa sagesse et sa maturité, si incompatibles avec les traits d'une personne aussi jeune, transparaissaient dans le pli sinistre des lèvres, dont les coins affaissés lui donnaient un air renfrogné, comme s'il avait abandonné le sourire. C'était une amertume tragique drapée dans la mélancolie. Pas du désabusement, mais du cynisme. Victor Townsend avait perdu un patient de trop.

Les mains tendues, Harriet avait fait un pas vers son frère, mais s'était arrêtée net en voyant la façon dont Jennifer et lui se dévisageaient. Bouche bée, elle paraissait avoir croisé le regard de la Méduse.

Pendant que John, devant la cheminée, continuait à se frictionner les mains et à secouer ses pieds bottés, inconscient du tableau dans son dos, Victor retenait toujours Jennifer du regard. Si proche de lui, je voyais combien les lignes de son visage se découpaient brutalement à la lueur des flammes, une étude en clair-obscur. Il vieillissait à chaque minute écoulée.

— Monsieur Townsend... murmura enfin Jennifer, qui resta près du feu, effrayée à l'idée de bouger. Bienvenue chez vous.

— Merci, dit-il d'une voix plus profonde que dans mon souvenir.

Lui aussi semblait avoir peur de faire un geste, comme s'il craignait de briser l'aura de rêve de l'instant. On aurait dit qu'il s'emplissait les yeux de Jennifer, qu'il la dévorait de son regard assombri, découragé, semblable à un homme affamé qui aurait oublié la chaleur, ou qui aurait soupiré après sa maison, mais qui n'en connaîtrait plus le chemin.

Finalement, enfin conscient du silence, John se retourna et ouvrit les bras.

— Quoi ? Pas de fanfare ? Pourquoi une telle solennité ? C'est l'occasion de se réjouir : le fils prodigue est de retour !

Je détectai une pointe d'amertume sous la jovialité forcée et me demandai si les autres la percevaient.

— Oh, Victor ! cria Harriet en courant vers lui et en se jetant dans ses bras. Tu es là ! Tu es revenu ! Je croyais que c'était un rêve !

Il secoua la tête et cligna des yeux, comme un homme émergeant d'un profond sommeil.

— Sûr, Harriet, je suis de retour.

— Pour de vrai ? S'il te plaît, dis que c'est pour de vrai !

Elle pressa son visage contre son torse, si bien que Victor regardait Jennifer par-dessus sa tête tout en parlant :

— Je suis revenu pour rester.

— Je le savais ! sanglotait sa sœur. Quand père me l'a dit, je ne l'ai pas cru.

Elle se recula, essuyant les larmes qui coulaient sur ses joues.

— Il m'a montré ta lettre disant que tu renonçais à ton poste à Edimbourg pour revenir ici, mais je n'y croyais toujours pas. C'était la réponse à mes prières. A mes plus ardentes attentes. Je savais bien que tu ne partirais pas pour l'Ecosse en nous oubliant !

Harriet tourna sur elle-même.

— John, où est le sherry que tu nous as promis ?

— Ah ! Dans le petit salon, dit-il en claquant des doigts.

— Les verres. J'apporte les verres. Nous allons faire la fête toute la soirée.

Harriet passa près de moi et sortit, laissant dans son sillage un parfum de lavande. John la suivait de près. Victor et Jennifer se retrouvaient seuls pour un court moment.

Mais ils continuaient à se dévisager comme si la simple vision de l'autre suffisait, se rassasiant par les yeux. Jennifer finit par prendre la parole, timidement :

— Monsieur Townsend, j'ai été surprise quand Harriet m'a appris la nouvelle. Elle était si soudaine et inattendue. Je ne savais quoi penser.

Un sourire embarrassé étira la bouche de Victor.

— Et moi je ne savais quoi faire. Car c'est après vous avoir rencontrée que les premiers doutes sur l'Ecosse m'ont assailli.

Elle porta la main à son cœur.

— Moi ? Mais qu'ai-je...

— Ces cinq derniers mois, depuis la nuit de notre rencontre, j'ai ressenti une agitation que rien ne pouvait contenir et j'ai compris que je ne serais pas heureux en Ecosse. Jenny, comme j'ai craint que vous ne soyez plus là quand je reviendrais ! Tout cela aurait été pour rien !

Je vis le visage de Jennifer devenir livide, lui conférant une pâleur étrange et une expression dévastée. Avant qu'elle puisse répondre, John et Harriet étaient de retour avec un plateau chargé de verres et d'une bouteille de sherry. Ayant servi chacun (je tendis presque la main), John porta un toast.

— A notre très distingué frère, le docteur Victor Townsend, que son séjour parmi nous soit long et prospère.

Tous les quatre vidèrent leur petit verre, que John remplit à nouveau.

— Où allez-vous installer votre cabinet, monsieur Townsend ? demanda Jennifer tout en regardant la liqueur couler dans son verre et étinceler à la lueur du feu.

Victor se rapprocha du petit groupe près de la cheminée.

— Pourquoi continuer à m'appeler par mon patronyme, Jenny ? Nous sommes amis désormais et pouvons nous appeler par nos prénoms.

— Très juste, mon frère, dit John en levant son verre pour un nouveau toast. Après tout, Jennifer fait maintenant partie de la famille, elle est ta belle-sœur, donc les prénoms s'imposent.

Pour la première fois depuis son entrée dans la pièce, Victor regarda son frère.

— Pardon ?

— Tu n'as pas reçu ma lettre ? Tu n'es pas au courant ?

John posa lourdement sa main sur l'épaule de son aîné.

— Mon Dieu, et moi qui me demandais pourquoi tu ne me félicitais pas à la gare ! Jennifer et moi nous sommes mariés il y a deux mois.

Je perçus l'effet de ces mots sur Victor tel que lui les encaissa : la pièce tangua pendant un instant, le bruit des voix s'éloigna, le scintillement des verres s'accrut à la lumière du feu. A son diapason, je ressentais l'impact, le coup qui faisait chanceler l'esprit, et à l'intérieur, des peines plus profondes et des déceptions plus sombres que je n'aurais cru possible.

Je me souvenais du désespoir des salles d'hôpital, du sang et de la maladie, de la souffrance inutile, des enfants mal nourris, des mères indigentes, de ceux qui venaient mourir sur les marches de l'hôpital faute de savoir où aller et par manque de soins de la part des docteurs à l'intérieur. Je pensais aux soirées solitaires, à l'étroit dans une chambre, tard dans le noir avec pour seule lumière la vision de Jennifer Adams assise ici, à me demander : Est-il possible de l'aimer autant sans la connaître du tout ? Je me souvenais de ma terrible lutte intérieure pour prendre une décision, l'attrait de l'Ecosse et ses récompenses contre le besoin de revoir Jennifer, de l'aimer...

Un souffle froid passait sur mon âme. J'y voyais le noir et la souffrance, l'échec amer, l'abattement, la dépression. L'oubli.

La voix de Harriet nous parvint, tendue, haut perchée :

— Victor, tu n'as pas reçu la lettre ? Nous l'avons envoyée il y a deux mois. Tu veux dire que tu ne savais rien du tout ?

Nous nous focalisâmes sur elle, essayant de nous souvenir de comment nous étions supposés agir en pareilles circonstances, de la conduite à tenir.

Victor parvint à retrouver sa voix.

— Non. Je n'ai reçu aucune lettre... Je ne savais pas.

Où avait-il trouvé le courage de lever les yeux vers Jennifer ? Je ne saurais jamais. L'effort de s'exprimer de façon calme et posée avait dû être colossal.

— Excusez alors mes félicitations tardives.

Une étrange vision se dessina et dansa devant nos yeux. L'image d'un homme se ridiculisant en protestant de son amour à une femme qui venait d'épouser son frère. En toile de fond, sombre et gris, les grilles et les murs de l'Infirmerie royale d'Edimbourg, fermés à jamais.

— Je n'ai jamais reçu la lettre, dit-il d'une voix altérée. Le Collège n'est pas réputé pour son service postal. Mais pardonnez-moi, je n'ai pas bu à votre bonheur.

Portant le verre à ses lèvres, Victor le descendit cul sec d'un petit coup de tête en arrière. Son regard tomba à nouveau sur Jennifer. Des années supplémentaires s'y étaient ajoutées, un nouveau placage de cynisme et de déception, un autre espoir brisé. Les ombres autour de ses yeux foncèrent, son visage prit une expression hantée, traquée, c'était le visage d'un homme qui connaissait trop de réponses.

Mon cœur allait vers lui. Victor se tenait au centre de la pièce, toujours le plus grand et de stature plus imposante que ses trois compagnons, et pourtant, le plus diminué, les épaules tombant en avant, les mains inutiles pendant le long de son corps. Le chagrin qui était le sien, le fardeau de la déception m'accablaient aussi ; je souffrais une fois de plus les passions de mon arrière-grand-père. Comment avait-il pu endurer tout cela ? Cela me dépassait. Et pourtant, il l'avait supporté, et même avec un sang-froid surprenant. Seuls lui et moi connaissions le tourment de son âme à ce moment-là, seuls Victor et moi y voyions la rancœur, car il sut immédiatement se reprendre et présenter à sa famille le masque qu'ils voulaient voir. Il se réfugia derrière.

— Je vous félicite à nouveau tous les deux. Ça a été si soudain, car je n'ai été absent que cinq mois. Vous n'étiez pas fiancés à l'époque, si ?

Je m'émerveillai de la légèreté de sa voix, de l'aisance apparente avec laquelle il s'exprimait. Tout en parlant, il se resservit un plein verre de sherry.

— Non, mon frère, nous n'étions pas encore fiancés, mais ça n'a pas tardé.

John tendit son verre à Victor.

— Sans faux col, si tu veux bien. Merci. Tu vois, tu n'es pas le seul à réserver des surprises dans la famille.

Son sourire à ces mots ainsi que sa voix métallique m'importaient peu. Sa jalousie crevait les yeux, les miens du moins à défaut de ceux des autres. Qu'il estimât avoir remporté une victoire sur son frère était tout aussi évident.

— Victor, intervint Jennifer d'une voix plus forte, nous pensions que vous ne reviendriez jamais. Nous n'avions aucune idée...

— Changer soudainement d'avis ne te ressemble tellement pas, mon frère.

— Si seulement nous avions su... insista Jennifer, en essayant de communiquer par le regard ce qu'elle n'osait dire par des mots.

— Vous auriez su, et quoi ? répliqua Victor avant d'avaler son verre et de le reposer avec brusquerie. Vous auriez reporté la cérémonie jusqu'à mon arrivée, c'est cela ? Comme c'est attentionné. Et quel manque d'égards de ma part de ne pas vous avoir informés plus tôt de mes plans. Mais comment l'aurais-je pu ?

— Victor, nous sommes si heureux de ton retour ! s'exclama Harriet en lui prenant la main et en la secouant.

Je vis la lueur qui brillait dans ses yeux quand elle le regardait, combien elle l'adorait et était aveugle à ce qui venait de se jouer.

— Père était si content quand la lettre est arrivée ! Tu aurais dû le voir. Ecoute, il souriait, Victor ! Père a vraiment souri. Et il est si fier de toi maintenant. Après tout, sortir diplômé avec les félicitations du jury de King's College...

— Merci pour tes louanges, sœurette, dit-il en essayant de cacher le soupçon d'amertume de sa voix sous un ton chaleureux. C'est bon de se savoir accueilli.

— Mère a pleuré toute la nuit après avoir lu ta lettre ! Complètement hystérique ! Elle est sortie acheter une oie. Ce soir, nous aurons un dîner spécial en ton honneur, Victor.

Harriet poursuivit son bavardage, John s'assit avec un nouveau verre de sherry, le corps fatigué de sa journée à l'aciérie et se détendant petit à petit sous l'effet de l'alcool. Jennifer et Victor se regardèrent une dernière fois.

Mon arrière-grand-père prenait conscience de l'erreur grossière qu'il avait commise.

10

Le reste de la nuit demeure dans ma mémoire un cauchemar. Victor était revenu dans l'espoir de trouver Jenny l'attendant, avec des rêves qu'il avait tissés autour d'un amour condamné dès son éclosion. Se sentant à la fois stupide et en colère, il a été néanmoins capable de cacher ses sentiments à sa famille ainsi que le fait qu'il avait espéré revenir vivre dans cette maison. Il a ainsi prétendu avoir une chambre à la Horse's Head Inn. Je n'étais pas dupe puisque je voyais son cœur, la honte brûlante de son geste idiot et la fierté féroce qui l'empêchait de la montrer. John, Harriet et Jennifer acceptèrent donc sans broncher le fait qu'il devait ressortir et veiller à ce que ses bagages soient bien transportés de la gare à l'auberge. Même si tous les trois le prièrent d'attendre l'après-dîner pour prendre ses quartiers, il leur rétorqua qu'il devait mettre à profit les dernières lumières du jour et la pluie moins violente.

J'étais la seule à savoir, alors qu'il jetait sa cape sur ses épaules, qu'il partait dans la tempête à la recherche d'un toit, car il n'avait nulle part où aller et aucune chambre chauffée ne l'attendait au bout de sa courte promenade. J'étais la seule à savoir pourquoi il devait sortir sous la pluie battante, pourquoi il devait se jeter dans les éléments et passer la colère de son âme contre la tempête dehors. Il était trop furieux, trop tourmenté par la frustration, pour pouvoir rester plus longtemps dans cette pièce petite et étroite et faire semblant. La mascarade était finie.

Comme nous le regardions partir, John lui proposa de lui héler un cab, mais il refusa. Harriet l'avertit d'être revenu à temps pour le souper. Jennifer demeurait près du feu, dans un silence stupéfait. Victor enfonça sur sa tête son haut-de-forme et se dirigea vers la porte d'entrée. Il saisit la poignée puis lança par-dessus son épaule un dernier regard qui me fit frissonner, car dans ce bref coup d'œil, je vis l'annonce menaçante des temps à venir.

En quatre ans, Victor avait appris le pessimisme et la méfiance. Le poids de son expérience avait forgé un homme qui ne penserait pas à regarder l'arc-en-ciel après l'averse. Et ce soir-là, l'ultime coup avait été porté. A l'aveuglette et stupidement, il avait pris un risque inconsidéré pour une jeune femme qu'il connaissait à peine sous l'effet d'une passion incontrôlable. Il s'était lui-même infligé cette cruelle défaite en échafaudant un avenir ensoleillé sans se préoccuper de la réalité ténue. L'annonce du mariage de Jennifer avait porté l'estocade à l'une des dernières réserves de tendresse et d'amour qu'il avait en lui. Mais puisqu'elle était atteinte elle aussi, elle cicatriserait et laisserait Victor Townsend privé de réconfort, sans rien pour le consoler de ses récriminations amères.

Une fois le choc passé et Victor fièrement parti dans la tempête, je restai seule à nouveau pour pleurer dans ma solitude et gémir en privé sur la tragédie de mon arrière-grand-père. Ainsi seule dans cette maison noire et froide, à me déplacer entre ces meubles qu'il avait connus, j'étais assaillie par mille pensées et idées. Mon cerveau tournait en rond comme un animal pris au piège, sans parvenir à aucune conclusion et me laissant à la fin vidée et épuisée.

Jusqu'au petit matin, je réfléchis à quantité de choses. En tête de liste, le mystère que représentait mon empathie absolue avec Victor, et ses contemporains.

Sans aucune réponse rationnelle, une évidence s'imposait toutefois : à force d'éprouver tout ce qui les agitait, les réjouissait ou les faisait souffrir, je m'attachais à eux, et en particulier à mes pauvres aïeux.

Eprouver cette tendresse nouvelle pour eux m'embarrassait et me faisait presque peur. Cela me poussait à chercher dans mon âme la vérité. Une vérité que je connaissais depuis toujours mais que j'avais évitée, enterrée sous une vie active et une existence superficielle. Je craignais maintenant de trop creuser au fond de moi, car je savais ce que j'y trouverais.

Rien. Absolument rien.

C'est à l'heure où le froid est le plus piquant, avant l'aube, que les vérités remontent à la surface. La mienne était que je n'avais jamais aimé de ma vie. Pas même Doug.

Me voilà donc allongée dans l'obscurité glaciale du salon de ma grand-mère, seule avec ma conscience et le souvenir de ce qui s'était déroulé là cent ans plus tôt, faisant mon examen critique pour la première fois. L'expérience était nouvelle pour moi, et malcommode, car je n'avais jusque-là jamais ressenti la nécessité de procéder à cet examen de conscience. Mon passé était empli d'amitiés, de plaisirs superficiels, d'émotions fugaces. En vingt-sept ans, les petits amis n'avaient pas manqué, mais seul l'un d'entre eux se démarquait : Doug, à qui j'avais froidement fait du mal. Les autres, je ne les voyais que comme des produits de consommation même si, pris individuellement, chacun avait éveillé en moi un amour de passage. En fait, j'avais toujours fui les émotions plus intenses, toujours esquivé la responsabilité d'un véritable engagement, et voilà que je me trouvais face à un amour véritable : celui de mes arrière-grands-parents, dont je découvrais le caractère incontrôlable.

Voilà mon problème. Le contrôle. Par le passé, j'avais toujours joué mon jeu, toujours mené la danse d'après mes règles. C'était de l'autodéfense, des murs dressés pour me protéger de la souffrance d'aimer. Evidemment, mes petits mécanismes de défense avaient aussi tenu à l'écart toute extase, si bien qu'en m'épargnant les angoisses je me dérobais aussi au ravissement. C'était le prix à payer, me disais-je.

Mais cette fois, j'étais aussi bien la victime et la marionnette que n'importe qui, ressentant frontalement le choc des émotions contre toute raison. Je comprenais enfin. Ma vie avait été si calme, si sereine, prévisible, ô combien manœuvrable. Avec dextérité et facilité, j'avais manipulé les facettes de mon existence, m'attirant tous les bénéfices et mettant en place des dispositifs, protection et profit à la fois.

Comme tout cela avait été vide.

Je pleurai à nouveau, plusieurs fois, en pensant à Victor, à sa souffrance à l'annonce du mariage, à la conscience qu'il avait eue d'avoir joué son avenir et son bonheur sur un rêve sans fondement. Je pleurai aussi sur moi-même, me repassant les jours vides et les nuits emplies d'une parodie d'amour. Comme cela avait été pratique. Tranquille. Et complètement morne.

Entre mes larmes, j'étais capable d'un sourire devant le constat ironique qu'il avait fallu une famille morte pour insuffler la vie à mon âme endormie et réveiller mes passions en sommeil. Car qu'est-ce qu'une personne sans émotions ? Quand on retire l'amour, la haine, la jalousie et toute la palette des sentiments qui donnent un sens à l'existence, il ne reste qu'une coquille vide. Et c'est exactement ce que j'étais avant de poser le pied dans la maison de mamy – une coquille vide et stérile. Je vivais par et pour moi seule dans un monde si étroit qu'il n'y avait de place pour personne d'autre. Même ces amitiés que j'avais cultivées et tant prisées n'avaient rien exigé de moi.

Alors que le matin et un ciel couvert émergeaient de la nuit, je commençai aussi à songer à mon frère Richard, mon ami et mon compagnon d'enfance le plus proche et qui désormais était un étranger pour moi. J'avais laissé le passage du temps et l'éloignement géographique nous séparer au point que je ne lui accordais même plus une pensée passagère. Une carte à Noël, une lettre une fois par an si j'étais d'humeur, cela résumait ma relation avec lui. Quelle différence avec Harriet et Victor ! Elle adorait son frère au point d'en être aveugle, et lui, protecteur, la regardait avec tendresse.

Plus âgé de cinq ans, Richard avait représenté la même chose pour moi autrefois et je l'avais aimé jusqu'à la folie. Puis il avait répondu à l'appel de l'aventure et du lointain, il avait largué les amarres pour l'Australie, et je m'étais trouvé une niche confortable dans une importante société de courtage où je pouvais agrandir ou resserrer mes frontières à volonté.

Me remémorer les attitudes et les espérances de Harriet vis-à-vis de Victor faisait remonter à la surface des souvenirs bien enfouis. C'était comme si un barrage avait cédé. Richard et moi enfants : il me protégeait constamment, se battait pour moi, m'apprenait le monde et me distrayait pendant des heures avec des histoires d'aventures ou de mystères. Allongée, je me laissai envahir par les images, depuis longtemps oubliées, des jours insignifiants de notre enfance, qui me remplissaient d'une douce nostalgie et du regret de les avoir ensevelies si longtemps.

L'ouverture des cadeaux de Noël le 25 au matin. Richard tuant galamment une araignée dans mon lit. Nous deux emmenés de force à l'église le dimanche matin. Lui m'aidant avec mes devoirs. Lui partageant avec moi son dernier bonbon. Comme je m'étais tenue derrière lui, ce soldat immense et invincible ! Comme j'avais levé vers lui des yeux pleins de fierté, comme ceux de Harriet quand elle regardait Victor ! Où avait disparu tout cela ? Pourquoi avais-je oublié ces petits souvenirs simples et ordinaires qui me paraissaient désormais si précieux ?

J'étais submergée par l'envie de lui parler à nouveau, comme quand j'étais au collège et qu'il était sur le point de rejoindre les forces aériennes. Ce jour-là, nous nous étions assis sur mon lit, porte fermée, et il m'avait parlé d'une voix grave d'adulte, me disant qu'il devait partir et que, désormais, je devrais me débrouiller seule. D'une façon que j'ai admirée, compte tenu de la délicatesse du sujet abordé, et de l'époque, qui précédait la libéralisation de tant de choses, Richard a poursuivi en me donnant un aperçu de ce qui m'attendait dans la vie et en m'avertissant avec gravité des pièges à venir. Il avait employé des mots inconnus, fait des dessins qui m'avaient déroutée. Mais le temps venu, en grandissant, avec la puberté et Richard embarqué pour l'Australie, j'avais découvert que tout ce qu'il m'avait dit était vrai, et que ses conseils n'avaient pas été vains.

J'imagine que, dans le fond, Richard a été à mes côtés toutes ces dernières années, vraiment là, même quand je pensais être complètement seule dans la vie, car les mots qu'il m'avait transmis afin de m'armer dans la vie ne m'ont jamais quittée. Je prenais conscience, tout en entendant mamy bouger à l'étage, que, d'une façon puérile, j'avais tenu Richard pour responsable de mon adolescence solitaire, j'avais tellement investi en lui qu'avec son départ je l'avais rejeté. Je croyais que mes années d'apprentissage avaient été solitaires car j'avais dû me débrouiller seule. Mais ça n'était pas vrai, j'avais été injuste envers lui, en pensant qu'il aurait dû rester et vivre ma vie, car grâce à ses paroles qui résonnaient tous les jours à mes oreilles, comme le souvenir de notre dernière conversation dans ma chambre, j'avais pu traverser l'existence les yeux ouverts et avec une meilleure compréhension des choses.

Après tout, Richard m'avait accompagnée.

J'insistai pour aller avec tante Elsie et oncle Ed à l'hôpital, car je sentais que la maison m'y autoriserait. J'avais le désir grandissant de voir mon grand-père, de trouver un moyen de lui communiquer ce que j'avais appris sur son père. Papy ne pouvait pas mourir sans savoir qu'il s'était trompé sur son géniteur, ignorant qu'il avait vécu toute sa vie un mensonge douloureux. Victor Townsend avait été un homme noble et beau, digne de notre amour.

Voilà ce que je pensais l'après-midi de mon septième jour chez mamy, encore sous l'effet de la nuit précédente. Ce n'est que plus tard que je reçus des preuves du contraire, que j'eus connaissance de faits abondant dans le sens des horribles histoires avec lesquelles papy avait vécues, la vision de scènes qui ébranlèrent ma confiance et instillèrent de cruels doutes dans mon esprit. J'allais bientôt apprendre que le Victor Townsend que je connaissais jusqu'alors n'était pas le même homme que celui que je verrais plus tard. Les choses allaient rapidement changer.

La véritable abomination de la maison de George Street était sur le point d'émerger.

Papy dormit pendant la totalité de notre visite et ne changea pas une fois de position. Pendant qu'Elsie et Ed menaient leur habituelle conversation à sens unique, faisant comme s'il entendait et allait répondre, je jouai avec l'idée de lui parler moi aussi. Il pouvait peut-être m'entendre et me comprendre. La difficulté, c'était la présence de mes proches, que je ne voulais pas impliquer. Ce que j'avais à lui dire devait être dit en privé, mais il n'y avait pas moyen d'être seule avec lui ne fût-ce qu'une minute. Il reposait, la tête sur l'oreiller, vieil homme émacié à la peau parcheminée, aussi immobile que s'il avait été recouvert d'un suaire. Pourtant, il était le fils de Victor. Et pendant quatre-vingt-trois ans, il n'avait éprouvé que haine et honte pour la mémoire de son père.

Je devais changer cela.

L'occasion ne se présenta pas et il fut temps de rentrer. Alors que oncle Ed repliait les chaises et les replaçait l'une après l'autre contre la pile dans le coin, et que tante Elsie discutait de l'autre côté de la porte avec la sœur, je restai debout à côté de mon grand-père, à le regarder, avec le besoin urgent de lui parler. Quand tante Elsie passa la tête par l'entrebâillement, oncle Ed et moi la rejoignîmes et échangeâmes quelques mots avec les religieuses tout en enfilant nos manteaux et nos bonnets. Comme nous venions de passer les doubles portes vers l'extérieur, je m'arrêtai soudain et m'exclamai que j'avais oublié mes gants près du lit de papy.

— Je vais les chercher ! dis-je en tournant les talons.

— Ed va y aller, ma chérie. Rejoins plutôt la voiture.

— Ça ne me prendra pas plus d'une minute, tante Elsie. Faites tourner le chauffage pour moi.

Et je me précipitai à l'intérieur avant qu'elle puisse protester. Sans même me découvrir la tête, je me dépêchai de rejoindre la salle de papy. Par une fenêtre, je vis Elsie monter dans la Renault et claquer la portière.

Je me tournai vers mon grand-père. La salle était ce jour-là exceptionnellement silencieuse ; la plupart des visiteurs étaient partis, les sœurs et les infirmières prenaient une pause avant de s'atteler au dîner des patients. Vite, je m'assis au bord du lit et cherchai désespérément les bons mots à dire. Peu sûre, je me penchai sur lui, ma bouche aussi près que possible de son oreille, sans le toucher.

— Papy, c'est moi, Andrea. Tu m'entends ? C'est Andrea, je suis venue de Los Angeles pour être près de toi. Papy ? Tu m'entends ?

Je regardai son torse. Sa respiration n'avait pas changé. Pas plus que son visage ou l'immobilité troublante de ses paupières. Alors, je continuai :

— Papy, tu te trompais sur ton père. Tu t'es trompé toute ta vie. On t'a raconté des mensonges. C'est un homme bon. Victor Townsend était un grand homme et quelqu'un de bien. Papy...

Ma gorge se serrait, faisant barrage à ma voix. Inquiète, je jetai un coup d'œil autour de moi puis dehors. Tante Elsie était en train de sortir de la voiture. Je repris alors précipitamment :

— Papy, j'espère que tu peux m'entendre parce que je dis la vérité. Je connais la vérité sur ton père, et il n'y avait pas de quoi avoir honte de lui. S'il te plaît, papy, s'il te plaît, entends-moi ! Victor Townsend était un homme gentil, dévoué, qui se consacrait à sauver des gens ; des choses terribles dans sa vie lui ont causé une douleur extrême. Papy...

La voix sonore de ma tante s'éleva de l'autre côté de la porte. Je me laissai tomber à quatre pattes par terre, faisant mine de chercher mes gants.

— Andrea, dit tante Elsie en contournant le lit.

— Les voilà ! m'exclamai-je en les tirant de mon sac et en me relevant. Ils ont dû tomber de mes genoux et j'ai sans doute shooté dedans. Désolée.

— Je devrais peut-être les attacher l'un à l'autre par une longue ficelle à porter sous ton manteau de manière à ce que tu ne les perdes pas.

Je ris et passai mon bras sous celui de ma tante :

— Si ma tête n'était pas solidement vissée...

— Comment va l'estomac aujourd'hui ? demanda mamy.

Nous dînions de pancakes et d'épais sandwichs au jambon, accompagnés de lait froid, et regardions la pluie tomber dans le jardin. Songeant à mon prochain interlude avec les Townsend, j'avais du mal à me concentrer, impatiente comme je l'étais. Ils devenaient obsédants. Le besoin de les revoir s'intensifiait tandis que le monde réel devenait de moins en moins important. C'était l'année 1891 qu'il me tardait de découvrir, c'était Harriet, John, Victor et Jennifer que je voulais voir. Même si je ne pourrais jamais faire partie d'eux, même si je devais être à jamais reléguée à la périphérie de leur monde, c'était ce que je voulais – pas la réalité. Mes proches vivants étaient un obstacle, car aussi longtemps qu'ils seraient dans les parages, les morts n'apparaîtraient pas. Ce ne serait pas avant que mamy aille au lit ou s'endorme dans son fauteuil que je reverrais les Townsend. J'aurais aimé qu'il existe un moyen de m'éviter la compagnie ennuyeuse de mamy le soir.

Je ne me posais pas de questions sur les raisons de ce qui arrivait, je n'essayais pas de sonder les motifs de ce défilé d'événements, j'étais trop absorbée par l'histoire des Townsend. Mais le temps viendrait bientôt où je m'interrogerais sur cette étrange obsession, quand je commencerais à me voir comme un animal sacrificiel et que je me retrouverais prise au piège dans une plaisanterie énorme et concrète du temps.

— Comment va l'estomac ? répéta mamy.

— Hmm ?

J'avalai le reste de mon lait et détachai le regard de la fenêtre.

— Oh, ça va, mamy.

— Tu reveux du médicament ?

— Non, non ! Merci. Ça a fait l'affaire.

Médicament... médicament... le truc blanc. Quand l'avais-je pris ? Seulement la veille au soir ? Vingt-quatre heures seulement s'étaient écoulées depuis que de coquille vide je m'étais transformée en un être vivant ?

Qu'allait-il se passer maintenant entre Victor et Jenny ?

Et dire que j'étais aux premières loges pour assister à leur tragédie...

J'avais tellement hâte de les retrouver !

Je portai la tasse à mes lèvres et bus mon thé. Pourquoi mamy l'avait-elle autant sucré ? Pourquoi le gâcher ainsi ?

— Et tes jambes ? Est-ce qu'on leur remet de la crème ?

Je regardai ma grand-mère. Elle n'avait aucune idée de mes préoccupations, pas le moindre soupçon de ce qui avait rendu sa petite-fille si tranquille toute la journée. J'avais envie de lui lâcher ce que j'avais dit à papy, que Victor Townsend était digne d'amour, et non méprisable, que je l'avais vu, et qu'il continuait à exister, sous ce toit. Pourtant, cela m'était impossible. Mamy ne comprendrait pas. Et si, en lui racontant l'histoire, je perdais tout ?

C'était quelque chose que je n'envisageais pas. La fin. Le chapitre final de l'histoire. Je voulais que mes parenthèses avec eux continuent pour toujours. Je ne voulais pas quitter cette maison, retourner à Los Angeles, jamais, parce que alors je perdrais le précieux trésor que j'avais trouvé.

Pour la première fois de ma vie, je me sentais vivante.

— Elles font encore mal, mamy.

— Viens donc là, ma chérie.

Nous nous rapprochâmes du poêle. J'aurais aimé pouvoir le baisser. Sans que je me l'explique, mon corps devenait hautement sensible à la chaleur et semblait attiré vers les zones plus fraîches. J'étais comme aimantée par le froid, alors qu'avant je ne le supportais pas. Je ne cherchais pas à comprendre la raison de ce changement. Ce matin-là, quand mamy m'avait trouvée tout habillée sur le canapé, elle s'était exclamée : « Le gaz est encore coupé ! On gèle ici ! Andrea, tu n'as pas froid ? »

Et le fait était que non. Même en tee-shirt, avec un petit quatre degrés dans la maison, je n'avais pas froid. Plus tard, quand elle avait poussé le poêle au maximum, je m'étais sentie étouffer. Et là, les jambes nues devant le poêle allumé, je n'aspirais qu'à la fraîcheur.

Pendant que mamy m'appliquait la crème avec précaution, je portai mon regard vers la fenêtre et constatai que le ciel était devenu d'un noir d'encre. Une pluie battante frappait la vitre, un orage comme je n'en avais jamais vu, avec roulements de tonnerre et éclairs de loin en loin. La pluie était torrentielle, et le tonnerre, en se rapprochant, évoquait le bruit des canons.

Je me surpris à apprécier cette pluie et j'avais du mal à en détacher le regard. Quand un peu plus tard, se plaignant de son arthrite à cause de l'humidité, mamy annonça qu'elle allait lire dans son lit, je pus à peine masquer mon excitation.

D'ici peu, j'allais revoir Victor et les siens.

11

J'étais assise sur le canapé et j'écoutais la pluie quand la pendule de la cheminée s'arrêta. Mes yeux se portèrent sur le cadran, qui marquait minuit. Je frissonnai légèrement, sentant la pièce changer autour de moi. Il n'y eut pas d'autre sensation physique que ce bref frisson, sinon, ce fut juste comme dans un film le glissement d'une scène à l'autre. Je regardai les deux fauteuils et vis l'altération graduelle, presque imperceptible, de leur état contemporain à leur état originel. Le tissu à fleurs de mamy sembla se fondre peu à peu dans le flou avant de réapparaître sous la forme d'un velours vert et lumineux. Presque neufs, le tissu à peine marqué et le rembourrage encore ferme, les deux fauteuils qui avaient supporté le poids de tant de Townsend au fil des ans m'apparaissaient tels qu'ils étaient dans les années 1890. Et l'un d'eux était occupé.

A nouveau Harriet, en train d'écrire sur ses genoux dans la solitude du salon. Sa plume courait sur le papier. Elle levait de temps à autre les yeux sur la pendule et s'arrêtait parfois, regardait la porte comme alertée par un bruit, puis reprenait sa rédaction.

Je me demandais qui était le correspondant secret de Harriet, pourquoi elle écrivait avec une telle hâte et pourquoi elle semblait avoir peur d'être surprise.

Si j'avais pu lire les mots sans déranger la fragilité du moment, je me serais levée pour aller regarder par-dessus son épaule. Mais je craignais tout mouvement que j'aurais pu faire. En fait, je me tenais immobile et respirais à peine.

La scène était tranquille, chaleureuse, douce, avec seulement le crissement de la plume sur le papier. Les braises crépitaient dans l'âtre et on entendait une lourde pluie derrière les rideaux. Où était le reste de la famille ? En jetant un coup d'œil à la pendule victorienne sur la cheminée, je vis qu'il était aussi minuit à l'époque de Harriet, la maisonnée était donc endormie. Les parents dans la chambre à l'arrière, où dormait mamy. Je supposais que John et sa jeune épouse s'étaient installés dans la chambre de devant, où la garde-robe de Jennifer devait sans doute occuper la moitié de l'armoire. Harriet devait donc avoir une sorte de chambre temporaire dans cette pièce ou le petit salon, en attendant que les mariés s'établissent ailleurs. Ce qui ne saurait tarder, décidai-je.

Cette supposition – que John et Jennifer soient encore là en attendant de déménager – me parut hasardeuse et je pris conscience que je devais d'une façon ou d'une autre percevoir les pensées de Harriet. Peut-être était-ce ce qu'elle écrivait dans sa lettre, une plainte (car c'était l'impression que je tenais de son esprit) ; elle faisait part de son déplaisir à quelqu'un par le biais de l'encre et du papier. Sans être capable de lire ses pensées avec précision, je pouvais en saisir le cours général, tout comme j'avais pu le faire avec celles de Victor, de son père, et plus tard de Jennifer.

Je la regardai avec attention. Après un moment, je la vis progressivement disparaître, toujours en train d'écrire, pour laisser place à un fauteuil fleuri et vide.

La brièveté de la scène me déçut. Et plus vive encore était ma déception de ne pas avoir vu mon arrière-grand-père. Mais il ne vivait plus là et devait rarement passer.

Dans ce cas, où était-il ? Avait-il trouvé un appartement, ou une chambre chez l'habitant, ou bien était-il toujours à l'auberge ? La courte apparition de Harriet ne m'avait fourni aucune indication sur le laps de temps écoulé depuis le retour de Victor. Je n'avais aucun moyen de savoir ce qui s'était passé dans l'intervalle et s'il était toujours à Warrington.

Autre chose me tarabustait. Quel intérêt que je voie Harriet à ce moment-là et pour un temps aussi court ?

Je n'eus pas le temps de réfléchir plus avant car l'instant d'après un cri étranglé déchira l'air. Je bondis sur mes pieds. Le son avait été si soudain et inattendu que j'étais incapable d'en définir la provenance. C'était comme s'il avait empli la maison tout entière.

Puis il y eut un choc sourd, comme celui d'un meuble heurtant le sol. Je fixai le plafond. Cela venait d'en haut. On entendait des pas, comme un bruit de bagarre, d'autres chocs, puis un autre cri. Un cri de femme.

Sans plus réfléchir, je me précipitai dans l'entrée. Au pied de l'escalier obscur, je tendis l'oreille.

Encore des bruits de lutte. Puis celui d'une gifle et un nouveau choc. Une femme cria, d'une voix perçante et terrifiée.

Je ne perdis pas de temps. Incapable de voir ma propre main dans ce noir, je m'élançai cependant, tombai souvent et finis l'ascension sur les mains et les genoux. Arrivée sur le palier, je me mis difficilement debout et m'effondrai contre le mur, le souffle court.

Les ténèbres et le silence étaient menaçants.

Je trouvai l'interrupteur et l'actionnai. Rien. Frénétiquement, je pressai et repressai l'interrupteur, mes yeux cherchant l'ampoule au plafond. Mais aucune lumière ne s'alluma. Autour de moi, ce n'était qu'un noir d'encre infini qui m'emplissait d'effroi et me faisait me tasser contre le mur. Comme je me tenais ainsi, trop effrayée pour m'aventurer plus loin, j'entendis à nouveau des bruits de lutte étouffés, plus proches et plus forts cette fois. Un homme et une femme luttaient désespérément au bout du palier, dans la chambre. Plus de bruits sourds, mais des grognements de colère, et une gifle occasionnelle suivie d'un cri perçant. Des mots jaillissaient que je ne comprenais pas.

L'obscurité était incroyable. J'avais l'impression de me tenir dans la bouche d'une caverne. Bien que pétrifiée par la peur, j'étais submergée par le besoin d'avancer. Je devais voir ce qui se passait de l'autre côté de la porte. Une volonté autre que la mienne prenait possession de mon corps et me propulsait vers l'avant comme une somnambule. Je traversai ainsi le palier et me rapprochai de plus en plus de la source du vacarme.

Je m'arrêtai à quelques centimètres de la porte. A l'aveuglette, je posai une main sur le bois froid. On entendait distinctement les voix.

— S'il vous plaît... geignait Harriet. Je vous en prie, je suis désolée... Non...

Je fermai fort les yeux et pressai mes mains contre mes oreilles pour ne pas entendre les sons pathétiques. Mais la voix de l'homme perça ma faible défense.

— Tu n'épouseras pas un papiste ! grognait-il. Tu ne me défieras pas !

Dans le noir, l'esprit confus, la main sur la porte, j'essayais de comprendre ce qui se passait. La voix féminine était sans aucun doute celle de Harriet, mais je n'arrivais pas à identifier celle de l'homme. Elle avait les tonalités de celles des Townsend et un accent londonien mâtiné de celui du Lancashire. Le père de Harriet ? Je ne pouvais en être sûre, n'étant pas versée dans les subtilités des dialectes régionaux anglais. Cela pouvait être John, qui articulait lentement pour se faire comprendre. Ou alors...

Victor.

— Mais je l'aime, sanglotait Harriet.

Nouvelle gifle et nouveau cri. Le suspense était insoutenable, mais je ne pouvais pas bouger. C'était comme si on m'obligeait à entendre la dispute sans que je sois autorisée à interférer.

— Tu ne reverras pas O'Hanrahan et c'est tout ce qu'il y a à dire. Tu étais prévenue. Et si jamais je te surprends encore à écrire une de ces lettres, par Dieu, tu comprendras ton malheur !

Un nouveau bruit suggéra qu'on traînait quelqu'un par terre. Des pas lourds et le ahanement d'un homme en plein effort. Harriet gémissait à fendre le cœur. Il n'y avait plus de violence, plus de gifles, de chocs ni de cris. Juste une résistance, puis un court silence et le bruit d'une clé que l'on tourne.

Soudain, la porte de la chambre s'ouvrit et un vent froid me frappa le visage. Une étrange lumière brillait dans la pièce, comme le soir où Harriet pleurait à chaudes larmes sur mon lit. Toutefois, le halo ne portait pas sur le lit, mais sur l'armoire, tel un phare dans la nuit.

Les yeux écarquillés, je reconnaissais le goût familier de l'horreur et la progression de la chair de poule sur mes bras. Je ne voulais pas y aller. Je voulais tourner les talons et fuir, dévaler l'escalier, hurler et me sauver dans la nuit. Les ombres qui rôdaient, l'atmosphère malveillante, le courant d'air surnaturel m'emplissaient d'une sensation d'irréalité. De l'autre côté de la porte de l'armoire se trouvait un univers qui n'était pas de ce monde. Et on m'y tirait.

Presque comme en transe, mais chaque cellule de mon cerveau en éveil et criant en silence, j'avançai vers l'armoire. Elle semblait neuve, le bois était verni, j'en distinguais le grain. C'était la penderie du temps passé, mais elle ne contenait pas mon vieux jean ni mes tee-shirts, elle contenait l'œuvre épouvantable d'un tyran depuis longtemps mort.

Je ne pouvais contrôler ma main qui se tendait pour toucher le pan de la penderie. Je suais à grosses gouttes, la transpiration commençait à dégouliner en ruisselets glacés. Le souffle court, je percevais les battements de mon cœur à l'agonie. Je n'avais jamais connu pareille peur, pareille terreur.

Il y avait quelque chose dans l'armoire.

Sans savoir pourquoi, je baissai les yeux sur mes pieds. Sur le tapis chamarré de 1891, je vis quelques gouttes cramoisies de sang frais. Elles semblaient mener à l'armoire en une sente, la dernière goutte teintant le bas du meuble, comme échappée de la porte quand on l'avait fermée.

Une des brutes Townsend avait-elle enfermé Harriet dedans ? Ou bien revivais-je un autre événement, qui n'avait rien à voir ?

Combien de fois avais-je senti l'attraction dérangeante de ce meuble, et ce dès ma première nuit, et comment ces incidents étaient-ils liés ?

Etait-il possible que ce ne soit pas Harriet, mais quelqu'un d'autre ? Ou... quelque chose d'autre ?

Mon corps se mit à trembler violemment. Je ne le contrôlais toujours pas. Je devais ouvrir la porte. Malgré moi. Je devais voir ce qu'il y avait à l'intérieur. La nausée montait en moi, m'étranglait.

On me forçait à libérer cette chose !

Bien que malhabile, ma main saisit la clé dans la petite serrure de laiton. Mes doigts étaient blancs tant ils la serraient. J'avais beau résister, mon poignet pivota jusqu'à ce que j'entende un clic.

La porte de l'armoire s'ouvrit dans un grincement.

J'étais prise de vertige, submergée par la nausée. Une main moite, ma propre main, monta à mon visage et sentit le voile de transpiration. Comme appartenant à quelqu'un d'autre, désincarnée, elle courut sur mon front, sur ma nuque. L'armoire à la porte ouverte de quelques centimètres commença à se tordre et à tourner sous mes yeux. Sous mes pieds, le sol tangua et la lumière étrange s'estompa.

Alors que les limites de l'obscurité fondaient sur moi, je réussis à capter du regard une tache de blanc dans l'armoire, puis le noir se referma sur moi.

Quand je revins à moi, je gisais sur le sol de la chambre, une petite bosse m'élançant à l'arrière du crâne. Clignant des yeux, étourdie, je regardai vers la porte et vis que la lumière du palier était allumée, son unique ampoule brillant pleinement et suffisamment pour que je distingue ce qu'il y avait autour de moi. Sans intérêt et vermoulue, l'armoire, avec une porte ouverte dévoilant quelques cintres et un jean bleu. Sous mon nez, le tapis était vieux, fané et poussiéreux.

Combien de temps étais-je restée évanouie ? Tout en me relevant péniblement, je sentis toutes mes articulations raides et douloureuses. Avec un gros mal de crâne et une bosse qui pulsait, je gagnai le palier et m'arrêtai en haut des marches pour écouter les bruits en provenance de la chambre de mamy. Tout était calme et je remerciai Dieu de ne pas l'avoir réveillée. Laissant le palier éclairé, je descendis lentement l'escalier pour retrouver avec soulagement la lumière et la familiarité du salon.

Je savais que ma grand-mère rangeait ses comprimés spécial migraine dans le buffet, si bien que j'en pris trois et les avalai avec un verre d'eau. Ensuite, je rejoignis mon lit après avoir soigneusement fermé la porte de la cuisine.

D'après la pendule, mon supplice avait duré trois heures, ce qui signifiait que j'étais demeurée inconsciente pendant au moins deux heures, si ce n'est plus. Il m'en restait une sensation de nausée, tout mon corps me faisait mal et protestait de ce qui s'était passé.

Mais que s'était-il passé au juste ? J'essayai de me remémorer la conversation, si l'on pouvait appeler ça comme ça, que j'avais surprise à travers la porte. Un des Townsend avait brutalisé Harriet. Plus que ça. Terrorisé, voire torturé. Pourquoi ? Parce qu'elle avait eu la malchance de tomber amoureuse de quelqu'un qu'il n'agréait pas ?

Je me penchai et me pris la tête dans les mains.

Je restai dans cette position pendant quelque temps, écoutant la pluie battant la vitre et me lamentant sur le sort de la pauvre Harriet. Tellement innocente, si puérile et naïve. Qu'allait-elle devenir ? A quel autre malheur allais-je devoir assister ? D'abord Victor, et ensuite Harriet. Mamy avait-elle raison ? Cette maison aurait bel et bien abrité des horreurs, qui ne faisaient que commencer ?

Je m'allongeai avec précaution sur le canapé, la tête tournée sur le côté, ne sachant ce qui était pire : la bosse sur le crâne ou les brûlures toujours sensibles sur mes tibias. Comme la veille m'attendait la perspective d'une nuit où le sommeil fuirait devant le tourbillon de mes pensées. Si les supplications avaient pu me soulager, je n'aurais pas manqué de m'y abandonner. Mais comme je savais que la maison de George Street n'avait aucunement l'intention de me laisser en paix tant qu'elle n'en aurait pas fini avec moi, je restai allongée à sa merci, souffrant le martyre dans l'attente de la prochaine apparition.

Le sommeil avait dû s'abattre sur moi à un moment donné, car ma grand-mère me réveilla le lendemain en tirant les rideaux et en commentant le temps. Comme les autres matins, j'étais en chemise de nuit et sous les couvertures, mes habits soigneusement pliés sur le fauteuil.

— Tu es restée bien tranquille la nuit dernière, ma chérie, dit-elle d'une voix éreintée. Tu as dû bien dormir. Moi, je n'ai pas pu. Cette pluie relance mon arthrite.

Je m'assis lentement, ma bosse m'arrachant une grimace de douleur.

— Comment vont tes tibias ce matin ?

Mamy s'activait dans la pièce, comme pour la réveiller pour la journée, finissant de tirer les rideaux, ouvrant la porte de la cuisine, disposant les sets de table et enfin vérifiant le poêle.

— Encore éteint ! s'exclama-t-elle. Qu'est-ce qui lui arrive ? Je vais devoir appeler le réparateur pour qu'il regarde ça. C'est nouveau, cette manie de se couper tout le temps.

Toujours sans rien dire, évoluant dans le brouillard, je rassemblai mes affaires et me dirigeai vers la porte.

— Pas d'hôpital aujourd'hui, annonça ma grand-mère, il fait trop mauvais.

Tout engourdie, je me glissai sans répondre dans l'entrée et me dépêchai de monter.

Dans la salle de bains, il faisait si froid que mes lèvres bleuirent. Je m'aspergeai d'eau et me séchai soigneusement. Contrairement aux autres jours, le froid ne m'affectait pas. Je m'y étais habituée.

De retour sur le palier, je regardai la porte de la chambre de devant. Elle était fermée. Le souvenir de la nuit de terreur me saisit, faisant naître des frissons dans tout mon corps. Derrière cette porte, Harriet avait subi un terrible châtiment de la main d'un des Townsend.

Avec des pieds de plomb et le cœur lourd, je m'approchai. Au rez-de-chaussée et comme de très loin, mamy chantonnait gaiement. Elle vivait dans un temps différent. Devant la porte de la chambre, je déglutis avec difficulté et humectai mes lèvres sèches. L'oreille à l'affût, je restai là quelques instants avant d'actionner enfin la poignée.

La chambre avait l'air normale.

Le matin mouillé filtrait à travers les rideaux à demi fermés et donnait assez de lumière pour en montrer les aspects sinistres. Il y avait ma valise, le lit, la table de chevet, le tapis passé, et la penderie avec son battant ouvert. Je me dirigeai vers elle d'un pas d'automate.

Mon jean était accroché là où je l'avais mis. Mes deux tee-shirts aussi. Dans le fond, par terre, quelques moutons témoignaient d'années de sous-emploi. Rien de plus. Aucun signe de ce qui avait pu y être fourré un soir de 1891. Pas moyen de savoir ce que c'était ou combien de temps ça y était resté.

Soudain impatiente de sortir de là et de rejoindre ma grand-mère, je tournai les talons, lâchai mes affaires sur le lit et filai en claquant la porte derrière moi.

Parvenue au pied de l'escalier, je trouvai la porte du petit salon ouverte.

Je stoppai net, les nerfs tendus, à la limite de leur résistance, comme un élastique sur le point de lâcher. En quelle année étions-nous ?

L'indécision m'étreignait. Tout en préférant le confort et la familiarité du salon de mamy, je savais que, si le passé se rejouait dans le petit salon, je devais y aller. J'étais à l'affût du moindre son dans le froid de l'entrée. Quand un bruit me parvint, mon cœur manqua un battement.

Après avoir pris une grande inspiration, je fis quelques pas incertains vers le petit salon. Quelqu'un (ou quelque chose) bougeait dans le noir.

Je m'attardai sur le seuil, la main sur le montant de la porte. J'essayai de percer l'obscurité et distinguai une forme vague en train de se mouvoir. Penchant la tête de côté, je tentai d'étudier l'atmosphère, envoyant des capteurs invisibles pour chercher à déterminer dans quelle époque je me trouvais.

J'en étais là quand soudain un visage blanc apparut.

Je m'étranglai et reculai.

— Il fait trop froid ici, ma chérie, déclara ma grand-mère en passant devant moi tout en fermant la porte. Toi, c'est le salon, près du feu, qu'il te faut. Rien d'autre.

— Qu'est-ce que tu faisais là-dedans, mamy ?

Elle me précéda dans le salon, sa tête comme éclipsée par son dos voûté.

— Un peu de rangement, c'est tout. Le thé est prêt et les pancakes arrivent dans une seconde.

Pendant qu'elle disparaissait dans la cuisine, je m'installai à ma place habituelle et contemplai d'un œil morose les mets disposés sur la table. Une grande théière de thé sucré fumant, un beurrier, différents pots de confitures, une boîte de sucre en poudre, et la traditionnelle bouteille non étiquetée de lait non stérilisé. Je détournai les yeux de toute cette nourriture, sentant la nausée tordre mes intestins. A la place, je regardai la pluie torrentielle couler contre la vitre de la fenêtre.

La courette était à peine visible par ce temps. Le mur de brique n'était qu'une toile de fond floue derrière le rideau liquide qui obstruait la fenêtre. Les rosiers morts ployaient sous l'averse, leurs branches grises et emmêlées alourdies par l'eau. Le monde extérieur était tristement misérable, froid et détrempé, de la couleur ennuyeuse du métal. Des ruisseaux couraient le long de la vitre comme des barreaux de fer ; j'eus l'impression fugitive d'être prisonnière dans une cellule.

— Et voilà, bien chauds. Bon appétit.

Mamy approchait avec un plateau de pancakes encore brûlants. L'odeur de graisse me frappa au visage et je dus détourner la tête. La nourriture ne me réussissait pas ce matin-là. Le thé lui-même ne me disait rien.

— Qu'est-ce qui ne va pas, ma chérie ? Tu ne te sens pas bien ?

— J'ai l'impression que tu avais raison, mamy : j'ai dû attraper la grippe. Je ne me sens pas bien du tout.

Le menton dans la main, je continuais à regarder par la fenêtre.

Bon sang, qu'est-ce qui se trouvait dans l'armoire la veille au soir ?

— Tu es toute pâlotte, en effet. Bois donc un peu de thé. C'est bon pour ce que tu as. Il y a du sucre, et une goutte de lait. Voilà. Il faut le boire maintenant, dit-elle en me mettant d'autorité la tasse dans la main. D'habitude, le samedi, j'ai des petits pains surgelés, mais je ne suis pas allée en chercher. Demain, peut-être. Ma chérie, tu ne bois pas !

Je sirotai mon thé pour apaiser ma grand-mère, mais ça ne fit rien pour mon estomac. En fait, mon corps tout entier se révoltait à l'idée d'ingérer quoi que ce soit. Le regard perdu dehors, j'avais l'impression que la même pluie coulait dans mon âme.

Nous sommes restées silencieuses pendant quelques minutes, mamy beurrant un pancake et le portant à sa bouche avec lenteur. J'écoutais le bruit de la pendule, regardais la tempête se déchaîner, et j'attendais que le temps, interminable, passe.

Un coup à la porte me sortit de ma léthargie. Pendant que mamy allait ouvrir, j'essayai d'avaler quelques gorgées de thé, mais mon estomac se souleva, si bien que je repoussai la tasse. De l'entrée me parvenaient les voix de tante Elsie et d'oncle Ed.

— Foutu temps ! s'exclama ma tante en entrant et en s'ébrouant comme un chien.

Immédiatement, elle entreprit de se défaire de ses gants, de son imperméable, d'une autre protection, de son chapeau de laine et de ses bottes. Puis elle marcha pesamment vers le poêle et se tint dos à lui, jupe retroussée.

— Bonjour, ma chérie. Comment ça va ce matin ?

— Bonjour, tante Elsie…

— Mon Dieu, que tu es blanche ! Tu as bien dormi ? Tu n'as pas trop froid la nuit ? Regarde-toi, tu n'as presque rien sur le dos !

Je jetai un coup d'œil à mon tee-shirt, puis à ma tante. Elle portait un pull en laine sur un col roulé, et un gros cardigan par-dessus tout ça. Et même ainsi, elle frissonnait et se frottait les mains.

— Je n'ai pas froid.

— Le poêle s'est arrêté, indiqua mamy en entrant derrière oncle Ed. Je dois appeler le réparateur. Allez, prenez du thé. Il y en a encore plein. Andrea, tu as à peine touché au tien !

— C'est ma deuxième tasse, mentis-je. Je me suis resservie quand tu es allée ouvrir.

— C'est bien, fit-elle en me tapotant la main.

— Elle n'a pas l'air bien, maman, lança Elsie en nous rejoignant à table.

Oncle Ed partit s'asseoir devant le poêle avec son thé. Je le surveillais du coin de l'œil, de peur qu'il n'augmente le chauffage.

— Ce n'est rien. Je peux venir à l'hôpital avec vous aujourd'hui ?

— Allons donc ! C'est même pas sûr que Ed et moi, on y aille. Il pleut bien trop fort. Je peux avoir un pancake, ma chérie ? Merci. Il n'y a pas un chat dans les rues aujourd'hui. Ça tombe trop. Regarde toi-même.

— Je me sens comme un poisson dans son bocal, approuva ma grand-mère. Et pour demain ? Ça tient toujours ?

— Pas si ça continue comme ça.

Je relevai la tête.

— Quoi demain ?

— Ben, ton cousin Albert, tu te souviens ?

— Demain, c'est déjà dimanche ?

— Oui, si on est bien samedi aujourd'hui.

Une semaine avait passé depuis mon arrivée et je ne m'en étais pas aperçue. Ç'avait passé comme l'éclair, et en même temps j'avais l'impression d'être là depuis des années...

— Ann va venir d'Amsterdam. Elle veut rencontrer Andrea.

Mamy se leva et alla prendre sur le buffet un petit cadre avec la photo de ses trois autres petits-enfants : Albert, Christine et Ann. Elle se rassit et me les désigna tout en parlant.

— Elle a été prise il y a quelques années...

Je laissai sa voix s'estomper et la photo devenir floue. Ces personnes-là ne m'intéressaient pas. Je n'avais rien de commun avec elles, aucun lien, aucun désir de les connaître. C'étaient avec les autres, mes parents d'avant, que je voulais désespérément être.

Des bribes de la conversation entre mamy et tante Elsie me parvenaient au travers de ma léthargie. Un cottage sur la mer d'Irlande. Une marée qui se retirait à des kilomètres. Des pontons avec des restaurants et des boîtes de nuit. Des illuminations.

Je les regardai toutes les deux. Comment allais-je tenir une journée entière avec elles ? Comment pourrais-je quitter la maison pour parcourir quatre-vingts kilomètres et quelques jusqu'à la côte, rencontrer des étrangers, discuter et papoter, partager un repas avec eux et faire semblant de passer un bon moment ?

— Au fait, maman, je t'ai apporté deux, trois choses. Un beau morceau de poisson, des patates pour les frites, et un chou. Désolée, j'ai pas trouvé de petits pains surgelés aujourd'hui. Hum, quoi d'autre...

Elsie claqua sa joue rebondie.

— J'allais oublier ! Notre Ruth a appelé ce matin.

Je pivotai dans l'instant pour la regarder en face.

— Ma mère ?

— Sûr. Ç'a été une surprise. Elle a appelé tôt, ça devait être dix heures chez elle. Elle a dit que son pied se remettait bien. Elle voulait savoir comment allait Andrea et...

— Et ? répéta mamy.

— Hé bien, elle voulait comme qui dirait savoir quand Andrea allait rentrer.

— Rentrer ? fis-je en écho, d'une voix faible.

— Mais enfin, intervint mamy d'un ton vif, il lui reste encore la moitié de la famille à voir ! On ne peut pas dire que Robert l'a vraiment vue non plus. Et là, elle ne se sent pas bien. Puis il y a cette pluie qui va annuler notre dimanche chez Albert. Toi, ma chérie, tu en dis quoi ?

Je secouai légèrement la tête.

— Je ne peux pas déjà m'en aller, mamy...

— Evidemment, répondit-elle d'un ton affectueux. Tu as fait des milliers de kilomètres pour arriver jusqu'ici, ce n'est pas pour repartir après juste une semaine ! Tu as droit à un vrai séjour, à voir la maison où tu as vécu jusqu'à tes deux ans, non ? Et on ne peut pas dire que tu as vraiment profité de ton grand-père. Reste donc plus longtemps, ma chérie.

La pièce se réchauffa soudain. Je sentis l'air se refermer sur moi, les murs se rapprocher comme s'ils allaient s'effondrer. Quand je survolais l'Arctique, je ne pensais qu'au moment où je rentrerais chez moi. Pareil les deux premiers jours de mon séjour dans cette maison horriblement froide. Mais désormais... désormais tout était différent. Je ne voulais pas partir. Je ne pouvais pas partir.

— Qu'est-ce que tu as répondu à maman, tante Elsie ?

— Que tu devais encore rencontrer tes cousins chez notre Albert. C'est quelque chose qu'elle souhaite, tu sais. Je lui ai aussi parlé de la santé de ton papy, comme il te prend pour elle les rares fois où il se réveille. La sœur dit qu'il va bientôt retrouver ses esprits, vous pourrez alors avoir un véritable échange. Pour l'instant, ça arrive le soir. Tu sais, Andrea, il adorait te faire sauter sur ses genoux. Mais tu ne t'en souviens sans doute pas...

Mon esprit vagabondait ailleurs. Quelle ironie de penser au fils de Victor en train de me faire sauter sur ses genoux !

— On ferait bien d'y aller, ma chérie, indiqua oncle Ed en se levant et en s'étirant. Pas d'hôpital aujourd'hui, j'en ai peur. Dans notre petite voiture, on risque d'être emportés par les flots ! On aura de la chance si on atteint la maison.

— Tu as raison, mon chéri. Andrea, pour ta maman, je lui ai dit bonjour de ta part et aussi que tu passais un bon moment avec nous.

Elsie entreprit de renfiler ses couches de vêtements.

— Allez, maman, tu restes près du feu. Andrea fermera la porte derrière nous, n'est-ce pas, ma chérie ?

Je les raccompagnai dans l'entrée. Avant d'ouvrir la porte, tante Elsie jeta un coup d'œil derrière elle pour s'assurer que mamy ne pouvait pas l'entendre.

— C'est la maison, hein ? murmura-t-elle.

— Quoi ? fis-je, mon cœur faisant un bond dans ma poitrine.

— Il fait si froid. Ce n'est pas ce petit poêle qui te donne la chaleur à laquelle tu es habituée. Tu ne dors pas la nuit, avoue-le. Tu es si pâle. Pourquoi ne viens-tu pas chez nous pour la fin de ton séjour ?

De façon inconsciente, je reculai d'un pas.

— Merci, tante Elsie, mais je ne peux pas laisser mamy. Elle est toute seule.

La fausseté de mes mots résonnait à mes oreilles. Quelques jours avant, j'aurais sauté sur l'occasion : chauffage central, télé couleur, un éclairage digne de ce nom, moquette épaisse. Dorénavant, la simple idée de partir me remplissait d'horreur. Mais ce n'était pas à cause de mamy.

— Andrea a raison, murmura oncle Ed. Depuis que papy est à l'hôpital, ta mère est seule. La présence d'Andrea lui fait du bien.

— Sûr, mais regarde la petite. Cet endroit n'est pas bon pour elle !

— Merci pour votre offre, mais je préfère rester ici.

— Très bien. Si tu changes d'avis, n'hésite pas à nous le dire. On adorerait t'avoir à la maison. Et si jamais il s'arrête de pleuvoir d'ici ce soir, on s'arrêtera en chemin pour t'amener à l'hôpital. Ça te va ?

— Impeccable. Merci.

Oncle Ed ouvrit la porte d'un coup sec. Le vent s'engouffra dans l'entrée.

— On verra comment on s'organise pour demain, chez Albert. Bye-bye, ma chérie, ajouta rapidement tante Elsie.

Je dus batailler pour refermer la porte, et me retrouvai trempée. Une fois la sécurité enclenchée, je calai le boudin du bout du pied et retournai dans le salon.

Ce fut plus tard, endormie devant le poêle sous l'effet lénifiant de l'après-midi, que je fis le premier rêve érotique.

12

Par sa nature même, le rêve était extrêmement dérangeant. Les scènes n'avaient rien de suivi ou d'arrêté, elles ne racontaient pas d'histoire, n'avaient aucune signification autre que sexuelle. Il y avait la chaleur de deux corps, la tendresse de baisers brûlants, et l'odeur de l'amour, des silhouettes plus ou moins distinctes, qui ne répondaient pas quand je les interpellais. Rien de tout cela n'avait de sens. Je percevais des unions, des séparations, des attouchements, des sensations, la saveur de chaque miette d'intimité, mais sans jamais savoir qui était impliqué.

Les images défilaient devant mes yeux, sauvages et débridées, lourdes de désir et de besoin sexuels. Comme si mon âme était un oiseau piégé dans une cage, battant frénétiquement des ailes pour recouvrer sa liberté. Mon sommeil n'était ni paisible ni reposant. Ce n'était que la montée et la retombée de passions enchaînées, comme le sac et le ressac d'une mer déchaînée.

J'émergeai de ce rêve en sueur. Heureusement, ma grand-mère dormait toujours. Flageolante, je me levai pour rejoindre la fenêtre. Dehors, la pluie tombait avec plus de force encore, fouettant la terre comme une punition démoniaque. J'appuyai mon front brûlant contre la vitre froide et essayai de calmer les martèlements de mon cœur.

Comment pouvais-je ressentir de telles choses et les identifier alors que je ne les avais jamais expérimentées jusque-là ?

— Il est parti ? s'enquit quelqu'un derrière moi.

Je fis volte-face.

Harriet entrait dans la pièce et fermait calmement la porte. C'était John, se tenant raide devant le feu, qui avait parlé.

— Il est parti ? répéta-t-il.

— Oui, il est parti.

— Tu ne lui as pas dit que j'étais là ?

— Non, John.

Comme Harriet traversait le salon pour le rejoindre, les changements en elle m'impressionnèrent. La fraîcheur de la jeunesse, le seul attrait qui rachetait son physique ingrat, avait disparu, ne laissant que ses traits épais. Elle semblait avoir été sous pression ; le poids d'un fardeau invisible avait terni et aplati son visage. Pourtant, à en juger par sa tenue, peu de temps s'était écoulé car sa robe était la même que la dernière fois.

John n'avait pas changé, toujours le même : pâle reflet de Victor, en brun, avec des yeux plus clairs et des traits plus doux et plus subtils. Il me parut très agité.

— Quand père sera-t-il de retour ?

— Pas avant une heure.

— Bien. Bien.

Il se frotta les mains sous l'effet d'une idée.

— John, que se passe-t-il ? Qui était cet homme ?

— Quoi ? Oh... Personne. Juste quelqu'un, dit-il en balayant l'air de la main comme pour la congédier.

— Il est déjà venu. Quand tu n'y étais pas. Qui est-ce ? Je n'aime pas son allure.

— Mêle-toi de tes affaires ! riposta sèchement son frère, au grand étonnement de Harriet.

Se repentant immédiatement, John s'obligea à sourire.

— Disons que c'est un associé.

Harriet hocha la tête et se détourna lentement. Elle se tordait les mains tout en contournant le fauteuil de velours vert, le visage plissé d'inquiétude. Quelque chose troublait la sœur de John, et ce n'était pas la présence de l'inconnu. Je pouvais deviner combien elle pesait les mots qu'elle s'apprêtait à prononcer.

— John. J'ai vu Victor aujourd'hui.

Il ne leva pas les yeux. Plongé dans ses pensées, il fixait les flammes d'un air préoccupé.

— Je l'ai vu sur la place. Il dit être très occupé maintenant, il a beaucoup de patients. C'est pour ça qu'il ne vient pas à la maison. Je l'ai invité pour dîner un soir. Je lui ai assuré que père serait très heureux de le voir, mais je ne crois pas qu'il viendra. John, tu lui demanderas ?

Il redressa la tête.

— Quoi ? Quoi donc ? Oh, Victor. Je suis passé à son cabinet. Pas mal. J'ai cru comprendre que l'hôpital lui envoyait beaucoup de patients pour le suivi, il est plutôt en bons termes avec les chirurgiens. Je lui ai déjà demandé, Harriet, mais il n'a pas l'air pressé de venir. Et ce n'est pas à cause de père, parce que je sais qu'ils ont réglé la question.

— Quoi alors ?

— Sais pas, répondit John avec un haussement d'épaules.

— John, Victor devrait venir à la maison. Pour de bon, je veux dire.

— Sûr...

Il lui tourna le dos, son visage reflétant une profonde réflexion.

— Je n'aime pas qu'il habite une chambre à l'auberge. Il a besoin d'une maison convenable avec de vrais repas. Jenny et toi habitez ici depuis un an maintenant, il est temps pour vous de déménager. Si vous avez votre propre maison, j'aurai alors la chambre de devant et Victor pourra revenir dans le foyer qui est le sien.

Elle faisait les cent pas, se tordant les mains, sa jupe bruissant quand elle passait devant ma grand-mère endormie.

— John, je voulais te parler de...

— Je sais de quoi, la coupa-t-il avec irritation, en se retournant, la mine courroucée. Tu veux savoir où est passé mon argent. Eh bien, si tu veux savoir, l'homme qui s'est présenté à l'instant est un bookmaker. Le mien. Et s'il est venu, c'est parce que je lui dois quelques billets. Contente ?

— Oh, John...

— Pour sûr, « oh, John ». Y aurait eu aucun problème si je n'avais pas fait quelques paris malheureux. J'aurais pu acheter une maison la semaine dernière. Ne dis rien à père, parce qu'il me ferait la peau.

— John, ça m'est égal. Reste si tu veux. Pour toujours, au besoin. Tes pertes au jeu ne m'intéressent pas.

— Quelques chevaux n'ont rien à voir avec le jeu.

— Je veux te parler d'autre chose. Ecoute...

Elle se précipita vers lui, lui pressa le bras.

— J'ai besoin de ton aide...

Mais John secoua la tête, l'air sombre.

— Si c'est ton mangeur de patates, Sean O'Hanrahan, je ne veux pas en entendre parler. Se mêler aux papistes, c'est chercher les problèmes. Je t'avais dit de garder tes distances. Fin de la discussion.

— Mais je l'aime !

— Tu as perdu l'esprit, ma parole ! Le sujet est clos depuis longtemps, Harriet. Je ne veux plus entendre prononcer ce nom ici. Et si jamais je te surprends à adresser la parole à ce moins que rien, je...

— Tu es aussi méchant que père ! s'emporta-t-elle. Vous êtes tous contre moi ! Je ne peux pas parler à Victor non plus. Il a changé, il est toujours d'une humeur massacrante, et quand je m'adresse à lui je vois bien que son esprit est ailleurs. Ça fait un an, John, une année complète que Victor n'est pas revenu dans cette maison ! Et tu as l'air de ne pas t'en soucier non plus.

Pour toute réponse, John se contenta de se détourner et de se replonger dans la contemplation du feu.

— Et toi, continuait-elle, sa voix adoptant les inflexions d'une enfant perplexe, depuis que tu es marié, tu es devenu un étranger pour moi. Quand tu n'es pas avec Jenny, tu es aux courses. Tu n'as plus de temps à me consacrer, pas plus que Victor, mère ou père. Tu ne vois pas que j'ai besoin de ton aide, John ?

Etrange que la scène s'évanouisse à cet instant-là, inachevée, la voix enfantine de Harriet plaidant pour être entendue. Mais cela m'allait très bien car mes jambes faiblissaient et j'avais eu peur de m'écrouler avant que le frère et la sœur n'en aient fini. En l'état, je fus à peine capable d'atteindre la chaise à dossier droit sur laquelle je me laissai tomber, la tête dans les mains.

Quelques minutes plus tard, ma grand-mère remua dans son fauteuil et ouvrit les yeux.

— Bon sang, je suis partie à la dérive. Oh, mes articulations ! C'est la pluie. Je ne vais jamais pouvoir monter l'escalier.

Je levai lentement la tête pour la voir s'extirper de son fauteuil, s'appuyer lourdement sur sa canne et boitiller dans ma direction. Une fois encore, je remarquai combien elle était âgée ; tellement, tellement âgée.

— Je ne suis pas en état de faire la cuisine, ce soir, ma chérie. Mes articulations me font trop mal. Ça ne te fait rien si je te laisse te préparer quelque chose ?

— Tu ne vas pas manger, mamy ?

— Pas faim, ma chérie. La pluie ne me réussit pas. Je vais aller me coucher et lire un peu de Tennyson avant d'éteindre. Les nuits comme celle-ci, quand le temps est trop mauvais, je m'allonge et je ne bouge pas. Allez, j'y vais.

— Mamy ?

— Oui, ma toute belle ? fit-elle sans s'arrêter, penchée sur sa canne.

Je retins ce que j'avais été sur le point de lui révéler. J'avais trop peur de perdre ce à quoi j'assistais dans cette maison.

— Rien, mamy. Dors bien.

— Ça, sûrement. Bonne nuit, ma chérie. Il y a du pain et de la confiture dans la cuisine. Tu sais comment faire du thé. Demain, ce sera poisson, frites et petits pois.

Je la regardai fermer la porte et l'entendis monter lourdement l'escalier. Quand la porte se rouvrit une seconde plus tard, je me dis que mamy avait changé d'avis. Mais c'était Jennifer.

En voyant qui la suivait, je manquai de pousser une exclamation.

— C'est gentil à vous d'être venu, Victor, disait-elle en se dirigeant vers le feu qui se reflétait dans le revêtement satiné des fauteuils.

— Je serais venu depuis longtemps si vous me l'aviez demandé.

— Nous espérions tous que vous nous rendriez visite. Warrington est une si petite ville, mais c'est comme si vous viviez dans un autre pays tant nous vous voyons peu.

Victor Townsend se tenait le dos contre la porte, comme s'il craignait d'approcher plus. Il avait un peu changé depuis un an : ses cheveux avaient poussé et son costume raffiné était signe de prospérité. Mais le visage demeurait identique : impassible, inatteignable, avec les mêmes yeux noirs découragés.

Jenny fit volte-face, sa silhouette déliée et gracieuse se découpant à la lueur des flammes. Elle tenait ses mains jointes devant elle.

— Vous nous avez manqué.

— A vous aussi ?

Elle baissa les yeux un instant avant de les lever à nouveau.

— Oui, à moi aussi. J'ai longtemps espéré que vous viendriez en visite, mais vous n'êtes jamais passé.

— J'étais occupé. Il semblerait que la réputation de ma formation me précède où que j'aille. Les patients affluent, prêts à débourser.

— Victor, on vous connaît pour vos tarifs peu élevés et pour le fait que vous soignez les gens même s'ils sont dans l'impossibilité de vous payer. Vous êtes célèbre dans tout Warrington. Débarqué de King's College avec vos idées nouvelles, vous avez donné matière à réflexion aux vieux médecins de cette ville. Nous sommes tous fiers de vous

— Pour sûr, j'ai un travail intéressant. Des os cassés, des gorges rouges, des vapeurs féminines.

— A vous écouter, ça semble si morne, dit-elle dans un sourire.

Victor lui retourna son sourire, qui parut déplacé dans son visage, comme si ça ne lui était pas arrivé depuis longtemps.

— La vie de médecin n'est pas romantique. Sans être morne, elle n'a pas le lustre que les gens lui attribuent volontiers.

— Et... mis à part cela, Victor... comment allez-vous ?

Il ne dit rien pendant un moment.

— Ça va. Et vous, Jenny ?

Je la vis se raidir et me demandai si Victor l'avait remarqué aussi. Sûrement, car ses yeux la contemplaient de plus près que les miens.

— Oui, tout va bien, répondit-elle d'un ton guindé.

Victor se détacha finalement de la porte pour traverser la pièce. Il s'arrêta à quelques centimètres de la jeune femme, la dominant de son regard sombre.

— Vraiment, Jenny ?

— Bien sûr...

— Allons... fit-il doucement. Je suis son frère. Je le connais depuis toujours. John et moi n'avons pas de secrets. Il continue à jouer, n'est-ce pas ?

Jenny baissa la tête, incapable de répondre, et se mit à étudier le tapis. Plaçant le doigt sous son menton, Victor la lui releva jusqu'à ce que leurs regards se croisent à nouveau.

— N'est-ce pas ?

— Oui, souffla-t-elle.

Laissant retomber sa main, Victor recula de l'autre côté de la cheminée. Un coude en appui sur le manteau, un doigt suivant le contour d'un des chiens staffordshire, il reprit la parole :

— Et j'imagine que ça a même empiré. Non, épargnez-vous l'embarras de me répondre, je le sais. Harriet me l'a raconté à plusieurs reprises lors de ses visites. Et maintenant, ces hommes viennent frapper à la porte.

— Pouvez-vous l'aider, Victor ?

Une fois encore, il prit le temps d'étudier son visage. Il dut voir la même chose que moi : les grands yeux de biche, la bouche frémissante, les sourcils délicatement arqués, et sa joliesse générale. Je sais combien cela dut toucher son cœur. Il l'aimait toujours.

— Est-ce pour cela que vous m'avez demandé de venir ?

— Non ! s'exclama-t-elle en faisant un pas en avant, consternée. Non, Victor, vous ne devez pas penser cela ! Je n'aurais jamais abordé ce sujet de moi-même. Je vous ai demandé de venir parce que je voulais vous voir, parce que je craignais que vous ne veniez jamais. Ça faisait si longtemps...

Sa voix allait s'amenuisant.

— Vous étiez la seule à pouvoir me ramener dans cette maison, Jenny. Harriet a essayé bien des fois, et même mon père, qui a cédé et m'a demandé de revenir. Mais cela devait venir de vous, car c'est à cause de vous que je suis resté à l'écart.

La mélancolie que j'avais perçue sur sa photographie envahissait le visage de Jenny, une vulnérabilité attendrissante qui émut le cœur de Victor autant que le mien. Je savais aussi que mon arrière-grand-père luttait contre lui-même, contre l'impulsion de prendre Jenny dans ses bras.

— J'aiderai John si vous le souhaitez.

— Oh, Victor...

— Mais seulement à cause de vous. John est trop orgueilleux pour me le demander lui-même, et je ne sais d'ailleurs pas si je l'aiderais dans le cas où il m'en prierait lui-même. Mais vous, Jenny, vous devriez être dans votre propre maison à l'heure qu'il est, à songer à fonder une famille. C'est seulement pour votre bien que je porterai secours à mon frère.

Jenny secoua la tête.

— Ne le faites pas pour mon bien, Victor. Vous devez le faire de votre plein gré. Parce que c'est votre frère...

— Oui, en effet, dit-il dans un rire bref. Et ça fait de vous ma sœur, non ? Belle-sœur plutôt, mais c'est la même chose...

Devant l'amertume qui sourdait dans sa voix, Jenny porta la main à sa gorge.

— Ce n'est pas la même chose... fit-elle en jouant avec son camée.

A ma surprise, Victor se précipita soudain sur elle et lui prit les bras, serrant fort comme s'il allait la secouer. Son visage montrait de la rage, une tempête noire qui étonna Jenny comme moi et qui nous fit étouffer un cri.

— Alors quoi ? reprit-il d'une voix rauque, proche du grognement. Que sommes-nous si ce n'est frère et sœur ?

— Victor, je...

— Dieu ! s'écria-t-il en la relâchant aussi soudainement qu'il l'avait saisie. Qu'est-ce qui me prend ? L'épouse de mon propre frère ! Suis-je fou ?

— Vous n'y pouvez rien, protesta-t-elle rapidement.

Ses joues étaient cramoisies, et je me demandai si la proximité et les mains de Victor n'avaient pas fait resurgir ses espoirs.

— Pas plus que moi, ajouta-t-elle.

Victor lui lança un regard noir, mais je savais qu'il était furieux contre lui-même plus que contre Jenny. Envers elle, cette femme fragile qui avait occupé ses jours et ses nuits pendant un an, il ne ressentait que tendresse tremblante, comme si le désir qu'il avait d'elle pouvait le faire pleurer d'une seconde à l'autre.

— Cela ne peut être... murmura-t-il finalement, défait. J'ai vécu pour ce moment pendant un an, sachant qu'un jour il se produirait, que l'heure viendrait où vous et moi nous ferions face. Dans mes rêves, je me suis souvent demandé si je serais capable de garder pour moi mon sombre secret. Mais je ne le peux pas. Je ne suis après tout qu'un homme. Jennifer, ces douze mois n'ont en rien diminué mon amour pour vous. Une année entière d'efforts et de travail, à plonger les mains dans le sang, n'a en rien atténué ma ferveur pour vous. Ai-je été condamné à une peine infernale pour un crime que je ne me souviens pas d'avoir commis ?

— S'il en est ainsi, alors j'ai reçu la même peine, murmura-t-elle d'une voix égale.

Les instants qui suivirent, Victor se tint si immobile que je me demandai si le temps ne s'était pas arrêté. Mais je le vis respirer et entendis le mécanisme de la pendule.

— J'avais seulement rêvé que vous m'aimiez, dit-il enfin, la voix lointaine. Je n'en étais jamais sûr. Et quand je le soupçonnais dans votre regard, je craignais que mes espoirs fous ne me trompent. J'étais tel un naufragé s'agrippant à une paille. Mais au bout du compte, j'avais vu juste. Vous m'aimez. Et je me demande maintenant si la punition n'est pas pire que de vous imaginer indifférente.

— Victor, ce n'est pas une punition...

— Dieu ! Alors qu'est-ce ? Savoir que nous sommes condamnés à traverser la vie ainsi, à nous voir, parfois nous effleurer, mais jamais... jamais à nous aimer ?

Quand une larme coula le long de la joue de Jenny, Victor se rapprocha et l'essuya en un geste empreint de douceur.

— J'aurais dû aller en Ecosse. La nuit où je suis revenu plein de mes espoirs creux de vie commune avec vous et où je vous ai trouvée mariée à John, j'aurais dû quitter Warrington et chercher très loin d'ici des cabinets où pratiquer mon métier. Mais j'ai été idiot. Tout comme il était idiot de décider de revenir et de vous épouser après ne vous avoir rencontrée qu'une seule fois. Mais voilà, j'ai été idiot et nous en payons le prix avec ce tourment.

— Est-ce un tel tourment, Victor ?

— Savoir que je ne pourrai jamais vous embrasser, que vous devez coucher dans le lit de mon frère ? Oui, c'est un tourment.

— Et qu'en est-il des moments partagés, comme celui-ci, où nous sommes seuls et pouvons profiter l'un de l'autre ? Un mot ou un sourire ne suffisent-ils pas ? N'est-ce pas mieux que rien ? Songez à la solitude si nous étions séparés, Victor. Songez aux années vides en terre étrangère, et songez à mes nuits solitaires avec un homme que j'ai cru aimer, mais qui m'a démontré le contraire. Vaut-il vraiment mieux nous séparer, pour ne cesser de nous interroger, ou bien vaut-il mieux saisir ce que nous pouvons et en faire ce que nous pouvons ?

Il se détourna d'elle et se frappa la paume du poing.

— Je ne peux pas répondre à ça ! En cet instant, je veux être avec vous et ne jamais partir. Mais à mon cabinet, quand je prends toute la mesure de notre situation, je me dis qu'il serait facile de faire mes bagages et de m'en aller.

— Facile... ?

— Non, pas facile ! Préférable, par tous les dieux !

Comme leurs voix s'élevaient, la puissance de leurs émotions emplissait la pièce et me cernait de toutes parts. J'étais emportée dans leur folie. Je ressentais le choc de leurs passions, souffrais leurs angoisses combinées. Tout cela allait droit à mon âme et me déchirait. Je ne pouvais plus me retenir. Je devais succomber.

— Victor ! hurlai-je.

Il fit volte-face, étonné.

Puis ils disparurent.

La nuit devint une agonie. Comme mon énergie commençait à diminuer par manque de sommeil et de nourriture, je m'assoupissais régulièrement, dormant par sauts de puce qui ne me reposaient guère. Je faisais de nouveau des rêves érotiques : visions d'enlacements furtifs, sensations d'anticipation frémissante, doux vertiges...

Dans mes moments d'éveil, je m'émerveillais de ces vibrations, comme si une multitude de personnalités prenaient vie. Une centaine d'âmes s'éveillaient et s'étiraient en moi, chacune avec une faim différente, mais toutes ayant une envie folle d'être assouvies. C'était comme si chaque nerf de mon corps était chargé d'électricité, comme si, lumières éteintes, j'allais briller dans le noir. Il n'y avait pas une parcelle de moi qui ne fût pas vivante et stimulée.

D'autres fois, quand je me tenais à côté de la fenêtre et que mon ardeur retombait un peu devant la vitre lavée par la pluie, je réfléchissais à ces rêves étranges et à leur signification. Aucun homme par le passé n'avait jamais rien soulevé de tel en moi. C'était comme si j'expérimentais une nouvelle dimension de la vie par l'inconscient. Cela venait-il aussi de la maison ?

Puis je me rendormais, somnolant dans mon fauteuil telle une victime de Morphée, et je continuais à avoir des songes troublants.

A minuit, Jenny et Harriet se rencontrèrent en secret.

Leur arrivée soudaine me réveilla, le bruit léger de la porte qu'on fermait dérangeant mon sommeil fragile. Je clignai des yeux et vis Harriet glisser devant moi pour s'arrêter devant la cheminée.

Peu de temps s'était écoulé. Jenny semblait exactement la même que lors de son entrevue avec Victor et Harriet avait peu changé depuis son tête-à-tête avec John. Du moins, en apparence. Car dans ses manières et son allure, elle avait beaucoup évolué.

Tordant un mouchoir de dentelle entre ses mains comme pour le déchirer, Harriet pressait ses poings contre son ventre. Elle se tenait raide, tressaillant de temps à autre et rejetant la tête en arrière dans un mouvement emphatique nerveux.

— Que se passe-t-il ? murmura Jenny, le visage figé en un masque d'inquiétude.

— Ils sont tous couchés ? Tu es sûre ? Où est John ?

— Toujours dehors. Mais de toute façon, nous l'entendrons rentrer. Personne ne peut nous surprendre, Harriet. Que se passe-t-il ?

— Oh, Jenny...

Les traits tordus, Harriet porta les mains à ses joues dégoulinantes de larmes.

— J'ai si peur. Je ne sais pas quoi faire !

— Harriet, répliqua Jennifer d'une voix égale, tout en lui prenant une main agitée et en essayant de la retenir dans la sienne. Dis-moi ce qui ne va pas. Ça ne peut pas être si terrible que cela.

— Oh, si ! Jenny... gémit Harriet. Promets-moi de ne rien dire à personne. Tu es ma seule amie.

— Bien sûr que je ne dirai rien.

— Pas même à Victor. Surtout pas à Victor.

— Très bien, acquiesça Jenny, les sourcils froncés. Je ne le dirai absolument à personne. Maintenant, de quoi s'agit-il ?

Echappant à la main de Jenny, Harriet se détourna et fit quelques pas.

— Je... j'ai besoin de savoir quelque chose. Je veux que tu me dises une chose.

— Si je le peux.

Harriet pesait ses mots, se mangeant la lèvre inférieure et s'attaquant à nouveau à son mouchoir. A l'évidence, elle était en lutte contre elle-même, essayant de trouver la meilleure approche, formant les mots avec les lèvres, mais sans qu'aucun son en sorte. Finalement, elle se retourna et regarda Jennifer avec des yeux effrayés.

— Jenny, déclara-t-elle lentement, d'une voix chevrotante, les yeux baissés sur le tapis tant le poids de l'époque puritaine muselait ses confidences. Je dois savoir et pourtant je n'arrive pas à en parler. S'il te plaît, aide-moi.

Bien que du même âge, Jennifer était mariée et plus mature que son amie. Face à la détresse de sa belle-sœur, elle était apte à endosser le rôle de confidente. Elle posa une main réconfortante sur le bras de Harriet.

— Il n'y a rien au monde sur quoi toi et moi ne puissions discuter.

Harriet leva des yeux brillants, ses joues étaient cramoisies.

— Mes menstrues, Jenny... souffla-t-elle. Je suis en retard.

Pendant un instant, Jennifer resta muette, prenant la mesure de ce que ces mots impliquaient.

— Oh, Harriet... finit-elle par souffler.

— C'est dur pour moi d'en parler, poursuivit la jeune fille en détresse d'une voix tendue qui tenait parfois du murmure. Tu sais comment c'est depuis toujours. Surtout avec maman. Quand ça m'est arrivé la première fois, j'avais douze ans, j'ai eu la peur de ma vie. Je pensais que j'allais mourir. Je ne savais pas ce qui se passait ! Maman n'a été d'aucune aide. Tout ce qu'elle m'a dit, c'est que je devenais une femme, que je devais arrêter de pleurer et que je devais m'attendre à ce que ça se produise pour le reste de mes jours. Elle ne m'a jamais rien expliqué, Jenny. Juste quelques mots sur quand renouveler le linge, l'utilisation de l'eau de Cologne, et l'interdiction formelle d'en parler en présence des hommes. Tu connais tout ça, Jenny. Maman m'a dit de ne jamais m'en plaindre, de ne jamais les mentionner, de prétendre simplement que ça n'existait pas. Mais, Jenny...

Harriet saisit le poignet de Jennifer dans une étreinte désespérée.

— J'ai eu peur la première fois, mais maintenant que ça s'est arrêté je suis terrifiée !

Jennnifer contemplait Harriet dans un silence inquiet, ses traits reflétant une intense réflexion.

— Dis-moi ce que ça signifie, Jenny. Je pense que je sais, mais je dois être sûre. Tu peux me le dire.

— Depuis combien de temps cela dure-t-il ?

— Je… je ne sais pas trop.

— As-tu beaucoup de retard ?

— J'en ai manqué deux, Jenny.

— Je vois…

Jennifer restait calme, la main toujours sur le bras de Harriet, avec sur le visage une expression neutre.

— Dis-moi, Harriet, as-tu… fait quoi que ce soit qui puisse avoir provoqué… ce retard ?

— Je pense que oui, répondit sa belle-sœur d'une petite voix.

L'espace d'un instant, Jennifer ferma les yeux. Quel sujet délicat !

— Jenny, je ne savais pas ! Personne ne m'avait jamais prévenue ! enchaîna Harriet, perplexe et livide, telle une poupée de porcelaine avec ses yeux ronds. Sean a dit que tout irait bien. Même à ce moment-là, je ne savais pas ce que nous étions en train de faire. Je pensais que les enfants n'arrivaient qu'après le mariage, pas avant. On est allés aux ruines de la vieille abbaye. D'abord, ça m'a surprise. Mais ensuite, j'ai apprécié. Et puis… j'ai adoré ça.

Elle avait terminé sa phrase dans un murmure timide.

Il y eut comme un bref éclair dans l'esprit de Jennifer. De l'envie ? Flottant, bénin. Juste une petite pointe de regret que sa propre expérience avec John soit si décevante. Il était brutal, pressé, peu soucieux de ses propres désirs. Puis un soupçon de culpabilité en se rappelant qu'elle fermait les yeux pour imaginer Victor à la place de son mari. Une petite supercherie, qui l'aidait à supporter les assauts occasionnels auxquels la soumettaient ses devoirs conjugaux. Imaginer que c'était Victor, se demander à quoi ça ressemblerait avec lui : doux, tendre, et long...

— Quand cela s'est-il passé, avec Sean O'Hanrahan ?

— Eh bien, c'était... hésitait Harriet, triturant un mouchoir désormais réduit en charpie. Ça a eu lieu plusieurs fois. Mais il a dit que c'était bien. Oh, Jenny ! C'est donc ça que j'ai fait ?

— J'ai bien peur que ce ne soit pas ce que toi tu as fait, mais ce qu'il a fait, lui.

— Non ! je t'en prie... J'aime Sean O'Hanrahan et nous allons nous marier. Mais secrètement, de façon à ce que père ne puisse pas nous en empêcher. Promets-moi, Jenny, que tu ne lui diras rien.

— Tu as ma parole, Harriet. Mais tu devrais en parler à Victor.

— Non !

— C'est un médecin, Harriet. Il pourra te dire quoi faire. Peut-être que tu te trompes. Mais dans le cas contraire, il te dira quoi faire.

— Je ne peux pas lui en parler ! Il va me mépriser.

Harriet, désespérée, éclata en sanglots.

Jenny la prit dans ses bras et la serra très fort, laissant son amie s'épancher sur son épaule.

Enfin, quand elle eut recouvré son calme, Harriet s'écarta, s'essuya les yeux avec les lambeaux de son mouchoir et, d'une voix entrecoupée, demanda :

— Alors, tu penses que c'est ce que j'ai fait ? Je porte un bébé ?

— Si tu as fait quelque chose avec Sean O'Hanrahan. Si tu es sûre que c'est bien ça.

— Il m'a dit que c'était ce que les gens mariés faisaient. Il voulait me montrer comment ce serait.

Jenny hocha la tête, l'air grave. En son for intérieur, elle pleurait la perte de l'innocence de Harriet.

— Je ne pensais pas que c'était possible. Vraiment. Pas avant le mariage. Mais voilà, c'est fait et je dois faire avec.

— Harriet, s'il te plaît, va voir Victor, la pressa Jenny, mains tendues.

— Non ! Il me tuerait ! s'exclama la jeune fille en reculant d'un pas.

— Certainement pas...

— Oh, si ! Victor me tuerait ! Tu ne le connais pas comme je le connais ! Il est comme père !

— Alors, que comptes-tu faire ?

— Sean et moi projetons d'aller à Londres et de nous marier.

— Oh, Harriet.

Les larmes coulaient aussi le long des joues de Jennifer et la voir ainsi à court de mots me faisait de la peine.

Harriet hésita un moment, fixant sauvagement Jenny, d'un regard qui nous pétrifia toutes les deux, puis elle tourna les talons et s'enfuit de la pièce en claquant la porte.

Après sa sortie, je me retournai vers la cheminée et fus surprise de voir Jennifer encore là. Cela signifiait qu'il y avait plus à venir. Je ne bougeai pas de mon fauteuil et regardai.

Incroyable de penser que cette jeune femme était morte depuis tant d'années ! Je pouvais entendre le bruissement de sa jupe, voir scintiller ses larmes, sentir son délicat parfum de rose et même ressentir physiquement sa présence. Comment pouvait-elle ne pas être réelle ?

Alors que je méditais ainsi, une étrange pensée se fit soudain jour dans mon esprit et m'ébranla. Je songeais à sa dernière entrevue avec Victor, quand j'avais crié le nom de mon arrière-grand-père.

Il s'était retourné.

Mon Dieu, m'avait-il entendue ? Cela voulait-il dire...

Je ne quittais pas Jennifer du regard. Pour une raison quelconque, le temps s'étirait. Elle restait plus longtemps que d'habitude. Ou plus exactement, c'était moi qui restais. Je commençais à me demander pourquoi.

Jenny se tenait là, toute seule, aussi réelle que s'il s'était agi de mamy. Elle séchait ses larmes avec un mouchoir sorti de sa manche. Nous étions seules dans cette pièce, alors que des décennies nous séparaient, elle en 1892 et moi dans le dernier quart du XXᵉ siècle.

Pourquoi ?

Quand l'idée me traversa la tête, je l'écartai d'abord comme absurde. Mais après quelques secondes, à humer son parfum, à entendre le mouvement de sa jupe, à sentir sa proximité et à la voir, je me demandai si ce que j'avais à la fois espéré et redouté tout ce temps n'était pas en train d'advenir : après tous les autres sens, le temps du dernier – la parole – était venu pour achever de m'inscrire totalement dans leur époque. Cela signifiait-il que nous pouvions discuter ?

Si Victor m'avait entendue, elle ne me voyait pas, alors que nous étions à quelques centimètres l'une de l'autre. Si je parlais, aurait-ce pour effet de produire la magie nécessaire à notre confrontation finale ?

Cela valait la peine d'être tenté. Tout ce qui pouvait se passer, c'était qu'elle disparaisse. Et étant donné le départ de Harriet et l'inutilité de rester ici plus longtemps, elle le ferait de toute façon. Je devais essayer. Ouvrir la bouche et lui parler.

Rassemblant tout mon courage, ravalant mes peurs, je m'éclaircis la gorge et prononçai d'une voix claire :

— Jennifer.

13

Mamy avait dû entrer à pas de loup dans le salon, car c'est uniquement le bruit des rideaux qui me réveilla.

— Regarde-moi cette pluie ! dit-elle avec un petit coup de menton vers la fenêtre.

Je tournai la tête et clignai des yeux devant la tempête qui assiégeait le monde extérieur. Puis je fixai le plafond. J'avais un affreux mal de crâne.

— Tu as dormi tard. C'est bon signe, ça. Ça veut dire que tu t'es reposée cette nuit.

J'essayai de dissimuler un sourire ironique. Elle ignorait que je ne m'étais endormie qu'à l'aube après être restée assise toute la nuit.

— Le thé sera prêt dans une minute. Tu voudras de la mélasse sur tes toasts ce matin, ma chérie ? Ça te donnera peut-être un petit coup de fouet. Ton papy adorait en mettre sur les siens.

Même si mamy s'efforçait de s'exprimer d'un ton allègre, je remarquai combien elle avait l'air lessivée.

— Aujourd'hui, je te fais un bon poisson frit avec une purée de pois. On peut faire une croix sur Morecambe Bay, avec cette pluie, c'est impossible.

Dehors, le vent violent fouettait la maison par bourrasques, et je me demandai combien de temps nous resterions prisonnières.

— Mamy, dis-je en me redressant, une boule de bowling roulant dans mon crâne, papy n'a pas eu de visite hier. Qu'est-ce qui va se passer aujourd'hui ?

— La même chose, c'est sûr. Ou alors ton oncle William ira, mais tout seul. Parce que ce serait idiot que tout le monde se fasse mouiller, non ? Allez, pour l'instant, file à la salle de bains.

Je montai l'escalier quatre à quatre, me lavai rapidement les dents et fis une toilette de chat, avant de gagner ma chambre pour changer de vêtements. Un quart d'heure à peine plus tard je pris place à la table du petit déjeuner.

— On peut sentir le courant d'air à travers la vitre, indiqua mamy tout en beurrant sa tartine.

Dans la froide lumière du matin, je vis ses lèvres bleuâtres, son teint blafard et ses yeux bouffis.

— Tu n'as pas bien dormi, mamy.

— En effet. Le mauvais temps joue sur mes articulations, et ça fait mal. Ce soir, j'aurai besoin de trois bouillottes.

— Pourquoi tu ne dormirais pas ici, près du poêle ?

— Allons donc ! Tu en as plus besoin que moi ! Et puis je suis habituée à mon lit, merci. Un second cardigan, une bouillotte en plus, et l'affaire est réglée.

— Ta chambre doit être froide comme une tombe, mamy.

— Elsie dit toujours que c'est toute cette maison qui est une tombe, alors peu importe où je dors. Mais j'aime vivre ici et je ne laisserai personne m'enlever de là pour aller habiter dans un de ces appartements HLM...

Elle continua sur sa lancée alors que je pensais : Cette maison est bien plus une tombe que tu ne crois.

Personne ne vint nous rendre visite. La pluie tombait si dru qu'il était impossible d'ouvrir la porte d'entrée. Depuis la fenêtre de ma chambre, j'avais constaté combien il était dangereux pour une voiture de parcourir même quelques mètres. Je comprenais donc que ma famille ait suspendu les visites le temps de la tempête.

Mamy et moi sommes donc restées près du feu, elle avec son tricot et moi avec un livre bien en évidence. Mais je faisais semblant de lire, car mon esprit était tout tourné vers le passé.

En milieu d'après-midi, mamy avait si mal aux hanches qu'elle ne put se lever pour préparer le *fish and chips* du dîner. A la place, nous mangeâmes une soupe en conserve avec pain et beurre. Cela m'allait très bien, car je n'avais toujours pas faim, mais je vis bien combien ma grand-mère était déçue de ne pas avoir pu me concocter un bon petit plat.

Finalement, une heure de silence plus tard passée à regarder tomber cette pluie formidable, mamy déclara forfait.

— Je crois que je vais aller m'étendre, Andrea. Je ne peux pas rester assise plus longtemps, sinon je ne pourrai jamais monter l'escalier. Tu m'apporteras les bouillottes quand l'eau sera chaude, ma chérie ?

— Que vas-tu faire, mamy ?

— Ecouter la radio et lire Tennyson. Ça me détend tellement. Je suis désolée de te laisser seule comme ça, ma chérie, mais je ne suis pas de bonne compagnie aujourd'hui de toute façon. Je remercie juste le ciel que ton papy soit bien au chaud et au sec, à l'abri des courants d'air. Il a aussi de bonnes infirmières pour prendre soin de lui. Ça me réconforte.

Pour la première fois, je dus l'aider à grimper l'escalier. L'ascension fut longue. Elle aurait été impossible pour ma grand-mère toute seule. Mamy était livide et respirait mal.

Elle ne me laissa pas l'aider à se déshabiller et insista pour que je redescende au chaud jusqu'à ce que l'eau pour les bouillottes soit prête. J'en remplis trois et les lui remontai. Là, au milieu d'un capharnaüm de souvenirs victoriens et de meubles volumineux, je l'aidai à se mettre à son aise : plusieurs oreillers dans le dos, trois pulls autour des épaules, plus un châle au crochet, les bouillottes autour de ses jambes et la radio à portée de main, sur la table de chevet.

— Ça ira très bien comme ça, ma chérie. Retourne en bas maintenant.

— Si tu as besoin de quoi que ce soit, mamy, frappe par terre avec ta canne. Je monterai. Tu auras certainement faim un peu plus tard et il faudra aussi changer l'eau des bouillottes.

— Pour sûr, ma chérie. Tu es une bénédiction des dieux. J'ai tellement prié pour que Dieu t'envoie à moi.

Elle m'enlaça d'un bras. Quand elle retomba sur ses oreillers, je vis des larmes dans ses yeux.

— Quelle sentimentale je fais ! Mais tu ressembles tellement à ta mère au même âge. Pas un cil de différence ! Mais allez, dépêche-toi d'aller te mettre au chaud.

Je m'empressai de rejoindre le salon, pas pour la chaleur, puisque je ne sentais plus le froid, mais dans l'espoir de retourner à nouveau dans le passé.

Mon vœu se réalisa puisque j'ouvris la porte sur le salon de 1892, reflétant les flammes de la cheminée, et sur Jennifer assise dans l'un des fauteuils.

Très discrètement, j'entrai et fermai la porte. L'air semblait fragile, comme si mon souffle même pouvait le faire voler en éclats, si bien que je rejoignis à pas de souris le mur auquel je m'adossai.

De mon poste, je pouvais voir le cerceau à broder dans ses mains, la lueur de l'aiguille qui allait et venait, la fine traînée cramoisie du fil. Les cheveux de Jennifer étaient ramassés sur sa tête et tenus en place par de petits rubans. Sa robe couleur lavande la couvrait entièrement, du col montant à l'ourlet de la jupe qui balayait ses bottines. Brodant paisiblement, avec son visage au teint de porcelaine à la lueur du feu, ses petites mains qui travaillaient délicatement, elle était l'image même de la sérénité et de la féminité.

A la contempler, je me remémorai la veille au soir et mon appel. Ç'avait été une idée farfelue et vouée à l'échec puisque Jennifer avait disparu au moment où j'avais prononcé son nom.

Pour l'instant, elle était là, tranquille et seule. Même à distance, je pouvais sentir qu'elle pensait à Victor.

Des pas lourds dans l'entrée me coupèrent le souffle. Nous allions le revoir !

La porte s'ouvrit devant moi et se referma, un vent froid souffla. Déception : c'était John Townsend. Pendant un instant, il se tint immobile, hésitant légèrement, le regard rivé sur Jennifer, qui releva la tête.

— Tu es trempé, lança-t-elle en commençant à se lever.

— Te dérange pas pour moi, grogna-t-il, les yeux injectés de sang – je pouvais sentir les relents d'alcool dans son haleine. Préoccupe-toi plutôt de ton sort.

— Que veux-tu dire ?

— Toi ! Tu m'as trahi, ton propre mari ! hurla-t-il soudain, un doigt pointé sur elle.

— John ! fit Jennifer en se levant brusquement, le tambour à broder tombant par terre.

— Tu es allée voir Victor, n'est-ce pas ? Tu lui as dit que j'étais endetté jusqu'au cou, que les bookmakers me poursuivaient, que je ne pouvais pas m'empêcher de parier.

— Oh, John…

Il fit un pas vers elle. Dans les yeux de Jennifer, la peur remplaça l'inquiétude. Elle porta les mains à sa poitrine pendant qu'il approchait, mais elle ne recula pas d'un centimètre.

— Ce n'est pas vrai, John, dit-elle avec calme, je ne suis pas allée voir Victor.

— Alors comment il en sait autant ? Il connaît même le montant exact de ma dette, jusqu'au moindre penny ! Et il me l'a offert, Jenny, il m'a proposé de l'argent, à moi !

— Quel mal y a-t-il à…

— T'as donc aucune fierté, femme ? beugla-t-il en se rapprochant encore, écumant de rage. Qu'est-ce que t'avais besoin d'aller minauder chez mon frère pour lui déballer nos problèmes privés ? T'as pas honte, femme ?

— C'est Harriet qui est allée le voir, John, pas moi.

— Mensonge ! Harriet parlerait pas à Victor de trucs qui la regardent pas ! C'est pas une idiote. C'était toi, Jenny, et je le sais parce que j'ai bien vu comment vous deux vous vous regardez. T'as des yeux de vache. Dis pas le contraire. Et on peut pas dire qu'il cache mieux son jeu lui non plus. Il salive littéralement.

— Par mon âme ! souffla Jennifer, se détournant et enfouissant son visage dans ses mains.

— Qu'est-ce qui t'a pris d'aller le voir, Jenny ?

Sous l'effet de l'alcool, John vacillait légèrement sur ses jambes, ses yeux avaient du mal à se fixer sur sa femme. Cela m'inquiéta de le voir ainsi, trempé jusqu'aux os et débraillé. Son pardessus était maculé de boue et son haut-de-forme de guingois.

— Tu croyais que je savais rien de tout ça, Jenny ? continuait-il d'une voix désormais moins forte, marmonnant presque. Tu pensais que je me doutais pas pourquoi Victor vient maintenant dîner tous les dimanches ? Sacrebleu, femme, mon frère s'est tenu à l'écart pendant un an, vivant dans la satanée même ville que nous sans jamais passer. Toi, tu lui envoies un mot et voilà qu'il se présente à notre porte, la langue pendante comme un chien. Et depuis, il vient chaque dimanche. Tu crois que je suis aveugle ?

La seule réponse de Jenny était ses petites épaules tressautant pendant qu'elle pleurait dans ses mains.

John tendit une main vers elle, puis suspendit son geste, oscillant un peu. Son profil trahissait l'étonnement d'une soudaine compréhension et la frustration de savoir. Il n'avait énoncé qu'une supposition, mais il avait dorénavant la confirmation. Et il en était désolé.

Clignant des yeux, comme pour chasser les vapeurs de l'alcool, puis laissant retomber son bras le long de son corps, il murmura :

— Je ne le laisserai pas t'avoir. Je sais que tu ne m'as jamais aimé, mais mon frère ne t'aura...

Jenny lui fit brutalement face, une expression horrifiée sur le visage.

— John, ce n'est pas vrai ! Je t'aimais, et je t'aime toujours ! Comment peux-tu rester là debout et m'accuser de mentir, de tricher, quand ce n'est pas vrai ? Harriet est allée voir Victor pour lui parler de tes dettes de jeu, pas moi. Et je t'aime toujours.

Il prit le temps de réfléchir à ses propos avant de lui demander :

— Autant que quand nous nous sommes mariés ?

Elle hésita pendant trop longtemps.

Tournant les talons, John Townsend se rua vers la porte, qu'il ouvrit d'un mouvement brusque.

— Nous n'accepterons pas la charité de mon frère ! hurla-t-il. Victor a tout, n'est-ce pas ? L'argent, la réputation d'un saint, et maintenant ma femme ! Et bien je vais te dire une chose, femme, il n'ira pas loin !

La pièce entière trembla quand il claqua la porte. Lorsque je me retournai vers Jennifer, elle avait disparu.

Je me trouvais à nouveau dans le salon de mamy, toute seule, à mon époque.

Ces épisodes suscitaient une tension en moi, car l'apparition et la disparition des Townsend était à chaque fois un choc. Mes séjours dans le passé commençaient à ébranler mes nerfs. Mes mains tremblaient, l'appétit m'avait quittée, le sommeil me fuyait, et mon esprit tournait en rond.

Et voilà que j'avais un nouveau grain à moudre, qui m'étonnait et me contrariait. Comment expliquer que l'histoire familiale ait transmis une image si sulfureuse de Victor Townsend ? C'était un homme bon, gentil et honorable, entièrement consacré à son métier et fidèle à la femme de sa vie. Alors qu'il était la victime et John le mauvais garçon, comment les rôles avaient-ils pu s'inverser ?

La pièce se réchauffa d'un coup. Malgré la pluie diluvienne et le froid mordant qui régnait dans le reste de la vieille maison, je me surpris à haïr la chaleur. Irritée, je me levai pour fermer le gaz. Alors que j'étais penchée, occupée à gratter mes brûlures qui pelaient, les notes d'un piano me parvinrent de très loin.

Je me redressai aussitôt.

La *Lettre à Elise*, cette mélodie obsédante de Beethoven, chargée d'une triste mélancolie, emplissait la pièce, comme venue de toutes les directions à la fois. La pendule s'était arrêtée. J'étais de retour dans le passé une fois encore.

Lentement et avec précaution, je fis le tour du salon, tous mes sens en alerte pour localiser la provenance de la musique. Alors que je contournais les fauteuils et me rapprochais du mur commun au petit salon, le son se fit plus fort. Je marchai presque sur la pointe des pieds jusqu'à la porte, que j'ouvris sans un bruit.

Les notes provenaient bien du petit salon.

Avançant dans l'entrée noire, je longeai le mur et trouvai la porte de la pièce légèrement entrebâillée. De la lumière filtrait.

Impatiente, je poussai le battant et passai la tête, découvrant une pièce que je ne connaissais pas.

Un feu ronflant illuminait des fauteuils de velours, des guéridons de papier mâché, un canapé rembourré en crin, des figurines, des boîtes en verre, des plantes en pots, des photographies sur tous les murs, et au centre du plafond, à ma grande surprise, un lustre électrique.

Je le fixai un instant pendant que les notes délicates de la mélodie résonnaient dans ma tête. Je tournai enfin mes yeux vers le piano contre le mur.

Je retins mon souffle.

Magnifiquement habillé d'une redingote bordeaux, d'un pantalon noir, d'une chemise blanche amidonnée et d'une cravate noire, mon arrière-grand-père jouait. Ses longs cheveux ondulés tombaient un peu vers l'avant comme il se penchait vers le clavier, son visage exprimant une profonde concentration.

Jennifer, en robe de satin, assise devant le feu, le contemplait d'un air extatique, avec la sublime admiration de celui dont l'amour est aussi infini que l'univers qui le contient.

Moi aussi, j'étais sous le charme. Le talent de Victor m'étonnait, mais pas autant que la façon magique dont il transformait un simple morceau de musique en mélodie enchanteresse.

Je restai sans bouger sur le seuil, déchirée par un dilemme : je souhaitais entendre l'air encore et encore, mais je voulais aussi qu'il s'arrête pour qu'il nous parle.

Il finit par cesser de jouer, mais ce fut pour fixer les touches en silence pendant un moment, comme s'il lui fallait un interlude pour revenir au présent. Les notes de la *Lettre à Elise* avaient libéré son âme et il lui fallait se la réapproprier. Jennifer aussi semblait comme suspendue, repassant l'air dans son esprit, immobile, espérant que ce moment dure à jamais. Son adoration était palpable.

— Pouvez-vous jouer à nouveau ? demanda-t-elle enfin.

Victor fit pivoter son tabouret et posa les mains sur ses genoux.

— Je n'ai pas beaucoup de temps. Les autres vont bientôt rentrer.

— Ils adoreraient vous entendre jouer.

— Ils ne doivent jamais nous trouver seuls ainsi, Jenny, dit-il en secouant la tête, ou bien ils croiront ce qu'ils craignent dans leur cœur et ils liront dans nos actes quelque chose qui n'a pas eu lieu. Ou n'aura jamais lieu.

Son visage s'était assombri.

— Sil vous plaît, venez vous asseoir près de moi, pria Jenny.

Ecrasant la pièce de sa stature, il prit le fauteuil voisin et s'assit, étirant ses longues jambes devant lui. Il croisa ses pieds, dont les bottes luisaient à la lumière du feu.

— Mon frère nous a accusés d'impudeur. Quelle ironie, quand nous n'avons même pas échangé une poignée de main.

— Ne soyez pas amer, Victor.

— Et pourquoi pas ? Venir ici dimanche après dimanche, m'asseoir dans la même pièce que vous et prétendre ne pas penser ce que je pense... Vous semblez vous contenter, vous satisfaire, de ce que nous avons, Jenny. Mais moi pas. Que le destin peut être cruel ! s'exclama-t-il avec une sorte de rire court et sec. Et taquin, avec ça ! Si seulement je vous avais prévenue de mon retour, vous n'auriez pas épousé John et, à l'heure qu'il est, vous seriez la femme du médecin le plus respecté de tout Warrington ! Au lieu de quoi, vous êtes liée à un homme qui passe ses journées au champ de courses et ses soirées au pub.

— Victor, s'il vous plaît, fit-elle doucement.

— John devrait affronter ses vices et se reprendre. Il fuit ses créanciers maintenant, mais ce n'est qu'une question de temps avant qu'ils ne l'attrapent. Hier, il a emprunté de l'argent pour rembourser aujourd'hui Cyril Passwater, à qui il en avait emprunté la semaine dernière pour rembourser Alfred Grey. Combien de temps pourra-t-il tenir ainsi ? Il n'acceptera pas mon argent, pourtant Dieu sait que je n'en manque pas. A la place, il préfère continuer le jeu dangereux qui consiste à déshabiller Paul pour habiller Jean. Il devrait se comporter en homme, faire face à ses créanciers et trouver un arrangement avec eux. Sans parler de mettre un terme définitif à ses paris.

— Il vous est facile de dire cela, Victor, mais John ne l'entend pas ainsi. Tous les jours, il croit qu'il va réussir à empocher le pari de sa vie, qui couvrira ses dettes et nous offrira la maison dont nous avons besoin.

— Et tous les jours, sa dette augmente. Jennifer, on ne creuse pas un trou pour en combler un autre ! Si ça ne dépendait que de moi...

— Mais ça n'est pas le cas. John est son propre maître et s'il n'a peut-être pas grand-chose d'autre, il a encore sa fierté. Victor, vous ne devez pas intervenir.

— S'il n'était pas votre mari, je n'en aurais cure. Mais il l'est et il fait de votre vie un enfer ! C'est pour votre bien, Jenny, que je veux qu'il fasse le ménage dans ses affaires.

— Alors pour mon bien aussi, laissez-le tranquille. John doit trouver sa propre méthode.

— Il a besoin d'un choc, qu'on le force à dévoiler son jeu...

— Victor...

Il regarda la jeune femme, sourcils froncés, sillon encore accentué sous l'effet de la colère. Son cynisme était difficile à maîtriser ; ses frustrations le muselaient trop souvent. Ce n'était pas seulement le problème de son frère et de la femme qu'il aimait, c'était aussi sa propre vie qui le rendait aussi tranchant.

— Promettez-moi que vous n'interviendrez pas, dit Jennifer avec calme.

Il regarda le feu d'un air renfrogné.

— Si c'est ce que vous souhaitez, je le promets.

Alors que je le regardais me parvenaient des bribes de ses pensées. Je voyais le résultat de son génie médical, la réputation qu'il s'était construite en un an et demi depuis son retour de Londres, les améliorations qu'il avait apportées à l'hôpital de Warrington, les vies qu'il avait sauvées, la douleur qu'il avait soulagée, et comment on l'en avait remercié. Victor était le médecin personnel de l'évêque et suivait aussi la famille du maire. Sa jeunesse, ses innovations et ses succès l'avaient conduit à certaines distinctions publiques qui lui avaient gagné l'estime de personnages influents.

Pourtant, ce n'était pas ce qu'il voulait.

En lui vivait toujours le désir d'explorer le monde des tubes à essai et des microscopes, de découvrir à travers la science la voie vers de grandes avancées médicales. Je lisais en lui la frustration d'être incapable de sauver les malades de tumeurs au cerveau ou d'insuffisances cardiaques. Praticien sagace, Victor Townsend était néanmoins impuissant face au nombre incalculable de maladies incurables qui continuaient à décimer des populations innocentes. Voilà où l'on avait besoin de lui, en médecine. Il voulait être de ceux qui allument des lumières dans les recoins sombres de ce domaine.

— A quoi pensez-vous ? murmura Jenny.

— A un homme du nom d'Edward Jenner. Savez-vous qui c'était ? demanda Victor, tourné vers elle, son expression sombre ayant cédé la place à une sorte d'urgence. Un homme qui se demanda un jour pourquoi les filles qui trayaient les vaches n'avaient jamais la variole. En revanche, il avait aussi remarqué qu'elles attrapaient, toujours par le biais des vaches, une variante de cette maladie appelée la vaccine. Il se demanda s'il existait un lien entre les deux et s'il était possible d'inoculer aux gens la version la moins dangereuse de la maladie afin de les sauver de la plus mortelle. Jenny, tout le monde s'est moqué de lui, mais son vaccin nous a libérés de la peur de cette maladie redoutée, capable de vider une cité entière de sa population. Q'en est-il des autres ? De la pneumonie, du choléra, du typhus, de la poliomyélite ?

Il se pencha en avant, lui prit les mains.

— Qu'est-ce que je fais ici ? A prescrire des sirops contre la toux et des tranquillisants aux femmes hystériques. Même la chirurgie ne m'apporte aucune satisfaction, car je suis limité par mes propres connaissances. Il reste encore tellement de choses à découvrir ! Voyez-vous ce que je veux dire ?

— Oui, répondit-elle d'une petite voix. Vous auriez dû partir en Ecosse.

Il laissa tomber ses mains et se leva d'un bond.

— Ce n'est pas ce que je dis. Le laboratoire qui m'attendait à Edimbourg peut facilement être construit ici, à Warrington.

— Alors, que voulez-vous dire ?

— Que je tourne en rond. J'ai laissé mon amertume et mes frustrations me paralyser. Pourquoi me battre et lutter quand la seule chose que je veux au monde m'est à jamais interdite ?

Jenny se mit debout et posa une main légère sur le bras de sa redingote.

— Vais-je être la cause de votre chute à vous aussi ?

Mon arrière-grand-père parut frappé par la foudre. Le choc et l'horreur se succédèrent sur son visage. Submergé par la signification de ces mots, il céda à une pulsion folle et attira soudain Jenny dans ses bras.

Elle ne protesta pas. S'abandonnant contre son torse, fermant les yeux pour savourer le moment, elle combattait les larmes du chagrin qui la déchirait elle aussi.

— Mais que disais-je ? chuchota-t-il dans ses cheveux. Comment ai-je pu être égoïste au point de vous blesser avec de tels délires ? Rien n'est plus important pour moi que votre bonheur, Jenny. Oh, Jenny...

Victor la serra plus fort contre lui, comme pour faire disparaître l'angoisse.

— Comment ai-je pu me laisser aller à proférer pareilles choses quand je sais que votre vie doit être aussi misérable que la mienne ! Et vous souffrez en silence pendant que je m'apitoie sur mon sort ! Vraiment, vraiment, je ne vous mérite pas...

Ils s'accrochèrent l'un à l'autre un long moment, tragique silhouette se découpant contre le feu, jusqu'à ce qu'avec réticence Jenny s'écarte légèrement pour le regarder.

— Sentir votre proximité, souffla-t-elle, vos bras ainsi autour de moi, c'est... c'est...

Victor pencha la tête comme pour l'embrasser, s'arrêta.

— Mon amour, vous devez y aller à présent, reprit Jennifer. Ils vont bientôt rentrer. Ces choses nous sont interdites, Victor. Peu importe ce qu'il est, John est toujours mon époux et je lui reste fidèle. Il ne nous est pas permis de goûter le baiser de l'autre. Et si nous nous autorisons cette chose unique, où nous mènera-t-elle ? Que nous permettrons-nous la fois prochaine, et la suivante, jusqu'à ce qu'il n'y ait plus d'étape à franchir ?

Jennifer s'arracha à son étreinte et lui fit face, l'air grave.

— Nous ne devons plus nous retrouver seuls ainsi, Victor, car je ne serais pas capable de me contrôler. Nous ajouterions alors la culpabilité à la liste de nos infortunes.

Mon arrière-grand-père était comme pétrifié, les bras le long du corps, le visage impassible. Jennifer le contemplait, tremblante, les yeux pleins de larmes, et ils restèrent ainsi jusqu'à ce qu'ils se dissipent sous mes yeux.

Je restai longtemps dos à la porte ouverte du petit salon, avant de prendre conscience que je me trouvais à nouveau dans la pièce fourre-tout de mamy. Le voyage de retour du XIXe siècle n'avait duré que quelques secondes, mais il m'avait laissée vidée, aussi épuisée que si j'avais parcouru tout le trajet à pied.

Fermant la porte, je tâtonnai dans l'entrée, recherchant sa fraîcheur et appréciant dorénavant son obscurité enveloppante, tel un suaire qui réconforte. Dans mes oreilles, l'écho de leurs derniers mots persistait. Quelle chance avait eue Jennifer d'être aimée par un homme comme celui-là ! Je n'avais jamais connu cela. Vraiment ? Ou alors... était-ce cela que Doug avait essayé de m'offrir et que j'avais été assez idiote pour repousser ?

Des bruits sourds à l'étage me ramenèrent à la réalité. C'était le signal convenu avec mamy. Je montai rapidement l'escalier, allumai le plafonnier, ouvris doucement sa porte et passai la tête.

Mamy était profondément endormie.

Un autre choc sourd me ramena vers le palier. Bien sûr ! Le bruit venait du passé, et de l'autre chambre.

La porte était déjà grande ouverte sur le mobilier victorien, flambant neuf. Je remarquai cette fois avec intérêt que les lampes à gaz avaient été remplacées par des éclairages électriques, comme dans le petit salon. Je supposai donc que l'âge moderne avait remporté une petite victoire sur l'indomptable M. Townsend.

J'entrai et fis le tour de la pièce du regard. A côté de la cheminée se trouvait une bergère en velours rouge aux bras protégés par des accoudoirs en dentelle. Jenny y était assise, ses petits pieds sur un repose-pied du même velours. Elle regardait devant elle.

Tout en la contemplant, je me posai la question de l'appeler à nouveau (incroyable tout de même de pouvoir voir, entendre, sentir et presque ressentir ces personnes sans pouvoir communiquer avec elles !). Mais bientôt un courant d'air froid me frôla le dos et, du coin de l'œil, je vis Harriet entrer.

— Jenny.

Arrachée à son songe éveillé, Jenny se tourna un peu dans la bergère et sourit.

— Bonjour, Harriet. Entre, s'il te plaît.

Mais la jeune fille à mes côtés hésitait. Ses cheveux avaient été coincés à la va-vite sous sa charlotte à plumes et la cape qui couvrait sa robe comme jetée sur ses épaules. Son visage avait une teinte grisâtre particulière et ses lèvres étaient livides.

— Jenny, répéta-t-elle.

Ayant repéré les mêmes signes de confusion que moi chez sa belle-sœur, Jennifer se leva et fit quelques pas vers elle.

— Harriet, que se passe-t-il ?

— Je...

La jeune fille avança, faiblit, vacilla comme si elle allait s'évanouir.

— Harriet !

Jenny se précipita, passa un bras autour de ses épaules et la conduisit vers la bergère. Harriet s'abandonna, telle une poupée de chiffon, s'effondra dans le fauteuil et se laissa retirer cape et charlotte. Son regard était étrangement détaché, stupéfait, comme celui de quelqu'un qui a subi un grand choc. Elle semblait en cet instant tellement plus jeune que Jennifer, affaissée ainsi dans la bergère, son visage ordinaire blanc comme un linge, ses yeux vitreux. Elle bougeait les lèvres, mais aucun son n'en sortait.

Tirant jusqu'au feu le second fauteuil de la chambre, Jenny s'assit face à sa belle-sœur, leurs genoux à touche-touche. Elle prit dans ses mains celles de Harriet et les frotta.

— Tu es gelée, Harriet. Regarde comme tu es blanche ! Où es-tu allée par ce temps ?

Reprenant ses esprits, cette dernière lui répondit d'une voix voilée :

— Jenny, où sont passés les autres ? Où sont père et mère ?

— Père est toujours à l'aciérie. Mère rend visite à la pauvre Mme Pemberton, qui est alitée. Quant à John, je ne sais pas où il est actuellement. C'est important ?

Harriet porta son étrange regard vers le feu, qu'elle fixa sans le voir. Une fois de plus, ses lèvres, devenues grises, bougeaient silencieusement.

Jenny plissa les yeux d'inquiétude. De mon côté, alors que je contemplais la scène, celle-ci prit un aspect oblique, comme dans un monde onirique créé en partie par le silence et les ombres, mais surtout par le comportement inhabituel de Harriet.

— Je suis allée le voir... murmura-t-elle enfin.

— Qu'as-tu fait, Harriet ?

— Je suis allée le voir. Comme tu me l'avais conseillé.

Secouant la tête, Harriet concentra son attention sur sa belle-sœur.

— J'ai vu Sean et je lui ai parlé de mon problème, reprit-elle d'un ton légèrement plus rauque.

— Qu'a-t-il dit ?

La voix de Harriet était aussi inexpressive que son visage.

— Que c'était ma faute, qu'il n'avait rien à voir là-dedans et qu'il partait.

— Il part... dit Jenny, retombant en arrière dans son fauteuil. Sean O'Hanrahan part ? Mais pour où ?

— Je ne sais pas. Il faisait même ses valises pendant que j'étais avec lui. Il a parlé de Belfast.

— Mais... mais tu lui as dit pour...

— Le bébé ? Oh, oui. Ça l'a rendu complètement fou. Comme si j'avais tout fait toute seule. Je lui ai rappelé qu'il avait parlé de mariage et du reste quand nous étions dans les ruines de la vieille abbaye, il avait même affirmé vouloir m'épouser le plus vite possible. Mais c'était avant, Jenny. J'imagine qu'il n'a plus de raison de le vouloir maintenant.

— Oh, Harriet...

Jennifer malaxait la main de sa belle-sœur, essayant d'insuffler un peu de vie à la jeune fille par ce massage. En dépit de son âge, presque vingt ans, Harriet était encore très naïve. Mais la leçon qu'elle recevait de la vie commençait à se voir sur son visage.

— Et puis, je suis allée chez lui, reprit-elle, les yeux une fois de plus tournés vers les flammes.

— Chez Sean ?

— Lui. Tu me l'avais conseillé. Je n'avais personne d'autre vers qui me tourner. Je ne pouvais pas en parler à père, car il m'aurait administré la pire des corrections de ma vie. Tu ne sais pas ce qu'il a fait quand il a découvert que Sean et moi nous nous écrivions. Mais cette fois, il ne se contenterait pas de m'enfermer à nouveau dans l'armoire. Il ferait bien pire.

— L'armoire...

— C'était son habitude avec moi, expliqua Harriet d'une voix sans timbre. Pour me punir, il m'enfermait dedans. Je ne le supportais pas, si bien que j'ai fini par bien me tenir non pas par respect ou par notion du bien et du mal, mais simplement par peur d'y retourner. C'était au-dessus de mes forces, Jenny. Moi, dans cette armoire sombre, sans le moindre petit filet de lumière, je l'entendais tourner la clé. Puis j'attendais, j'attendais le moment où il viendrait ouvrir et me laisserait sortir. J'avais si peur qu'il m'oublie et que je meure là. Je commençais par crier, ensuite je gémissais, je suppliais et je grattais la porte. J'avais l'impression d'être enterrée vivante. Il est toujours revenu. Mais une fois... j'avais tellement hurlé qu'il est revenu, il m'a remise brutalement sur mes pieds et m'a assommée d'un coup de poing avant de me laisser dans l'armoire toute la nuit. Cette fois-là, j'ai bien cru devenir folle. Mais aujourd'hui, Jenny, il referait ça et pire encore. Père est très strict, très comme il faut. S'il apprenait pour moi, il dirait que je l'ai fait pour le couvrir de honte. Tu sais comment il est. Tu as vu combien mère a peur de lui, et comme John lui obéit au doigt et à l'œil. Il n'a jamais voulu rester à Warrington pour devenir employé. Mais il a bien été forcé de se plier à la volonté de père. Victor est le seul à s'être opposé à lui...

Comme Harriet semblait avoir oublié ce qu'elle avait commencé à dire, Jennifer la pressa gentiment :

— Alors, ma douce, chez qui es-tu allée ?

— Mon frère. Je croyais qu'il pourrait m'aider. Mais j'imagine... j'imagine... qu'il l'a fait...

Comme si elle agissait en rêve, Harriet retroussa alors sa manche droite pour montrer son avant-bras. Dans le pli du coude apparaissait une tache rouge, et, à proximité, des rayures pourpres.

— Harriet, qu'est-ce que c'est ?

— La marque d'une aiguille. Comment dit-on... une aiguille hypodermique.

— Comment t'es-tu fait ça ? demanda Jenny en se penchant sur la petite blessure. Ça a l'air infecté.

— Ça l'est, mais il a dit que ça partirait.

— Harriet, je ne comprends pas. Que s'est-il passé ? Qui a fait ça ?

Elle dut saisir la jeune fille aux épaules et la secouer légèrement. Harriet détourna à nouveau la tête, le regard toujours vide.

— Je n'ai plus de maison, n'est-ce pas ? reprit-elle d'une petite voix. Je suis trop ordinaire pour que les hommes de bien me regardent. On ne m'épousera pas. Plus maintenant. J'aimais Sean O'Hanrahan. Il était tout ce que je désirais. Mais maintenant, je resterai vieille fille jusqu'à ma mort.

— Harriet, parle-moi de l'aiguille.

La jeune fille soupira longuement, un soupir qui tenait du râle, et sa peau devint encore plus livide. Jennifer se fit la réflexion qu'elle avait l'air d'avoir côtoyé la mort.

— Il a dit que ça me ferait dormir. Il voulait m'endormir. Mais ça n'a pas marché... Peut-être que j'étais trop effrayée. Peut-être qu'il ne m'en a pas donné assez. Il m'a fait m'allonger sur la table. J'ai essayé de me relever, mais il y avait des liens. Je lui ai dit que je voulais aller dormir. Je l'ai supplié. Je l'ai imploré. Mais il était en colère. Ça doit être pour ça qu'il l'a fait. Il disait que j'avais déshonoré la famille.

— Harriet, de quoi...

— Il avait un instrument. Je l'ai vu briller à la lumière de la lampe. Il l'avait en main et il m'a priée de rester immobile. Mon propre frère...

— Oh, Dieu... gémit Jennifer. Seigneur Dieu...

— Il a prétendu que c'était le seul moyen. Qu'il m'épargnait un avenir de souffrance. Il a affirmé que je ne sentirais rien... oh ! Jenny !

Soudain, Harriet s'effondra en avant et enfouit son visage dans ses mains. Ses pleurs ressemblaient à ceux d'un chaton ; elle tremblait de façon pathétique.

— Mais je suis restée consciente de bout en bout, poursuivit-elle entre ses doigts. J'ai tout senti. La douleur, Jenny, la douleur était insupportable ! Tu n'as pas idée ! C'était une torture. Sentir cet instrument si affûté, si brutal, racler la vie hors de moi. Ce n'est que lorsque la douleur est devenue intolérable que je me suis finalement et heureusement évanouie.

— Harriet, Harriet, murmura Jennifer, qui se pencha pour enfouir son visage dans les cheveux de sa belle-sœur. Ma pauvre, pauvre douce Harriet.

Elles pleurèrent ainsi de concert pendant un moment, Jennifer tenant Harriet dans une étreinte maternelle, essayant par sa voix de chasser l'angoisse, essayant de l'apaiser et de la calmer. Finalement, Harriet releva la tête et regarda Jenny du regard perplexe et innocent d'un animal blessé.

— Que vais-je faire maintenant ? souffla-t-elle.

Mais Jenny était à court de mots. Le choc était trop grand.

Rompant l'étreinte, Harriet s'extirpa de son fauteuil avec difficulté. Elle se tenait debout, chancelante et frissonnante devant le feu. Sa pâleur m'alerta. J'esquissai même le geste d'aller la soutenir quand elle fit quelques pas. Mais Jennifer se porta à son secours et la soutint pour la guider vers le lit.

— Je veux juste mourir, déclara Harriet. Mon propre frère. Comment a-t-il pu me faire cela ? Mon Dieu, laissez-moi mourir...

Incapable de faire plus de quelques pas, elle s'arrêta et regarda par terre. Les mains tremblantes, elle releva l'ourlet de sa longue jupe. Une mare de sang frais et chaud grandissait à vue d'œil sur le tapis.

14

Il était dit que je n'aurais aucun répit cette nuit-là. Le crime perpétré sur Harriet m'avait choquée avec la même force que Jennifer. Même si tout accusait Victor, je ne pouvais pas le croire capable d'une telle atrocité. Pas plus que John d'ailleurs. Ce dernier était peut-être faible et entêté, mais pas mauvais.

Je n'eus pas le temps de m'appesantir davantage sur la question ni même de récupérer du coup. Alors que, épuisée, j'avais du mal à trouver mon chemin vers l'escalier, je fus entraînée une fois de plus dans le passé. J'avais à peine atteint le haut des marches que j'entendis en effet un vacarme en provenance de la chambre de devant.

Désormais, les événements s'enchaînaient de plus en plus vite.

Je fis demi-tour et revins me poster à la porte, prenant appui sur son chambranle. John allait et venait devant la cheminée tandis que Jenny était assise dans la bergère. Sa robe était différente, donc nous étions un autre jour.

— Doit-il en être ainsi ? dit-elle d'une voix déchirante.

Elle suivait des yeux son mari qui faisait les cent pas comme un animal en cage, le regard assombri, la mâchoire crispée, un masque de colère noire plaqué sur le visage. Il n'avait jamais autant ressemblé à Victor qu'à cette minute-là.

— Je n'ai pas le choix, marmonna-t-il. Pas le choix.

— Ne pouvais-tu les affronter ? Trouver un arrangement ? Dois-tu vraiment fuir ainsi ?

— Et que veux-tu que je fasse d'autre ? rétorqua-t-il. Aller voir ces fumiers en pleurant, dans l'espoir d'un peu de thé et de compassion de leur part ? Jenny, ils sont pourris jusqu'à la moelle ! Ils s'en fichent comme d'une guigne de ma vie personnelle. Tout ce qu'ils veulent, c'est leur argent.

— Alors laisse Victor...

— Non ! aboya-t-il avec une telle férocité qu'ils en furent tous deux surpris. Je n'accepterai pas la charité de mon frère. Je ne veux rien avoir à faire avec lui, et encore moins maintenant.

— John, tu ne peux pas croire...

— Laisse ce scélérat en dehors de ça ! Après ce qu'il a fait à Harriet, je ne veux plus en entendre parler ! Quant à moi, je vais prendre la tangente parce que c'est le seul moyen de sauver ma peau.

— Alors je partirai avec toi.

— Non, mon amour, la contra-t-il d'une voix plus douce. Tu dois rester ici et m'attendre. Je partirai dans quelques jours, mais je ne peux pas te dire pour où. Pas plus que je ne peux te donner une date de retour. Je dois me faire oublier pendant un moment, laisser le soufflé redescendre et trouver le moyen de gagner quelques livres. Pendant ce temps-là, tu m'attendras, mon amour ?

Elle le contemplait avec désespoir.

Tout à coup, John tomba à genoux devant elle et saisit ses mains dans les siennes.

— Je t'aime, Jenny, même si tu ne m'aimes pas. Non ! Ne dis rien, laisse-moi parler. J'y ai réfléchi et j'ai vu ce que le fait de te négliger a produit. Ça vaut aussi pour Harriet. Si elle était venue me voir au lieu de Victor... fit-il en secouant la tête. Enfin... je ne veux pas penser à ça maintenant. Ce qui est fait est fait. Mais nous, Jenny, nous avons encore une chance ! Je prévois un petit voyage. Je ne sais pas combien de temps je serai parti. Mais à mon retour, tout s'arrangera entre nous, je te le promets. Je serai un homme différent. Je rembourserai tous ces requins et je laisserai tomber les courses pour de bon. Tu verras, mon amour !

— John, j'aimerais tellement que tu n'aies pas besoin de partir, murmura-t-elle avec tristesse.

— Il le faut, et il n'y a pas à revenir là-dessus. Mais tout se passera bien car personne ne sait que je pars. Je filerai en douce, comme sur du velours. Ne t'inquiète pas ! Mais souviens-toi, Jenny, c'est un secret. Ces fumiers ne doivent rien savoir, sinon, je serai en danger de mort. Tu comprends ? Pour l'instant, j'ai une longueur d'avance sur eux, mais s'ils ont vent de mes plans... Je préfère ne pas y penser... Ça reste entre toi et moi alors, oui ?

Les épaules de Jenny s'affaissèrent. Elle sembla s'effondrer de l'intérieur.

— Oui, John. Je n'en parlerai à personne.

Quand je repris mes esprits, je me trouvais en bas, sur une chaise à côté de la fenêtre, à regarder dehors. L'aube pointait timidement à travers la tempête. C'était le bruit de la pluie contre la vitre qui m'avait tirée de mon rêve éveillé. Je ne fus pas surprise de constater que j'étais assise là depuis un moment déjà : comme dans un brouillard, je me souvenais d'avoir trouvé mon chemin dans l'escalier et de m'être laissée tomber sur la chaise.

Je jetai un coup d'œil circulaire. La pièce ne recélait pour moi ni chaleur ni réconfort. Elle était froide et grise, uniforme, comme le monde trempé dehors. Dans mon âme, il n'y avait plus que des braises éteintes. J'avais trop enduré cette nuit-là... Ce n'était pas tant le fait d'être spectatrice que celui d'être obligée de ressentir les émotions en plus d'entendre et de voir ! Impuissante, je m'enflammais à des passions qui n'existaient plus si ce n'est dans ces curieux voyages dans le temps. Combien de temps encore souffrirais-je ainsi avant d'être libérée ? Si cela arrivait un jour.

Mais le voulais-je vraiment ?

Avec lassitude, je me traînai jusqu'au poêle. Mamy serait bientôt levée... Pour m'épargner son laïus sur la qualité lamentable des produits anglais actuels, je rallumai le chauffage à son plus faible niveau avant d'aller m'écrouler sur le canapé.

La question était centrale... Avais-je vraiment envie de quitter cette maison, de tourner le dos au dévouement de Jennifer, de me priver de la proximité de Victor, pour retourner à ma vie d'avant ? Même la folie de John et l'angoisse de Harriet m'avaient rendue vivante ! C'était donc ça, leur magie : leur capacité à m'éveiller à la vie et à révéler des sentiments inconnus en moi ?

Je ne vivais dorénavant que pour ces brefs épisodes du passé comme un drogué pour ses doses. Avec mes ancêtres, peu importait les tourments endurés, je vibrais ! Alors que les intermèdes de mon présent, quand j'étais livrée à moi-même, privée de leur étincelle, ressemblaient aux limbes.

Le matin s'étirait. Je jetais régulièrement un coup d'œil à la pendule en me demandant comment cinq minutes pouvaient ainsi prendre des allures d'heure entière !

Mamy ne se montrait pas.

Comme elle n'était toujours pas apparue et qu'à huit heures aucun bruit ne s'était encore fait entendre au-dessus de ma tête, je décidai de monter voir si tout allait bien.

Je gravis les marches à la vitesse d'un escargot. Les poils de mes avant-bras étaient dressés, mes ongles bleus. Apparemment, il faisait un froid polaire dans la maison, mais je ne le sentais pas.

Arrivée à l'étage, je tendis l'oreille. Aucun son ne provenait de sa chambre.

Cela commençait à m'inquiéter... Brusquement ramenée à la réalité, je me souvins que, la veille, mamy n'avait pas bonne mine.

Je frappai à sa porte. Pas de réponse.

— Mamy ? Bonjour, mamy ?

Rien.

J'ouvris doucement la porte et jetai un coup d'œil. La pièce était plongée dans l'obscurité et le silence. Mon inquiétude grandissant, j'entrai précipitamment, heurtant un meuble au passage, et je bondis jusqu'à la fenêtre dont je tirai brusquement les rideaux.

Le lit était vide.

— Ma chérie ?

Je sursautai, me cognant à la coiffeuse.

— Mamy !

— J'étais à la salle de bains. Tu ne m'as pas entendue ?

Sous le coup de la surprise, mon cœur battait la chamade.

— Non. Je ne t'ai pas entendue te lever.

— J'espère bien ! J'ai fait très attention. Je me suis dit que tu dormais encore et je ne voulais pas te réveiller… Comment ça va, ce matin ? Je constate que tu es déjà habillée.

— Oui… je… ça va, balbutiai-je. Ouh ! Tu m'as fait peur.

— Tu as les nerfs en pelote, ma chérie. Je n'aime pas ça. Descendons et prenons un thé bien chaud, tu veux ?

Attablée une nouvelle fois devant la fenêtre, le visage tourné vers la tempête tourbillonnante, je pris conscience que mamy avait raison : j'avais les nerfs en pelote, voire plus ! Ils étaient prêts à lâcher.

Mais ce n'était guère surprenant… Pas de sommeil, peu d'alimentation et une nuit qui avait valeur de vie entière !

— Je ne sais pas ce qui ne va pas chez toi. Tu m'inquiètes ! dit mamy. Et ce temps… Est-ce que j'appelle un docteur ?

— Merci, mamy. Le thé fera l'affaire. Ça ira.

Je m'obligeai à prendre une gorgée et tâchai de ne pas la recracher. En revanche, je ne pus avaler un seul morceau de toast.

— C'est encore l'estomac ?

— Non !

Seigneur… J'aurais été incapable de faire passer une seconde fois cette horrible mixture blanchâtre dans mon gosier !

— Ce n'est pas l'estomac, mamy. C'est juste que… que…

— Je vais te préparer un cordial et tu vas te mettre bien au chaud, enroulée dans des couvertures, devant le feu. Il faut te réchauffer ! Regarde-toi ! Tu es congelée.

Elle posa une main sur mon bras et poussa un cri.

— Doux Jésus ! On dirait un cadavre ! C'est à se demander comment tu n'as pas encore attrapé une pneumonie ! Comment fais-tu pour supporter ce froid ? La radio annonce une baisse des températures. Il doit faire zéro ici. Moi, j'ai quatre cardigans par-dessus mon pull et je claque des dents, alors que tu es à moitié nue !

C'est cette maison, songeai-je, en colère. Elle me tue à petit feu...

Quoi qu'il m'en coûtât de rester près du poêle, enveloppée dans des couvertures, avec mes tibias douloureux qui pelaient et un corps presque en feu par excès de chaleur, je pris sur moi pour la tranquillité d'esprit de mamy.

Elle essaya bien de m'administrer des remèdes par voie orale, mais rien ne passait : ni le cordial ni le lait chaud, le thé pas plus, et encore moins sa mixture à base de craie blanche. Dès que l'odeur parvenait à mes narines, je tournais la tête, prise de nausées.

Mamy finit par se résigner et reprit son tricot.

Une bonne partie de la journée s'écoula ainsi.

Tôt dans la soirée, Mamy s'était suffisamment réchauffée pour pouvoir se déplier et nous préparer un petit en-cas en cuisine. Comment je réussis à en venir à bout ? L'exploit m'étonne encore. Je mâchais mécaniquement, rien n'avait de goût, mais je réussis à contrôler ma nausée.

Toute cette nourriture – c'était plus que je n'en avais ingéré ces derniers jours – m'avait rendue un brin somnolente, si bien que, malgré mes nerfs à vif et le tourbillon de mes pensées, je finis par succomber aux effets combinés de la chaleur, des couvertures et de la digestion.

Quand je m'éveillai, mon premier réflexe consista à regarder la pendule. Neuf heures. Mamy s'était tranquillement assoupie dans son fauteuil au bruit de la tempête qui faisait rage. La pièce n'était éclairée que par l'unique lampe allumée dans le coin et une sorte de halo centré sur John, debout près du feu.

Quel mauvais tour lui avait joué la nature en le rendant si différent de Victor !

Il y avait bien un air de famille : nez puissant, mâchoire carrée, sillon entre les sourcils... et dans son genre, John Townsend était également plutôt bel homme, mais il lui manquait le mystère et l'intensité de son frère. Il en avait certainement conscience, lui, le plus faible des deux, le plus superficiel, l'éternel « moins que », quand on le comparait à son aîné.

Il semblait nerveux et jetait constamment un coup d'œil à la pendule, se frappant la paume du poing à chaque fois. Toute son attitude trahissait l'urgence.

Jenny se glissa alors dans la pièce, et referma la porte avec mille précautions. Elle portait une valise.

— Merci, mon amour, dit-il en la lui prenant des mains. Personne ne t'a entendue ?

— Ils dorment tous. Père et mère se sont retirés il y a une heure. Harriet dort dans notre lit. Je prendrai sa place sur la banquette du petit salon.

— Jenny...

— Je t'ai aussi mis mes boucles d'oreilles en grenat, continua-t-elle d'un ton crispé. Elles valaient à l'origine cinq livres, tu pourras peut-être en obtenir une guinée ou deux. Accepte-les, tu en auras besoin.

— Jennifer.

Il s'approcha d'elle, sans savoir que faire de ses mains.

— Ça me fait vraiment de la peine de devoir fuir comme ça, si vite. J'avais espéré quelques jours de répit et prendre congé un peu mieux. Mais mon fumier de frère a attiré les loups vers moi, si bien que, pour sauver ma peau, je dois partir ce soir !

Jennifer resta de marbre quand il l'embrassa sur la joue.

— Tu vas me manquer, Jenny. Plus que je ne peux le dire. Ta mousse au homard... Je ne connais personne qui la fasse aussi bien monter tout en lui conservant son goût et sa texture onctueuse.

Elle le regardait, aussi immobile qu'une statue.

— Alors ? Pas de larmes pour moi ?

— Je t'attendrai, John.

— Mais bien sûr... Aucun risque que tu te tournes vers mon ordure de frère désormais. Maintenant qu'il a déshonoré la famille, j'imagine que tu le vois enfin sous son vrai jour...

Jenny ne trahit aucune émotion, mais je sentais le vent qui lui glaçait le cœur souffler aussi sur le mien. Tout comme les pensées désolantes de Harriet, les siennes m'envahissaient par bribes, me racontant la douleur et la stupeur à l'annonce de la ruine de Victor. Le nom de Megan O'Hanrahan tournait dans nos esprits, source d'amertume. C'était elle qui avait répandu la rumeur de l'avortement de Harriet et du rôle joué par le frère. Je vis dans les souvenirs de Jenny qu'elle avait supplié Victor de démentir. Un par un, ses patients s'étaient détournés, ses titres lui avaient été retirés, son honneur avait été bafoué. Pas une seule fois Victor n'avait parlé alors que la nouvelle se propageait dans Warrington comme une traînée de poudre. En peu de temps, il n'était rien resté de Victor Townsend.

Jenny repensait aussi à sa belle-mère, qui avait pris le lit, incapable de supporter la honte et l'humiliation. Quant au fier M. Townsend, il partait chaque matin la tête haute pour l'aciérie et revenait le soir, abattu et défait.

Il entendait ce qu'on murmurait suffisamment fort dans son dos pour que les mots portent et n'était que trop d'accord : sa fille était une catin (en plus, elle avait fricoté avec un Irlandais !), son aîné pratiquait l'avortement et son puîné buvait et jouait.

— Tu ne me crois pas, hein ?

— Non, en effet.

— Pourtant, c'est la vérité. Victor est allé voir les bookmakers pour leur dire que je prévoyais de quitter la ville, si bien qu'ils m'ont poursuivi et menacé pour récupérer leur argent. J'ai dû leur raconter un bobard en leur promettant tout pour demain. Pour sûr que c'était Victor ! Il s'est vengé de sa chute sur moi. Pouvait pas supporter de me voir m'échapper... Et ça ne peut être que lui, tu vois, parce que personne d'autre ne sait ! Il n'y a que toi et lui qui soyez au courant. Et je ne pense pas que ma propre femme lâcherait les chiens sur moi, si ?

Jenny ne répondit pas. Une autre voix retentissait à ses oreilles. Celle de Victor. Ils étaient dans le petit salon, lui venait de terminer de jouer au piano et disait que John avait besoin d'un choc, qu'on le force à dévoiler son jeu. Il lui avait promis de ne pas interférer.

John avait le sourire confiant de quelqu'un qui va remporter une levée.

— Tes mots disent une chose, mais tes yeux une autre, Jenny. Je le vois à ton visage. Tu n'as plus d'amour pour Victor.

Mais ce que John voyait sur le visage de Jenny, c'était de la répugnance. Celle que lui inspiraient cette famille et cette ville pour ce qu'elles avaient fait à Victor. Tous avaient été si prompts à le condamner, avant même d'entendre ce qu'il avait à dire pour sa défense ! Ce que les yeux de Jennifer disaient, c'était que si quelqu'un était à blâmer pour ce cauchemar, c'était Harriet, par qui tout avait commencé et qui s'était ensuite confiée à Megan O'Hanrahan.

Tout ce que John Townsend pouvait lire sur les traits de sa femme n'était qu'un désenchantement amer.

— Tu ferais mieux d'y aller, John.

— Sûr que je vais y aller, mon amour. Mais je veux que tu saches une chose : je reviendrai. Tu n'auras pas le temps de t'apercevoir de mon absence que je serai là, et j'aurai les poches pleines de souverains ! Tu verras.

Je distinguai une note d'excitation dans sa voix et une lueur dans son regard. John Townsend s'échappait de sa prison ! Au risque de sa vie et dans le déshonneur peut-être, mais il réalisait enfin ce qu'il avait toujours envié à Victor : le fait de quitter George Street.

— On sera riches et on aura notre propre maison ! Une domestique pour toi, et aussi le téléphone. Qu'est-ce que tu dis de ça, Jenny chérie ? Le téléphone...

— Il se fait tard, John.

En silence, il attrapa sa valise, embrassa brutalement sa femme et s'empressa de quitter la pièce. Tandis que nous l'entendions fermer la porte d'entrée, Jenny resta immobile. Une fois qu'elle fut certaine de son départ et que la maison était toujours silencieuse, alors seulement un sanglot lui échappa et elle s'effondra par terre. Sa main heurta mon pied et elle disparut.

Réveillée vers neuf heures et demie, mamy était montée, non sans me recommander de me préparer un petit quelque chose puisque nous n'avions pas dîné. Elle avait rempli ses bouillottes d'eau chaude à la salle de bains puis s'était glissée dans son lit douillet. Du salon, j'entendis grincer le sommier.

Un souffle d'air passa, comme si toute la maison soupirait, et je me préparai à ma prochaine rencontre.

Elle survint une ou deux minutes plus tard.

Quelqu'un bougeait dans le petit salon.

J'hésitai à me lever, car les événements prenaient une tournure de plus en plus sombre. Qu'est-ce qui m'attendait cette fois-ci ? Jusqu'où cette famille irait-elle dans l'autodestruction ? Mais je ne résistai pas longtemps...

Harriet pleurait dans le creux de ses bras, étendue sur le canapé. Depuis le seuil, je l'observai avec distance. Elle m'inspirait une vague pitié pour être ainsi entrée de manière si stupide dans le monde des adultes.

— Dieu, Dieu, Dieu, répétait-elle comme une litanie. Tout est ma faute ! Je lui ai dit... Je lui ai dit ! Je n'aurais pas dû. Je n'avais pas à le lui dire, à lui.

Harriet s'en voulait. Mais de quoi ? Elle gisait sur le divan comme si elle s'y était jetée dans un élan de désespoir.

— Maintenant, il t'en veut d'avoir parlé, poursuivit-elle à voix haute. C'est pour ça qu'il l'a fait. Tu ne peux pas lui en vouloir... Tu ne peux que t'en prendre à toi-même. Harriet, tu es une idiote !

Le reste était incohérent. Elle pleurait dans ses bras et délirait de plus belle, lançant de temps à autre une invective.

— Si seulement je n'avais rien dit, il n'aurait pas fait ça ! Je suis perdue... pour toujours !

Faisait-elle encore référence à Sean ou parlait-elle de Victor ?

Quand Harriet se redressa enfin et s'essuya les yeux, j'eus un mouvement de recul. Ses cheveux avaient été coupés.

Allant jusqu'au miroir au cadre doré accroché au-dessus de la cheminée, elle contempla son visage bouffi avec dégoût.

— Tu ne peux pas lui en vouloir pour ça, murmura-t-elle à son pitoyable reflet. Il est en colère. C'est le seul moyen qu'il connaît de se venger. Tu aurais dû te tuer dès le début... Comme ça, tout le monde serait content maintenant ! Il n'aurait pas vu sa réputation détruite, mère ne serait pas alitée et John ne se serait pas enfui. Regarde-toi donc ! Qui pourrait lui en vouloir ?

Dans sa voix, il y avait moins d'amertume qu'une prière pathétique, comme une victime torturée qui supplie qu'on la laisse en paix.

Mais ce qui me sidérait le plus était son apparence. Le seul détail qui rattrapait son absence de charme avait été sa chevelure : épaisse, généreuse et ondulée, d'un châtain magnifique. Elle semblait en prendre grand soin. Et voilà que ce trésor avait disparu ! Son crâne était désormais semé de touffes irrégulières, la peau parfois à nu. C'en était presque comique ! Elle avait l'air d'un moine tonsuré, ou encore d'un singe, avec son visage bouffi, ses yeux bordés de rouge et une espèce de frange ridicule.

Je regrettai aussitôt ces comparaisons car je voyais bien combien cela la tourmentait. Quelqu'un, muni de ciseaux, avait à l'évidence maintenu de force sa tête dans le creux de son bras et avait tailladé ses magnifiques boucles.

Mon cœur se gonflait de compassion pour elle. Je m'interrogeais aussi sur l'auteur d'un tel crime et sur la cause de ce geste.

— Je le méritais, gémissait-elle devant le miroir en s'examinant. J'ai attiré ses foudres par mon comportement… Il en avait le droit. Dieu ! Il en avait le droit.

Incapable de supporter son reflet plus longtemps, Harriet s'écarta brusquement de la glace et alla s'étendre à nouveau sur le canapé, où elle se remit à pleurer.

J'avais le cœur déchiré pour cette malheureuse enfant qui, il n'y avait pas si longtemps, était encore innocente, sensible et pleine d'idéaux. Quelle pitié qu'elle ait dû être initiée à la réalité de manière si brutale ! Décidément, Harriet avait eu sa part de cruels tourments…

Une pensée folle me vint. Lors de la dernière apparition, n'avais-je pas senti sur mon pied la main de Jenny ?

Je m'entendis soudain demander :

— Harriet, que s'est-il passé ?

Elle releva brusquement la tête et regarda dans ma direction.

15

Enfin... On touchait au but ! Ce que j'avais à la fois tant redouté et espéré allait avoir lieu. J'allais communiquer avec le passé ! Ce que je venais de vivre m'enthousiasmait.

Quand j'avais parlé, Harriet s'était arrêtée de pleurer et elle avait levé la tête avec l'expression de celui que l'on surprend dans son intimité. Mais elle ne m'avait pas vue. Elle avait plissé les yeux dans ma direction, comme si elle essayait d'accommoder sa vision, puis ses traits s'étaient détendus. Qu'avait-elle distingué ? Une illusion d'optique créée par un jeu de lumière ? Une ombre ?

En tout cas, rien qui retienne longtemps l'attention car, après avoir penché la tête sur le côté d'un air interloqué, elle avait enfoui son visage dans ses bras et repris ses pleurs. Il n'en demeurait pas moins qu'elle m'avait entendue ! Et qu'elle avait vaguement entraperçu quelque chose dans l'encadrement de la porte.

Cela voulait dire que la fenêtre du temps s'élargissait, car mes sens se développaient de plus en plus dans le passé.

Tout correspondait ! Il y avait d'abord eu l'ouïe et la *Lettre à Elise*. Puis la vue. L'odorat. Des sensations de froid et de frôlements. Et enfin, ce soir, la main de Jenny sur mon pied.

Nous commencions à nous toucher !

Or, avec le toucher viendrait la communication. Sans compter qu'ils commençaient à m'entendre ! D'abord Victor, puis Harriet.

Nous y arrivions enfin... Il ne faisait aucun doute que j'allais bientôt pouvoir leur parler ou me faire voir et sentir. Voilà où tout cela menait, au fait que j'allais faire partie de leur monde !

Mais pourquoi ? Etais-je censée jouer un rôle actif dans le passé ? Intervenir ?

Pour une raison que j'ignorais, j'avais été choisie pour prendre ma part dans le drame des Townsend. Je ne voyais pas d'autre explication.

Je déboulai dans le salon comme une enragée. Et d'une certaine façon, je l'étais, frustrée de ne pas comprendre, de ne pas voir clairement à quoi tout cela rimait !

J'allai dans la cuisine pour me servir un bon verre de cordial. Trop sucré, il ne m'offrirait pas le soulagement dont j'avais besoin, mais c'était mieux que rien. Alors que je refermais la porte, une pensée me vint à l'esprit. Elle était si énorme que je trébuchai et me cognai à la table.

Puisque le fossé avec le passé allait en s'amenuisant, cela impliquait que j'allais bientôt pouvoir communiquer avec mon arrière-grand-père !

Je me laissai choir sur le canapé, au risque de renverser mon cordial.

Me montrer à Victor ! Lui parler ! Impensable...

Et pourtant... je l'avais bien fait avec Harriet et Jennifer, pourquoi pas avec lui ?

Cette idée m'impressionnait quand même.

— Ça fait deux mois... dit une voix à côté de moi.

Je relevai brusquement la tête. Jennifer et Harriet étaient installées devant le feu.

— Depuis le temps, nous aurions dû recevoir une lettre ou quelque chose, poursuivit cette dernière.

Le changement chez Jennifer m'inquiéta. Sa beauté et sa fraîcheur s'étaient envolées, remplacées par un voile de mélancolie qui dessinait des ombres sous ses yeux et traçait des lignes profondes de part et d'autre de sa bouche. Ses épaules affaissées et sa coiffure négligée lui donnaient l'air beaucoup plus âgée.

Elle se tenait assise, coudes sur les bras du fauteuil, ses fines mains pendant dans le vide.

— Peut-être John ne peut-il envoyer de courrier de là où il est ? Ou alors il est parti tellement loin que les lettres se sont perdues.

— Il y a toujours le télégramme.

— Harriet, je ne sais pas où il est. Peut-être sur le chemin du retour et désireux de nous faire la surprise.

— Je ne comprends toujours pas comment Victor a pu faire cela à son propre frère, déclara Harriet en secouant la tête.

— Personne dans cette famille n'est blanc comme neige, Harriet.

Proche d'elles comme je l'étais, j'essayais d'ouvrir mon esprit à leurs pensées, pour y dénicher les informations que chacune retenait. Mais de Jennifer ne parvenait qu'un seul message : je n'ai pas vu Victor depuis trois mois.

D'où son apparence et l'apathie avec laquelle elle contemplait le feu ! Le calme de la pièce était si profond que l'on pouvait entendre Harriet piquer l'aiguille dans son ouvrage.

En cet instant, j'aurais voulu pouvoir parler à Jennifer sans témoin. Je lui aurais dit que Victor allait revenir, que leur temps ensemble n'était pas encore fini et qu'ils avaient tous les deux rendez-vous avec le destin.

Les mots de mamy résonnaient à mes oreilles comme un disque rayé : « Une nuit, Victor est rentré ivre et l'a violée. »

Oui, son temps avec Victor n'était pas encore achevé...

— Victor est devenu amer du moment où il a refusé ce poste à Edimbourg, continuait Harriet. Il n'a plus été le même homme après son retour ce soir-là, tu n'as pas trouvé ? Ça date d'il y a deux ans, mais je m'en souviens comme si c'était hier. Le choc à la nouvelle de votre mariage. Et la façon dont il est parti en claquant la porte pour s'installer à l'auberge. Je n'ai jamais compris pourquoi il avait finalement cédé devant père et était revenu ici. Tout était arrangé pour l'Ecosse. Et voilà que, soudain, il apparaît !

— Les gens changent d'avis.

— Pour sûr. John aussi peut-être. Mais s'il ne revient pas ? Que feras-tu ?

Jennifer haussa les épaules. Ça n'avait pas d'importance. Sans Victor, rien n'avait d'importance.

Le ton très critique de Harriet me perturba. Depuis qu'elle avait perdu le bébé, elle était dure, aigrie. Sa condamnation implicite de Victor m'amena à penser qu'il avait peut-être quelque chose à voir avec la tonte de ses cheveux. N'avait-elle pas parlé, dans le petit salon, de réputation ruinée et de vengeance ?

Je repoussai cette idée. Même si les autres le condamnaient, il m'était impossible de croire que Victor était l'homme diabolique et brutal dont ses descendants perpétuaient le souvenir. Mamy l'avait calomnié, le rendant responsable à lui seul de la tragédie de cette famille. Il en était autant victime que les autres, et certainement pas le seul à blâmer.

Le sang commençait à battre à mes tempes. Me frottant les yeux des poings, je tentai de combattre l'idée qu'il y avait peut-être du vrai dans ce que tout le monde disait. Surtout ses contemporains. Mamy ne faisait que me rapporter des récits de seconde main, mais moi, j'écoutais ceux-là même qui étaient les plus proches de lui. Que s'était-il vraiment passé pendant ces trois mois ?

Quand je laissai retomber mes mains, Harriet et Jennifer étaient parties. J'étais à nouveau seule dans le salon sinistre, avec une migraine terrible et les muscles tétanisés par le manque de sommeil.

Je regardai avec désespoir la pluie couler le long de la vitre. Combien de temps encore allais-je rester prisonnière de cette maison et de son passé ?

Au début, je crus que les coups sourds étaient dans mon crâne, mais, en ouvrant les yeux sur le matin pluvieux, je reconnus le bruit de la canne de mamy.

Me levant avec lenteur, j'essayai de m'arracher à ma torpeur. Il était presque huit heures. Apparemment, j'avais dormi une bonne partie de la nuit, mais mon impression était tout autre.

Mon corps hurlait en silence et se rebellait contre le traitement de ces derniers jours, rendant l'ascension de l'escalier plus difficile que d'habitude. Comment diable mamy pouvait-elle grimper cette pente tous les jours ? Mais quand j'entrai dans sa chambre pour la trouver adossée ses oreillers, ce fut elle qui s'exclama :

— Mon Dieu, que tu as mauvaise mine !

— Comment te sens-tu ce matin, mamy ?

— L'arthrite me cloue au lit, ma chérie. Mais ce temps ne va pas durer. A la radio, ils ont dit que ce serait fini ce soir. Elsie ou William pourront passer, nous avons besoin de provisions. Et puis ton papy n'a pas eu de visites pendant plusieurs jours.

— Tu peux te lever, mamy ?

— Andrea ! Tes yeux !

— Quoi, mes yeux ?

— Va te regarder dans le miroir.

J'allai à sa coiffeuse. Ils étaient injectés de sang et gonflés comme si j'étais rentrée dans une porte battante. Ils révélaient la pression que cette maison exerçait sur moi.

— Et je n'ai jamais vu quelqu'un d'aussi livide ! Tu as l'air épuisée. Complètement éreintée. Comme si on t'avait vidée de ton sang ! Comment te sens-tu ?

— Ça va. Juste fatiguée.

— Tu vas vouloir repartir plus tôt. Quand ce temps nous laissera sortir, tu iras réserver ton vol de retour.

— Tu as l'air de vouloir te débarrasser de moi, dis-je en m'obligeant à sourire.

— Jamais de la vie ! Mais je m'inquiète pour toi, ma chérie.

L'expression de ma grand-mère était devenue tellement grave que je dus me détourner. Au plus profond de moi, je sentais bien qu'un changement s'opérait. Je savais que quelque chose clochait, mais j'avais trop peur pour l'admettre.

— Je vais te faire du thé, mamy. Et des toasts aussi ?

— Si tu veux bien. Je ne t'ai pas fait venir pour que tu sois ma bonne, mais qui aurait cru que la pluie allait durer autant, hein ? Prends ton temps, ma chérie, et préviens-moi s'il y a une éclaircie. Ça voudra dire que Elsie ou William ne tarderont pas.

Je sentis son regard pénétrant sur moi pendant que je sortais. Une fois sur le palier, je m'appuyai au mur pour inspirer à fond plusieurs fois. J'étais à deux doigts de m'écrouler.

Préparer le thé et les toasts fut un jeu d'enfant, mais je m'acquittai de ma tâche en respirant par la bouche car toute odeur me soulevait le cœur. En prenant sur moi, je pus monter un plateau somme toute correct à mamy. Elle parut ravie.

— Où est le tien ?

— En bas. Si ça ne te fait rien, je mangerai toute seule.

— Bien sûr ! Redescends vite te mettre au chaud, ma chérie. Et assure-toi de bien augmenter le chauffage. Ah... il aurait fallu que je te passe un de mes cardigans...

— Le salon est chauffé, mamy.

— Tu as maigri aussi. Qu'est-ce que va dire ta mère quand elle te verra ? Elle va se demander ce que nous t'avons fait ! Tu ressembles à un squelette.

Je hochai la tête. Hier, elle me comparait déjà à un cadavre. Mais peut-être que j'en devenais un progressivement ?

De retour au salon, je m'affalai dans un des fauteuils, sentant toute mon énergie me quitter. J'avais juste assez de force pour attendre le prochain épisode, un de mes précieux rendez-vous avec le passé. Je désirais ardemment les vivre, malgré le malheur, malgré la tragédie. Ils étaient devenus ma réalité.

Mais pourquoi me privaient-ils de mon sommeil et de mon appétit ? Etait-ce nécessaire ? Combien de temps pourrais-je tenir encore avant de m'effondrer bel et bien ? Quand Elsie se montrerait ce soir ou demain, elle s'inquiéterait sûrement (je l'avais bien fait après avoir vu mon visage dans le miroir) et chercherait à m'entraîner chez elle.

Me permettrait-on d'y aller ? Ou me garderaient-ils avec eux, pour me tuer à petit feu afin que je les rejoigne et devienne l'une d'entre eux ?

Dans l'après-midi, je voyageai à nouveau dans le passé.

J'avais dormi, mais d'un sommeil agité. Mes rêves avaient été troublants, grinçants, et tout mon corps avait été parcouru d'un frisson froid comme la mort. Je m'étais tournée et retournée si bien que, quand j'émergeai pour trouver Jenny assise seule devant le feu, j'étais encore plus fatiguée qu'avant ma sieste.

Cette fois, elle rédigeait une lettre. Les coudes en appui sur les genoux, je lus :

Juillet 1894

Très cher Victor,

J'écris cette lettre dans l'espoir qu'elle vous parviendra par l'intermédiaire de quelqu'un de serviable, qui connaît votre retraite et pourra vous la transmettre rapidement. Jusqu'à présent, je vous en ai écrit trois, restées sans réponse. Peut-être ne les recevez-vous pas. Peut-être préférez-vous garder le silence. Dans tous les cas, je m'efforcerai d'entretenir l'espoir que vous êtes vivant, en bonne santé et en état de répondre.

Quatre mois se sont écoulés depuis que je vous ai vu. Je me souviens de ce jour-là. Le pasteur Johnson vous avait condamné en public du haut de sa chaire et vous, vous vous teniez droit et fier, le visage impassible. Quand plus tard je suis allée vous trouver pour vous supplier de vous défendre, vous ne m'avez pas dit un mot, mais avez commencé à faire vos bagages. Je ne comprendrai jamais pourquoi vous avez laissé cette ville vous crucifier, alors que certains se tenaient à vos côtés, prêts à vous soutenir. Il ne me revient pas de juger, Victor, si vous avez ou non commis ce crime. Tout ce que je sais, c'est que le jour où vous avez quitté Warrington, quelque chose est mort en moi.

Je veux que vous reveniez, Victor. Ou alors appelez-moi, d'où que vous soyez. Vous devez comprendre que certains vous aiment envers et contre tout et qu'ils ne supportent pas votre absence.

John non plus n'est pas revenu et n'a pas écrit. Je redoute qu'il n'en fasse jamais rien. Où que soit votre frère, peut-être est-il plus heureux qu'ici ? Je me demande si vous l'êtes.

Jennifer suspendit son geste. Puis dans un mouvement de colère, elle froissa le papier et le jeta dans le feu avant d'éclater en sanglots.

J'étais si proche d'elle que je pouvais sentir son parfum. La voir pleurer silencieusement, ses fragiles épaules tressautant, me déchirait le cœur. Je détenais l'information qui la réconforterait. Je savais que Victor reviendrait. Comment la lui transmettre ?

Prenant mon courage à deux mains et une profonde inspiration, je me lançai à nouveau :

— Jennifer.

Elle redressa immédiatement la tête, yeux plissés, comme cherchant à fixer ce qu'elle voyait.

— Jenny, chuchotai-je sans faire un mouvement, le cœur battant à se rompre car j'étais sur le point de passer de l'autre côté du miroir. Jenny, ne pleurez pas. Il va revenir. Victor va revenir.

Elle chercha sa respiration.

— Qui… qui êtes-vous ?
— Une amie, répondis-je, luttant contre la tension qui m'amenait au bord de l'évanouissement.
— Vous avez quelque chose de familier…
— Il revient, Jenny…
Mais comme je prononçais ces mots, elle commença à s'estomper.

Je glissai du divan par terre, comme une poupée molle, pas totalement évanouie, mais loin d'avoir toute ma conscience. La pièce tanguait, le plancher et le plafond se rapprochaient avant de s'écarter. Les murs aussi. Mes doigts s'agrippaient au fin tapis pour essayer de retenir ma chute dans l'espace, car je sentais le sol se dérober et une étrange sensation de flottement m'envahir.

Lorsque je repris mes esprits et mon équilibre, j'avais un goût acide dans la bouche. Mon estomac s'était soulevé, en vain puisqu'il était vide. Je me relevai en gémissant, étonnée de mon état de faiblesse. Me remettre sur mes pieds exigea toute ma concentration et ma force, au point qu'une fois debout je n'eus pas l'énergie de tenir la position et retombai sur le canapé.

Mon corps était couvert d'une fine pellicule de sueur. Mon tee-shirt me collait à la peau. Mes cheveux humides étaient plaqués sur mon cou. La nausée me submergeait.

J'avais traversé le temps !

Jennifer m'avait vue, elle m'avait parlé. Je commençais à prendre conscience de l'énormité de ce qui s'était passé. J'avais traversé le temps ! L'espace d'un instant, je m'étais matérialisée en 1894.

Je savais dorénavant que ma prochaine visite serait plus longue, plus intense.

Si j'avais été plus en forme, j'aurais peut-être eu peur. Mais au point d'épuisement et d'impuissance auquel j'étais parvenue, mon esprit se contentait de tourner en rond autour de la même question.

Pourquoi tout cela ? Il devait bien y avoir une raison. Mais laquelle ?

Tandis que je demeurais avachie sur le canapé et me séchais à la chaleur de la pièce, une idée commença à germer dans ma tête.

Il s'agissait de changer les choses !

Et j'avais déjà commencé puisque j'avais prévenu Jenny du retour de Victor.

Bien sûr ! Voilà quel était objectif. Et mon choix – si choix il y avait. Je pouvais aller dans le passé et changer l'histoire !

Si je n'avais rien dit à Jenny, elle serait restée inconsolable jusqu'au retour de Victor. Alors que là, j'en étais persuadée, elle était assise dans son salon, en train de s'interroger sur ce qu'elle venait de voir, avec dans le cœur une petite étincelle d'espoir, qui sans mon intervention n'aurait jamais jailli.

Et ensuite ? La prochaine étape ?

La prochaine étape était simple : je modifiais le destin de cette famille.

Le mystère se dissipait enfin. Je connaissais la raison de ma venue à George Street, pourquoi j'avais été choisie et ce que l'on attendait de moi.

Ma grand-mère avait affirmé que Victor Townsend avait fait de cette maison un enfer sur terre. Elle avait évoqué des actes innommables. Tout était clair à présent.

Dénigré par son frère et tout Warrington, Victor Townsend avait disparu, emportant avec lui son amertume, sa colère et sa frustration. Mais son échec professionnel, le mariage de Jennifer, l'ignominie de ce qu'il avait fait subir à Harriet et ensuite à son propre frère... tout cela avait dû le conduire aux dernières extrémités. Il était revenu une dernière fois à Warrington, la rage au cœur, et leur avait fait payer sa souffrance.

Avais-je raison ? Victor, empoisonné par la rancune, était-il revenu détruire ceux qu'il avait aimés ? Y avait-il donc un fond de vérité dans les propos de mamy ?

Les heures passèrent, mais je ne changeai pas de position, trop affaiblie physiquement et intellectuellement.

A force de remuer les mêmes pensées, j'en étais arrivée à la conclusion qu'il était en mon pouvoir de sauver sinon Harriet, du moins Jennifer, des représailles d'un Victor devenu fou.

Mais si j'intervenais, que m'arriverait-il alors ? C'était mon arrière-grand-mère. Si j'empêchais le viol, mon grand-père ne verrait pas le jour, et moi, encore moins.

Cesserais-je alors d'exister ?

Ma marge de manœuvre était mince : soit je restais simple spectatrice, soit je me sacrifiais, c'est-à-dire que je me suicidais.

Ce choix cornélien m'obligeait à pénétrer dans des régions inexplorées de mon âme. Je découvrais des aspects de ma personnalité que j'ignorais du tout au tout. Je me sentais quitter mon corps et m'envoler vers le plafond, dans un coin d'où je me voyais en contrebas, en train de me tordre sur le divan. Je rétrécissais jusqu'à atteindre la taille d'un atome, ou au contraire je me dilatais et flottais dans l'univers.

Mais... et si je me trompais sur Victor ?

Je commettrais alors une colossale erreur en empêchant leurs retrouvailles. Provoquant par cette maladresse monumentale ma propre extinction, ainsi que celle de toute ma famille, proche et élargie.

Comment être sûre ?

Une fois de plus, des coups sourds me réveillèrent. J'étais affalée sur le tapis, désorientée. Il me fallut un moment pour reprendre mes esprits. Etait-ce mamy ou le passé ? Je me mis debout et me traînai jusqu'à la porte.

L'entrée était sombre. L'escalier disparaissait dans une obscurité encore plus terrible que d'ordinaire. Le silence était palpable. A chaque marche, je luttais pour respirer, car mon corps résistait à la puissance qui le forçait à monter. A chaque marche, je m'interrogeais. Pourrais-je rester sans rien faire au cas où Victor viendrait animé d'intentions malveillantes envers ceux que j'avais commencé à aimer ? Ou bien aurais-je le courage de l'arrêter et d'effacer du même coup mon existence ?

Parvenue en haut, je m'appuyai au mur pour reprendre haleine. Il faisait froid, comme si j'avais grimpé vers les régions arctiques. Dans ma tête, les questions s'enchaînaient : comment l'arrêterais-je ? J'avais réussi à me matérialiser la dernière fois. Cette fois-ci, j'aurais plus de consistance. Mais mon apparition suffirait-elle à le déstabiliser ? Pourrais-je le retenir assez longtemps pour que Jenny s'enfuie ? Comment allais-je m'y prendre ?

Je scrutai le palier sombre. Les coups provenaient évidemment de la chambre de devant.

Avant d'aller ouvrir la porte, je me posai une ultime question : et si Victor était revenu défait, triste, en demande d'amour ? Et si j'interrompais de tendres retrouvailles ? Si j'avais tort ?

Mille interrogations et pas de réponses… Il ne me restait qu'à traverser le palier, entrer dans la chambre et laisser faire le destin.

16

Une fois encore, la pièce baignait dans un halo de lumière irréelle et sans chaleur.

Je sentis une présence à côté de moi. C'était Jennifer. Nous étions entrées en même temps mais elle semblait ne pas avoir conscience de ma présence. Elle n'avait d'yeux que pour l'armoire et hésitait, tout comme moi.

J'eus une impression de déjà-vu. L'horreur tapie dans la chambre, l'aura infernale qu'elle dégageait imprégnaient l'atmosphère. Peut-être n'était-ce que le fruit de mon imagination, mais cette fois, les ombres avaient en plus de drôles de formes. Elles distordaient la pièce, l'inclinant vers le côté. Cela faisait le même effet que dans une maison piégée de fête foraine, d'autant que la lumière irréelle atténuait les couleurs et renforçait les contrastes entre le noir, le gris et le blanc. Tout était étrange, déformé, comme dans un rêve...

Jennifer et moi nous tenions dans un courant d'air qui me pénétrait jusqu'à la moelle. Alors que nous avancions, son visage ne trahissait rien. Il était étrangement figé. Elle regardait à droite et à gauche, puis à nouveau l'armoire, de toute évidence à la recherche de quelque chose qu'elle savait au fond d'elle se trouver là – qu'elle redoutait.

Nous étions toutes deux attirées par le meuble, regard braqué sur sa surface vernie. Contrairement à Jenny, je n'avais pas sondé la pièce, trop effrayée par ce que je pourrais entrevoir. L'horreur m'emplissait de crainte au point de vouloir crier. Malgré tout j'avançais, au même rythme précipité que Jennifer.

Nous étions arrivées devant l'armoire, cheveux dressés sur la tête. Si seulement nous avions pu tourner les talons et fuir, mais cela nous était impossible : il nous fallait savoir.

Nos mains se tendirent. La sienne, fine et pâle, se posa sur la poignée ronde. La mienne l'imita. Terrorisées, nous tergiversions.

Sur le sol, à nos pieds, des gouttes de sang menaient à l'armoire. Il en suintait aussi de l'intérieur. Une tache toute fraîche se formait au bas du meuble.

Quand Jennifer tourna enfin la poignée, je crus que j'allais m'évanouir. Incapable de suspendre son geste malgré sa peur, elle ouvrit lentement la porte de la penderie.

Un cri perçant nous échappa, que nous eûmes chacune le réflexe d'étouffer de la main. Nos cœurs battaient à l'unisson, follement, et le vertige nous gagnait. Mais le malaise se dissipa, nous laissant abasourdies par le spectacle qui s'offrait à nous.

Harriet gisait dans le fond de l'armoire, ramassée dans un coin comme une poupée jetée là. Elle nous regardait de ses yeux vitreux, une expression de honte, de surprise et d'acceptation sur les traits. Ses pauvres cheveux de différentes longueurs, emmêlés par endroits, là où le sang avait coagulé, encadraient son visage et donnaient l'impression d'une sinistre parodie de clown.

Je me sentis tomber à genoux, tout comme Jenny. Nous avions déjà compris qu'elle était morte.

Cerveau paralysé, trop hébétées pour bouger ou détourner le regard, nous étions en état de choc.

Planté dans le cœur de Harriet, il y avait un couteau. Un grand couteau à pain, qui avait opéré un carnage. Le sang ne coulait plus, mais on suivait son chemin à la trace. Il avait coagulé en flaques autour de ses mains, de ses pieds et sur ses genoux.

La main gauche de la jeune femme serrait une enveloppe, avec le prénom de « Jenny » écrit dessus.

Nous sommes restées là un long moment à contempler le corps mutilé, comptant avec détachement les multiples blessures. C'était un vrai massacre. Et selon toute vraisemblance, Harriet n'avait pas succombé tout de suite.

Une fois que nous fûmes redevenues maîtresses de nous-mêmes, Jennifer toucha la main de Harriet avec tristesse et affection. Elle prit l'enveloppe, tira dessus, puis la fourra dans sa poche et se remit debout.

Je me relevai moi aussi. Mais alors que Jenny sortait, je restai devant l'armoire jusqu'à ce que le fond de la penderie soit vide, à l'exception des quelques moutons et de mon jean.

Quand je me réveillai, sans aucune notion de l'heure, j'étais allongée sur le lit, tout habillée et incapable de m'expliquer comment j'avais échoué là. Le temps de me resituer dans le temps et dans l'espace, je me dressai sur mes coudes pour balayer la pièce du regard.

J'étais encore en 1894, car la penderie était toute neuve et on entrevoyait quelques robes par la porte ouverte. Un feu brûlait dans la cheminée et je remarquai que l'éclairage électrique avait quelques ratés. Jennifer était tranquillement assise dans la bergère.

Suis-je bloquée à cette époque ? me demandai-je avec angoisse. Le portail temporel s'est-il fermé derrière moi ?

Je ne bougeai pas, tournée vers la jeune femme. Son visage portait la marque de sa morbide découverte. Pâle, des cernes sous les yeux, elle semblait défaite. Je constatai l'absence de vie dans son regard. Elle rendait les armes, battait en retraite.

Je n'entendis pas les pas dans l'escalier jusqu'à ce que Jenny se redresse et se tourne brusquement vers le palier. Je fis de même et fixai la porte avec intensité.

Victor Townsend apparut sur le seuil.

Jenny et moi retînmes toutes deux notre souffle. Elle bondit sur ses pieds, mais moi, je restai immobile. Les changements qui s'étaient opérés chez cet homme étaient incroyables. Il était redevenu tel que lors de son retour de Londres : étrangement austère, un masque de sombres secrets sur le visage, le regard lourd de désenchantement. Il se tenait dans l'encadrement de la porte, sans un geste, sans un mot, sans une émotion. Seul le regard qu'il posait sur Jennifer montrait chagrin et résignation.

Bras ballants, bouche entrouverte, comme transformée en statue sous le coup de l'émotion, la jeune femme donnait l'impression d'avoir vu un fantôme.

L'instant parut infini et cependant étrangement intense. En un regard, tout avait été dit.

Finalement, Victor brisa le silence :

— J'ai frappé, mais comme personne ne répondait je me suis permis d'entrer : de la rue, j'avais vu de la lumière à cette fenêtre, donc je savais qu'il y avait quelqu'un à la maison. Jennifer ?

Elle était dans l'incapacité de parler. Son corps s'inclinait de lui-même vers Victor, ses mains se joignirent devant elle, mais sans qu'elle prononce une parole. Elle contemplait un revenant.

— J'ai reçu vos lettres, mais je ne pouvais y répondre, poursuivit-il, légèrement hésitant. J'ai manqué l'enterrement, n'est-ce pas ?

— Oui.

Elle inspira. Ses yeux le fixaient toujours, trahissant un mélange de choc et d'incrédulité.

— Et John... avez-vous... reprit-il, incertain.

Elle secoua la tête comme un automate.

— Jenny, ils l'ont trouvé flottant dans la Mersey, annonça-t-il d'un ton égal. Les bookmakers ont fini par l'attraper. Je suis désolé.

Le visage de Jennifer ne marqua aucune réaction.

— Ça devait arriver, murmura-t-elle. J'imagine que je m'y attendais depuis le début...

— Jenny... Je suis venu dire adieu.

— Adieu ? répéta-t-elle d'une voix douce comme la brise alors qu'elle commençait à trembler, signe qu'elle recouvrait ses esprits.

— Je suis tellement navré, Jenny... Vous n'avez pas l'air bien et vous êtes beaucoup trop mince. Vous devriez quitter cette maison. Fuir cette famille avant de périr à votre tour !

— Pourquoi « adieu » ?

— Si je me suis tenu loin de vous, Jenny, c'est pour vous protéger de mon nom désormais sali. Vous êtes innocente dans cette histoire. Et malgré ça, voyez dans quel état ça vous a mise ! J'espérais qu'avec le temps vous m'oublieriez ou me croiriez mort.

— Oh ! Victor...

Elle fit un pas vers lui.

— Cette visite ne change rien, Jenny. Je suis venu quand j'ai su pour Harriet, car je voulais assister à l'enterrement. Mais je suis arrivé trop tard... Où est la famille d'ailleurs ?

Jenny se passa la langue sur les lèvres et prit le temps de rassembler ses idées.

— Ils sont allés au pays de Galles. Le choc a été trop important pour votre mère, Victor. Elle s'est littéralement effondrée et ne peut plus marcher. Quant à votre père, il s'en veut pour Harriet. Un petit voyage ne pouvait que leur être bénéfique...

— Et vous ne les avez pas accompagnés ?

— Je... ne pouvais pas. J'atten...

— Vous attendiez le retour de John.

— Non, Victor. J'attendais le vôtre.

Sa voix avait gagné en force au fur et à mesure qu'elle prenait conscience de la réalité du moment.

— Je ne me berçais plus d'illusions pour John. Où qu'il soit à présent, j'espère qu'il a trouvé la paix. Mais vous, Victor, j'ai vécu dans l'espoir que vous reviendriez. Comment pouvais-je aller au pays de Galles alors qu'il y avait une chance pour que vous rentriez ? Et de fait...

Le silence s'installa à nouveau. Ils se buvaient du regard. Pendant cet échange muet, je me levai lentement pour aller me poster à côté de Jennifer.

Nous étions toutes deux debout, le contemplant.

— Pourquoi « adieu » ?

— Je vais partir pour de bon cette fois, car je ne peux plus appeler l'Angleterre mon pays. Je suis un homme déshonoré, Jenny, et je n'ai pas le droit de vivre parmi les hommes dignes de ce nom ! Peut-être qu'en France...

— Victor, restez.

Ce fut dit sans passion ni prière. Simplement « restez ». Je vis combien cela émut mon arrière-grand-père. Déstabilisé, il se balançait d'un pied sur l'autre.

— Je ne suis pas venu dans l'idée que vous et moi serions seuls. J'avais l'intention de rendre visite à ma mère et de lui apporter un peu de réconfort.

Elle a perdu deux enfants.

— Je n'avais espéré vous voir qu'en leur présence. Pas... pas comme cela.

— Et pourquoi pas comme cela ?

— Parce que je ne peux vous apporter que du malheur.

— Comme vous avez fait avec tous les autres ?

Il hocha la tête.

— Alors...

Jennifer prit une enveloppe dans la poche de sa robe. Lâchant Victor du regard une seconde, je vis qu'il s'agissait de la lettre récupérée sur le corps de la pauvre Harriet. Avec un pincement au cœur, je remarquai qu'elle avait utilisé le même papier que pour sa correspondance secrète avec Sean O'Hanrahan.

— Lisez ceci, dit-elle en lui tendant l'enveloppe.

— Qu'est-ce que c'est ?

— S'il vous plaît, lisez-la.

Après un instant d'hésitation, il se rapprocha lentement, s'arrêta le plus loin possible de nous et prit la lettre. Tandis qu'il la dépliait, je reconnus l'écriture délicate de Harriet.

Très chère Jennifer,

Quand tu liras ceci, ma seule, ma véritable amie, tu seras bouleversée et cela par ma faute. Je t'aurai causé un énorme chagrin. Mais il ne peut en être autrement. Et je dois te dire pourquoi. Depuis un moment déjà, je sais que je vais finir de cette façon, telle que tu m'auras trouvée, car j'ai toujours pensé que père le souhaitait.

Le temps m'est compté, je ne prolongerai pas ton supplice. Quand père m'a refusé le droit d'épouser Sean, le traitant de papiste et d'autres noms tout aussi insultants, je lui ai désobéi et j'ai rejoint mon amant dans les ruines de l'abbaye. Tu sais cela. Même enceinte, je gardais espoir que mon doux Sean m'épouserait. Mais j'ai compris la leçon... Toutefois, le pire a été d'être repoussée.

C'est à ce moment-là, je crois, que je suis devenue une autre femme. C'était comme si quelqu'un avait pris possession de mon corps et me manipulait. Je ne dis pas cela pour excuser mes crimes, mais pour te donner une idée de ce qui m'a poussée à agir comme je l'ai fait.

Victor n'a pratiqué aucun avortement sur moi. Je me le suis infligé moi-même. Je ne voulais que le blesser. Je voulais tous vous blesser, pensant que cela allégerait ma peine. J'ai ensuite cherché à causer la perte de John. C'est moi qui ai parlé de ses projets de départ aux bookmakers. Ma si tendre amie, il me faut bien avouer que j'ai parfois éprouvé un sinistre plaisir au malheur que je répandais, car dans mon esprit dérangé, je ne voyais qu'une chose : j'étais moi aussi capable d'infliger la douleur aux autres comme j'en avais subi plus qu'à mon tour.

Toutefois, dans un moment de lucidité, j'ai compris ce que j'avais réellement fait à Victor, la seule personne que j'avais jamais aimée, que j'avais adorée. Cela m'a fait un choc. Je n'avais jamais eu l'intention de le ruiner, simplement de le rendre moins brillant à tes yeux. Car oui, Jennifer, j'ai voulu te rendre malheureuse toi aussi. A cause de ta beauté, de ta grâce et de tout ce que je n'aurais jamais, Victor compris. Etant mon frère, il était encore plus inaccessible que tous les autres hommes.

Quand j'ai vu que je l'avais poussé à partir, lui et ensuite John, et que mère ne quittait plus son lit, telle une invalide, je n'ai plus pu le supporter. Dans mes moments de révolte, je me délectais de la destruction que j'avais semée. Mais dans mes moments de clairvoyance, j'étais rongée par le remords. Quand père m'a coupé les cheveux pour me punir de ce que j'avais fait avec Sean, j'ai alors su qu'il n'y avait pas d'autre moyen d'en finir : il fallait vous débarrasser de l'instrument qui vous avait causé tant de souffrance.

Pardonne-moi, très chère Jennifer, car mon affection pour toi était sincère. Ce n'était qu'une part obscure de moi qui enviait ta beauté et l'amour que Victor te portait. Pardonne-moi d'avoir fait en sorte que ce soit toi qui me trouves dans cet état, mais il n'y avait pas moyen d'en éviter la laideur. Père aurait voulu que ça se passe ainsi.

Que Dieu me pardonne.

Harriet

— Vous saviez tout cela, n'est-ce pas ? reprit Jennifer, proche de moi quasiment au point de me toucher.

Victor gardait les yeux rivés sur la lettre alors qu'il avait fini de la lire depuis longtemps. Pour toute réponse, il hocha imperceptiblement la tête.

— Alors, pourquoi n'avoir rien dit ? On vous a tellement mal jugé, Victor !

Il se contenta de relever la tête. Quand je vis la tristesse dans ses yeux, le sentiment de perte et la douleur, j'eus envie de pleurer.

Enfin, ayant relu la lettre une dernière fois, il me la tendit. Jennifer leva la main pour la prendre et je fis de même.

— Personne d'autre ne l'a lue, entendis-je Jenny déclarer très près de mon oreille, alors que je n'avais pas bougé. Je l'ai trouvée sur le corps de Harriet, dans l'armoire, et je l'ai conservée tout ce temps dans l'espoir de vous la montrer un jour. Le suicide de Harriet ne fait aucun doute, à cause du type de blessures et du fait qu'elle s'était enfermée elle-même dans l'armoire. C'est ce que... ce qu'a dit la police et le Dr Pendergast l'a confirmé. Mais personne ne connaît l'existence de cette lettre, ni son contenu.

— Brûlez-la, fit-il, catégorique.

— Mais pourquoi ? Elle vous innocente, Victor, répondit Jennifer. Elle blanchit votre nom. Vous pourrez revenir à Warrington la tête haute. Non, je ne la brûlerai pas !

Il sonda son regard avec une intensité qui se passait de mots. Lorsqu'il tendit la main, elle lui abandonna la feuille sans rien dire. Il la froissa et la jeta dans le feu.

— Oui, je le savais. Mais cela ne servait à rien de protester de mon innocence si elle condamnait ma sœur. Ce jour-là, elle est venue à mon cabinet, elle m'a parlé de son état. Je lui ai suggéré de porter l'enfant jusqu'à terme. Je pensais que John et vous l'adopteriez peut-être et lui donneriez un nom. Mais un peu plus tard, j'ai remarqué qu'un de mes instruments manquait et j'ai compris...

— Vous avez brûlé votre seule chance de vous racheter aux yeux de la société.

— A quoi bon montrer maintenant au monde ce que ma sœur était devenue ? Quel bien cela fera-t-il à mon père de lire ces derniers mots, qui le rendent responsable de sa mort ? argua-t-il en secouant la tête. Je peux supporter ce que l'on m'a fait. Je vais partir pour l'étranger et refaire ma vie. Puis viendra un moment où tout sera oublié. Les futures générations de Townsend ne sauront rien de ce qui s'est passé dans cette maison, rien de la tache sur leur lignage.

— Reviendrez-vous jamais en Angleterre ?

— Je ne pense pas. Je n'ai plus rien ici. Tout ce que j'ai tenté d'accomplir a été réduit en miettes. Il serait inutile de réessayer. Mais en France ou en Allemagne...

Sa voix mourut. Je vis dans son regard le conflit, l'amertume et le chagrin. Instinctivement, ma main se tendit.

Lorsque nos doigts se touchèrent, cela parut tout naturel.

Jennifer n'était plus avec nous. Je me tenais seule devant le feu, l'ourlet de ma jupe me frôlant les chevilles. Je sentais la chaleur des flammes sur mon cou nu, car mes cheveux étaient relevés en chignon au sommet de mon crâne.

Par-delà les années et la distance, grâce au mystère du temps et de l'espace, nos doigts se touchaient...

Je revins soudain dans mon corps.

— Rassurez-vous, personne d'autre que vous et moi n'a lu cette lettre, dit Jennifer. Mais très cher Victor, quelle torture que ces derniers mois sans vous ! Je suis allée à votre cabinet puis à l'auberge, mais personne ne pouvait me dire où vous étiez parti. Je suis restée allongée sans dormir des nuits entières, vous imaginant mort ou seul dans quelque misérable taudis, une bouteille de gin comme unique réconfort ! Mais maintenant... vous voir debout devant moi... c'est comme un rêve...

— Jenny, souffla-t-il, caressant sa main.

— Pendant un temps, j'ai cru que l'inquiétude allait me rendre folle. Tout est arrivé si vite. Les nuits d'insomnie. L'appétit disparu.

— Vous êtes trop mince, Jenny. Et pâle aussi.

— Mon imagination me jouait des tours ! J'ai cru que cette maison était hantée. J'ai vu une jeune femme...

— Pauvre Jennifer, murmura-t-il d'une voix chaude tout en se rapprochant d'elle et en resserrant son étreinte. Je devrais y aller maintenant.

— S'il vous plaît, restez... Je passerai l'éternité avec vous, Victor... chuchota Jennifer.

Quand ses bras l'enlacèrent et qu'elle sentit son torse contre le sien, elle faillit crier. Ce fut comme une décharge électrique. Elle se raidit avant de s'effondrer contre lui et d'épouser chaque courbe de son corps, avec un naturel qui prouvait que là était sa place.

Et ça l'était ! Bouche pressée contre celle de Victor, le souffle court et les jambes en coton, elle devait s'accrocher à lui pour ne pas tomber. Je me détournai. Prisonnière de cette époque, je pouvais au moins essayer de préserver leur intimité. Mais leurs pensées me parvenaient, leurs sensations.

Les années de retenue s'envolaient sous l'effet de ce baiser. Victor avait faim d'elle et la tenait si étroitement serrée que leurs corps ne faisaient plus qu'un. Il n'eut pas besoin de la guider vers le lit : elle y alla d'elle-même pour enfin s'y abandonner et céder à la puissance de leur désir.

Je n'avais jamais ressenti pareille passion, pareille extase.

Jennifer s'émerveillait de l'excitation et de la douceur de Victor, comparé à John.

Une idée banale me traversa soudain l'esprit : voilà ce que c'était que de se donner à un homme que l'on aimait de tout son être.

Tout devenait limpide. Je comprenais enfin la raison de ma présence : je devais témoigner de la vérité. Et de l'autre côté de la ville, dans une salle d'hôpital, un homme avait besoin de savoir.

Il n'était que minuit quand j'ouvris les yeux. Je me souviens vaguement être retournée dans le salon, dans un état second, vide d'émotions, à l'exception de l'euphorie liée à la vérité. C'en était fini de l'angoisse des derniers jours dans la maison de mamy ! Finis les questionnements et les énigmes insolubles qui m'avaient tourmentée ! Une douce résignation, un sentiment d'acceptation pénétraient mon esprit.

Je crois que j'ai rejoint directement le canapé et que j'ai dormi, d'un sommeil profond, comme celui de quelqu'un qui a l'esprit en paix après avoir gravi des sommets. Ce fut durant cette phase de sommeil que j'eus un dernier rêve exceptionnel.

Sous sa forme spectrale, Victor est venu à moi, me dominant de toute sa taille alors que j'étais allongée. Il me souriait, mais un peu curieusement. Je n'avais pas peur, je n'étais pas surprise. Je m'émerveillais juste d'avoir eu la chance de le connaître. Et cette idée m'emplissait de chaleur.

— Qui êtes-vous ? me demanda son fantôme.

— Votre arrière-petite-fille.

Cela sembla le surprendre.

— Comment est-ce possible ? Comment pouvez-vous être mon arrière-petite-fille puisque je ne me suis jamais marié et que je n'ai jamais eu d'enfants ?

Je gloussai. La situation était absurde.

— Votre unique nuit avec Jennifer a donné un garçon, m'entendis-je lui expliquer, comme de très loin. Elle l'a appelé Robert. Une fois adulte, il a eu une fille, ma mère. Voilà comment je peux être votre arrière-petite-fille.

Alors qu'il me contemplait, une petite lueur commença à poindre dans son regard, comme si l'espoir renaissait derrière le voile de cynisme et de déception qui le couvrait. J'eus l'impression que son visage devenait plus serein, plus jeune, tel qu'il était avant que les hôpitaux londoniens ne le fassent vieillir prématurément.

— J'ai eu un fils, murmura-t-il.

— Dites-moi, que vous est-il arrivé ?

— Après cette nuit-là, j'ai promis à Jennifer que je reviendrais. J'ai cherché une maison et un cabinet en France, afin de m'installer et de pouvoir lui demander sa main.

— L'avez-vous fait ?

— Je suis mort l'année suivante. Mon ferry a fait naufrage dans la Manche. Jennifer ne l'a jamais su car je ne l'avais pas prévenue de mon retour. Je voulais lui faire la surprise... Elle a dû penser pour le reste de ses jours que je l'avais abandonnée.

— Elle est morte peu après, Victor. Probablement de chagrin.

— Je n'ai jamais su qu'elle avait eu un bébé.

— Votre enfant.

— Alors, pourquoi êtes-vous ici ? Pourquoi sommes-nous là tous les deux ? On m'a arraché à un endroit gris... morne...

— Je ne sais pas. Pour arranger enfin les choses, j'imagine.

— Comment avez-vous dit qu'il s'appelait ?

— Robert.

— Robert...

— Mais il est en train de mourir.

— Nous mourrons tous.

— Dites-moi : comment fonctionne le temps ? demandai-je, sautant sur l'occasion. Etes-vous toujours vivant quelque part ou...

Mais mon arrière-grand-père n'écoutait pas. Il tourna la tête et regarda par-dessus son épaule. Un rayon de soleil lui balaya le visage. Il eut alors un sourire éblouissant qui m'émut aux larmes.

— Elle est là, fit-il doucement.

— Nous sommes sans doute tous là.

Mais il ne m'entendait plus. Victor Townsend s'était détourné une fois pour toutes et il marchait dans la brume qui entourait le canapé.

Il ne murmura qu'un mot : « Jennifer. »

17

Le lendemain matin, j'ouvris les yeux sur un salon inconnu. Où avais-je atterri cette fois ? Tournant la tête, j'aperçus le soleil par la fenêtre.

— Il s'est arrêté de pleuvoir, m'annonça ma grand-mère depuis la cuisine en m'entendant bouger.

L'odeur du bacon et des toasts me chatouilla les narines. J'avais faim !

— Mamy, quel jour sommes-nous ?

— Quel jour ? Mercredi, ma chérie.

Mercredi ! J'étais dans cette maison depuis douze jours.

— Je meurs de faim ! m'exclamai-je en me levant d'un bond.

Je me sentais bien, fraîche et dispose.

Mamy passa la tête par la porte de la cuisine.

— Ça a l'air d'aller mieux, ma chérie ? La tempête est finie. Tu pourras aller à l'hôpital aujourd'hui. Et après ça, l'agence Cook pour ton vol de retour.

— Désolée, mamy, mais tu ne te débarrasseras pas aussi facilement de moi, répliquai-je tout en rassemblant rapidement mes affaires éparses, mes couvertures et mon oreiller. Va chez Cook si tu veux, mais moi, j'ai encore des gens à voir.

Elle répondit quelque chose que je n'entendis pas car je montais déjà l'escalier quatre à quatre pour gagner la salle de bains.

Là, je remplis la baignoire d'eau chaude, me frottai énergiquement, me lavai la tête sous le robinet – mamy n'avait pas de douche – et me rinçai avec bonheur. Avec cette eau, c'était quatre-vingts années d'histoire familiale qui partaient. Je renaissais !

Je m'habillai ensuite dans ma chambre glaciale, le plus vite possible car j'avais à nouveau froid. L'espace d'une seconde, je fis une pause devant l'armoire en repensant au corps de Harriet. Mais rien ne pouvait ternir cette journée. Je me détournai, sourire aux lèvres, et continuai à me brosser les cheveux.

Quand je descendis, le petit déjeuner m'attendait : je mangeai pour cinq.

— Eh bien... tu as retrouvé l'appétit à ce que je vois ! Tu dévores !

— Je suis en super forme, mamy !

— Tu as repris des couleurs aussi. Et tu m'as même emprunté un cardigan ? C'est bien.

— Il fallait bien. On gèle ici, dis-je avec un sourire avant d'avaler mon thé.

Dehors s'annonçait la plus belle des journées : le ciel était d'un bleu éblouissant, parsemé de petits nuages, les oiseaux chantaient, l'herbe était d'un vert ardent. Mon cœur avait des ailes. J'avais envie de crier de joie.

C'était une renaissance pour nous tous.

— Tu as eu la grippe, déclara mamy. Maintenant, c'est passé. Pas besoin d'aller chez le docteur pour ça. Le corps sait ce qu'il lui faut.

— Tu as raison, mamy. Je constate que ton arthrite a disparu elle aussi.

— Non, ma belle ! Juste endormie jusqu'à la prochaine tempête.

Nous avons éclaté de rire avant de débarrasser et de reprendre nos petites habitudes. En attendant tante Elsie, nous avons écouté la radio et discuté de la mauvaise pente de l'économie britannique – nous étions toutes deux d'accord pour la trouver inquiétante. Quand la sonnette retentit peu après midi, je me précipitai pour accueillir chaleureusement oncle William et tante Elsie.

Ils étaient les petits-enfants de Victor...

Bien couverts, nous sommes sortis dans le froid mordant de cette belle journée d'hiver. C'était bon de frissonner...

Papy était tel que nous l'avions laissé quelques jours plus tôt : allongé sur le dos, le regard vide rivé au plafond. Tante Elsie respecta le rituel : elle ouvrit les biscuits et les bouteilles de jus de fruits pour lui, elle monologua sur l'horrible tempête qui nous avait empêchés de venir, elle commenta la naissance du bébé de la duchesse de Kent. Pendant ce temps-là, je contemplais le fils de Victor.

Il était le fruit de cette nuit dans la chambre de devant, une nuit qui lui avait non seulement donné la vie, mais qui me l'avait insufflée à moi aussi. Car j'avais compris et vu l'amour à l'état pur.

Nous sommes restés une heure à son chevet sans que j'ouvre la bouche. Tante Elsie et oncle William faisaient la conversation, s'adressant comme d'habitude à leur père comme s'il pouvait entendre. Je remarquai que les mauvaises odeurs avaient disparu, ainsi que cette aigreur qui m'avait au début répugnée chez ce vieil homme.

Je me félicitais que tout soit terminé. Finie l'époque où je voulais que cela continue à jamais, par peur d'avoir à affronter le présent ! Tout avait changé.

J'étais heureuse. Pour rien au monde je n'aurais échangé cette expérience. Je ne regrettais rien, je m'en réjouissais. Car, désormais, je pouvais enfin avancer dans la vie en tant qu'individu à part entière.

Il me restait toutefois une chose à accomplir.

Quand tante Elsie annonça le départ, je lui demandai une minute.

— J'ai quelque chose à dire à papy.

Elle eut l'air surprise.

— Est-ce que je peux lui parler en privé, s'il te plaît ? Je vais bientôt retourner aux Etats-Unis et je ne pense pas revenir avant longtemps… Enfin, tu vois. Je veux juste avoir une petite discussion en tête à tête.

— Tu veux que nous sortions ? demanda-t-elle avec un coup d'œil en direction de son frère

— Si ça ne vous fait rien.

— Mais je ne pense pas qu'il t'entende… dit-elle avant de s'interrompre pour reprendre : Bien sûr que tu peux lui parler seule à seul, ma chérie. Il va être enchanté. Nous t'attendrons dans la voiture. Prends tout ton temps.

— Merci, tante Elsie.

Je les regardai quitter le bâtiment et traverser le parking vers la voiture avant de me laisser tomber à genoux à côté du lit de mon grand-père.

— Papy ? Tu m'entends ? C'est Andrea, lui murmurai-je à l'oreille.

Il ne cilla pas, le regard toujours tourné vers le plafond, atone.

— Papy, repris-je d'une voix douce et convaincante. C'est moi, Andrea, ta petite-fille. Tu m'entends ? Je pense que oui. Tu es prisonnier d'un corps qui ne peut plus bouger, mais tu entends. Je me trompe ?

Rien ne changea dans le visage placide, pas davantage dans le souffle court. Aucun signe de compréhension, si bien que je poursuivis :

— Papy, je dois te dire une chose avant de repartir en Amérique. C'est au sujet de ton père, Victor. Ecoute-moi attentivement.

Je ne sais pas combien de temps je restai agenouillée ainsi, à chuchoter à l'oreille de cet homme comateux, mais je lui parlai lentement et lui racontai tout ce qui m'était arrivé dans la maison de George Street. Je ne dissimulai rien, des premières notes de la *Lettre à Elise* jusqu'au dernier rêve et au dernier échange avec Victor. Je passai en revue chaque scène, n'omettant aucun détail, prenant mon temps.

— Alors tu vois, papy, conclus-je, ta mère ne te détestait pas. Elle t'aimait. Elle t'aimait même beaucoup. En fait, tu étais la seule joie de son existence. Elle n'est pas morte à cause de toi, comme on te l'a dit, mais de son cœur brisé, car elle croyait que Victor l'avait oubliée. Tu as toujours pensé qu'elle te détestait, papy, et qu'elle détestait jusqu'à l'idée de te regarder à cause de ce que tu incarnais, mais c'était l'inverse. Tu lui rappelais le seul moment de vraie joie qu'elle ait jamais connu. Papy, tu es le fruit d'une véritable union – tu es un enfant de l'amour.

Le temps passait, sans que je constate aucun changement en lui. Mais cela m'était égal. Tout ce que je voyais, c'était le visage d'un petit garçon tourmenté, vivant avec sa grand-mère qui lui avait mis dans la tête d'horribles histoires sur son père, des histoires à vous donner des cauchemars.

Je me penchai encore plus près et lui soufflai une dernière information : son père et sa mère étaient à nouveau réunis dans un royaume hors de notre portée, où ils l'attendaient.

Enfin, je me redressai et m'assis sur mes talons en me demandant si je l'avais touché. Son visage restait figé, ses yeux absents et fixes. Mais soudain, je vis ses lèvres bouger.

Je me penchai aussitôt.

— Qu'y a-t-il, papy ?

Il s'efforçait de dire quelque chose. Alors qu'il luttait pour s'exprimer, une larme se forma au coin de son œil, roula de sa tempe sur l'oreiller.

Subitement, une lueur apparut dans son regard tandis qu'il regardait un point entre le lit et le plafond. Il avait l'air étonné, comme s'il distinguait quelque chose. Les larmes coulaient.

Son menton tremblait, mais aucun son ne sortait de sa bouche.

— Qu'y a-t-il, papy ? Dis-moi.

Il essaya de soulever la tête, les yeux toujours rivés sur ce point dans l'espace, et quand enfin un sourire un peu fou lui incurva les lèvres et qu'il dit d'une voix normale : « Papa », je sus ce qu'il voyait.

Il mourut à cet instant-là. Le sourire aux lèvres.

Je n'ai jamais raconté à ma famille ce qui s'était passé dans la maison de George Street. Ils n'avaient pas à savoir. Pourtant, ironiquement, ce sont ces événements qui m'ont rapprochée d'eux en m'aidant à comprendre qu'ils descendaient eux aussi de Victor Townsend.

Après la mort de mon grand-père, je me découvris une réserve d'affection pour eux, alors qu'ils m'avaient paru si différents au début avec leur drôle de façon de parler et leurs coutumes bizarres. De nouvelles facettes de ma personnalité s'épanouissaient.

Le dimanche qui suivit sa mort, nous sommes tous allés à Morecambe Bay, où j'ai rencontré mes cousins pour la première fois. J'ai passé un moment fantastique. Cela me faisait du bien de penser à notre lien de sang, et que nous partagions quelque chose de plus fort qu'une simple amitié de passage.

Le jour de mon départ, ma grand-mère m'a tenu une sorte de petit discours.

— Ne sois pas triste pour moi, ma chérie. Ton papy et moi, nous avons partagé soixante-deux années merveilleuses. Je ne les échangerais pour rien au monde, parce que je n'aurais pas pu rêver meilleur homme ! Et laisse-moi te dire une chose : vieillir n'est pas si terrible, pas quand tu as foi en Dieu et en la résurrection. Tu vois, ma chérie, je crois que toutes ces années passées sur cette terre sont une sorte de prélude à ce qui vient vraiment après. Et même si une jeunette comme toi pense que c'est une élucubration de vieille femme, j'espère bien retrouver ton grand-père après ma mort. C'est un fait. Nous serons à nouveau réunis. Et ce n'est pas une chose aussi simple que la mort qui peut empêcher ça ! Pas après tout ce temps. Ton papy et moi, ça va continuer et j'entrerai sans peur dans le repos éternel.

J'étais sur le point de partir quand elle m'a fait un cadeau : l'exemplaire relié de *Elle* que j'avais remarqué quelques semaines auparavant. Le livre en main, un passage me revint en mémoire : « Le mortel se trouve accablé et démuni face à la poussière de sa destinée. » A ma première lecture, il m'avait inspiré une philosophie bien pessimiste, uniquement centrée sur la décrépitude et la décomposition. Mais désormais, mon point de vue avait changé. Ces mots me faisaient songer à la bêtise des mortels. Car je savais maintenant que Victor et Jennifer vivaient toujours quelque part et que ma grand-mère serait en effet un jour réunie avec mon grand-père. Au bout du compte, nous avons tous rendez-vous avec notre éternité.

Quant à moi, je savais dorénavant en quoi consistait mon destin. Tout comme il m'avait été donné de voyager dans le passé pour changer les choses, j'avais aussi l'opportunité de modifier mon avenir. Je ne voulais pas laisser passer la chance de vivre ce que Victor et Jenny avaient toujours voulu sans jamais pouvoir l'avoir. Une occasion s'offrait à moi : je voulais la saisir avant qu'il ne soit trop tard. Je ne pouvais qu'espérer que Doug serait encore là à mon retour. J'avais tant à lui dire ! A commencer par ces mots que j'avais appris à prononcer : « je t'aime ».

D'explications, je n'en avais aucune. Comment tout cela avait pu se passer était affaire de spéculation. Quant au pourquoi... on pouvait également en débattre, mais je suis convaincue que c'était programmé depuis longtemps. Papy était mourant, il devait connaître la vérité. Victor existait dans son espace gris et morne, sans savoir ce qui s'était passé après sa mort. Jenny aussi était morte dans l'ignorance. J'avais été le catalyseur et j'aime à penser que j'ai aidé à ce que les choses se remettent d'aplomb.

J'avais débarqué à George Street sans vraiment de racines et sans aucun avenir à contempler. Je repartais avec des trésors du passé et la certitude que le futur réservait espoir et lumière. Quoi de plus précieux ?

Avant de monter dans la Renault d'oncle Ed, je me retournai une dernière fois pour jeter un coup d'œil à la maison. Mon regard glissa vers la fenêtre de l'étage, dont les rideaux de dentelle blanche étaient tirés.

Sous l'effet de la brise, ils me disaient adieu.

Composition et mise en pages : FACOMPO, LISIEUX

FSC
www.fsc.org
MIXTE
Issu de sources responsables
FSC® C003309

Imprimé en Italie par
«La Tipografica Varese S.p.A», Varese
en juin 2014

Dépôt légal : juin 2014